AF415516

Valérie BESSAT

Écrivaine franco-suisse, elle est née à Lausanne en Suisse et a passé toute son enfance et ses études en Suisse.

Elle a commencé à écrire à l'adolescence sur des forums en ligne et sur un blog.

Voici son troisième livre, un roman cette fois-ci.

La Cité Éternelle : Khenella

Tous droits de traduction, d'adaptation et de reproduction interdits

ISBN papier : 979-10-97472-04-7

ISBN pdf : 979-10-97472-05-4

ISBN epub : 979-10-97472-06-1

ISBN kindle : 979-10-97472-07-8

Dépôt légal : septembre 2019

Première édition

© Valérie Jauffret-Bessat 2019

La Cité Éternelle : Khenella

VALERIE BESSAT

Introduction

Cher lecteur, chère lectrice, je tiens avant tout à vous remercier d'avoir pris cet ouvrage dans vos mains. Que cela soit un cadeau ou un achat, vous allez entrer dans un nouveau monde loin de votre vie de tous les jours.

Je tenais également à vous expliquer le contexte de ce livre.

Lorsque j'étais adolescente et que j'étais au lycée, j'ai commencé à jouer à un jeu en ligne du nom de Battle-arenas[1]. Le principe du jeu est de jouer des maîtres d'armes et d'utiliser des gladiateurs afin de gagner des pièces d'or. Puis quelques mois plus tard j'ai commencé à m'intéresser de près au forum du jeu. En effet, il y avait (et a toujours) des gens qui aimaient raconter des histoires - du jeu de rôle.

C'est ainsi, à force d'entraînement linguistique que j'ai pu écrire cette histoire. Cela a duré environ deux ou trois ans pour que mon premier personnage évolue dans un monde imaginaire.

J'ai eu ensuite envie de partager l'histoire de mon personnage auquel je m'étais attachée. L'histoire se passe dans un univers médiévo-fantastique où différents mondes s'entrelacent. Il est tout à fait possible par exemple de croiser un elfe, puis une espèce de Dark Vador puis de croiser un hobbit. Ne soyez donc pas étonné par le mélange de genre.

---

[1] http://www.battle-arenas.net

J'ai passé plusieurs années à remodeler le texte afin qu'il soit plus compréhensible et que l'histoire ait de la cohérence.

Maintenant, place aux textes et à notre héroïne Alista/Khenella V.

Partie I - Khenella V

La Princesse

Il faisait beau, les rayons de soleil traversaient les feuilles des platanes.

Une jeune femme aux cheveux flamboyants et aux yeux verts chevauchait tranquillement son fidèle destrier noir. L'animal marchant au pas, elle profitait de chaque instant que la vie lui offrait. Elle vit au loin une rivière qu'elle commença à suivre. Elle arriva alors auprès d'un lac émeraude.

Elle descendit du cheval le laissant paître. Elle s'avança jusqu'au lac, s'agenouilla, prit de l'eau entre ses mains et en but à longues gorgées. C'était l'été et il faisait chaud.

Voilà deux mois qu'elle avançait seule en direction d'une cité qu'on disait éternelle.

Elle voulait aller de l'avant et oublier son passé brumeux et tragique. Elle s'allongea à côté des grosses racines d'un arbre centenaire et s'endormit...

***

Une sensation bizarre traversa Khenella. Elle sentit comme un chatouillement. Elle ouvrit les yeux et découvrit son cheval Éclair entrain de lui sentir le visage. Elle s'était assoupie après toute la route qu'elle avait fait. Elle regarda autour d'elle et vit que le soleil avait commencé à se coucher, le lieu était beaucoup moins accueillant que tout à l'heure.

Une légère brise se leva, faisant s'envoler ses longs cheveux roux. Soudain, un frisson parcourut sa nuque, quelqu'un devait être entrain de l'observer. Elle regarda autour d'elle mais ne vit rien. Elle entendit alors des feuilles de chêne bruisser sous les arbres derrière elle. Elle se tourna mais ne vit toujours rien.

Elle sortit du fourreau son épée. Elle commença à avancer dans le sous-bois pour trouver la source du bruit qu'elle venait d'entendre. Rien.

Elle décida alors de revenir auprès d'Éclair pour se préparer à partir. Elle tira les sangles de la selle. D'un coup un trou noir...

Elle se réveilla un certain moment plus tard, elle ne savait pas quelle heure il était. Elle se sentait fatiguée, elle avait mal à la tête, à l'arrière du crâne. Elle était comme dans une grotte, ligotée. Autour d'elle, des chaînes attachées au mur. Elle ne comprenait pas ce qu'il lui arrivait.

Un homme apparut devant elle. Il lui parla mais elle ne comprenait pas. Il sortit un poignard, s'énerva, gesticula. Elle ne comprenait toujours rien de ce qu'il me disait. Elle ne comprenait juste qu'il ne lui voulait pas du bien...

Son visage devint cramoisi, un accès de colère et il lui planta le poignard dans le coeur.

***

Elle se réveilla en sursaut. Ouf, ce n'était qu'un cauchemar ! Elle se passa la main sur le visage, cligna plusieurs fois des yeux, leva les yeux au ciel et se leva. Elle s'approcha d'Éclair et lui caressa l'encolure. Elle découvrit une broche accrochée dans la crinière du destrier. Le bijou représentait une feuille de lierre dorée entourée de gui.

Elle fronça les sourcils et se demanda comment l'objet avait été accroché à son cheval pendant qu'elle dormait. Elle haussa les sourcils d'incertitude. Elle décida de reprendre la route.

Elle prépara son cheval, monta dessus et commença à se diriger vers la forêt profonde.

Le soleil avait bien baissé depuis qu'elle s'était reposée mais elle voulait avancer, de nuit si nécessaire. La chaleur s'estompait petit à petit. Cela devenait agréable. Elle était entourée de chênes, frênes et autres feuillus fort bien fournis.

Son esprit commença à divaguer dans les méandres de sa mémoire...

La mémoire de son peuple...

***

Ce jour attendu entre tous était empli d'une douceur étonnante. Le roi du royaume de Khenelrok, Khenel III et sa femme attendaient leur premier enfant. Toute la population était sur le qui-vive, l'héritier arrivait en ce jour béni !

Des cris s'élevèrent du château et le peuple comprit que c'était le moment le plus important de leur histoire... Quelques instants et le calme revint.

Les dames de la cour recommencèrent à deviner à quoi ressemblait le poupon, comment il s'appellerait, et bien sûr ce serait un garçon...

Dans la chambre royale, la sage-femme avait emmailloté le nouveau-né dans une serviette propre. Elle s'avança lentement vers la mère allongée et de toute évidence épuisée. Elle lui tendit l'enfant rougi de sa naissance...

La mère prit le bébé et le serra contre elle. Elle tourna son regard vers son mari qui lui murmura : « C'est une fille... Comment va-t-on l'appeler ? »

Elle toucha du bout des doigts la peau si douce de la petite fille et répondit hésitante :

- Hum... Je ne sais pas... Calista ?
- Hum, j'aimerais un nom plus novateur...
- Et pourquoi pas : Alista ?
- Cela me semble parfait, ma douce...

Le père prit doucement l'enfant et la mena dans la grande salle du trône là où les différents convives étaient rassemblés pour l'occasion. Adun, tel était son nom, monta les marches qui menaient au trône, il se retourna et proclama, le bébé dans ses bras : « Aujourd'hui, mon enfant est née... Je vous présente Alista, future reine de ce royaume. »

Les courtisans se regardèrent un instant ne sachant pas trop quoi faire. Puis après un bref mouvement de connivence, ils s'agenouillèrent devant le roi Khenel III et sa fille, nouvelle née, poussa un cri de victoire.

***

Le pas de son cheval, Éclair, lui rappela un temps qui n'était plus. Un temps où elle adorait chevaucher son cheval près du château. Où elle apprenait à tenir une épée avec son père. Où elle apprenait à bien se comporter comme une princesse...

Soudain, une pensée fulgurante passa dans son esprit. La peine se déversa sur elle et la submergea. Elle s'arrêta sous un chêne, descendit du cheval, s'appuya contre l'arbre assise à même le sol et commença à sangloter.

Elle vit dans sa tête sa mère, son regard bleuté, sa chevelure blonde, une odeur de fruits des bois, sa main douce sur ses cheveux roux... Sa mère n'était plus là depuis bien des années mais la douleur de sa perte était toujours aussi intense.

Elle ne se souvenait que de trop peu de moments passés avec sa mère, mais elle se souvenait que ses premières années étaient emplies de tendresse, de douceur et de calme. Mais surtout elle se souvenait de ce jour… Du jour maudit où on lui annonça que sa mère était gravement malade.

***

À l'aube de la sixième année de la jeune princesse, sa mère, la Reine Elena, tomba malade. Peu de personnes osaient l'approcher de peur de contracter la terrible maladie qui s'acharnait alors sur elle. Des jours à attendre, à la regarder de loin. Un soir, la jeune Alista vint au chevet de sa mère qui semblait au plus mauvais point. Elle prit doucement sa main et murmura tout bas :

« Mère, promettez-moi de vous battre... Je ne sais pas ce que je ferais sans vous. »

La reine tourna ses yeux humides vers sa fille aux cheveux rouges et aux yeux émeraude. Elle poussa un râle de douleur et lui répondit :

« Alista, il faudra être forte... Il faudra te battre... pour.... pour vivre... »

Elena sourit légèrement puis ferma lentement les yeux, sa respiration était calme. Une larme glissa lentement le long de la joue de la jeune fille. Elle murmura : « Je te le promets.». Elle se leva doucement et retourna dans sa chambre pour pleurer.

Le lendemain, Adun frappa à la porte de la chambre de la jeune princesse :

« Alista, es-tu là ? »

Un froissement de couverture se fit entendre et le roi annonça
:

« J'entre... »

Au milieu de la chambre bleu roi se trouvait un large lit à baldaquin bleu ciel, Adun s'approcha de la boule de tissu.

- Alista ?! ...
- Hum... fit-elle ensommeillée. Des nouvelles de Mère ?
- Ma fille... Ta mère nous a quittés ce matin...

N'entendant pas de réponse, le roi poussa un soupir à rompre l'âme et lui dit doucement :

- Ta mère est morte… Elle ne reviendra pas…

Il y eut un bruit étouffé puis le roi se pencha au-dessus de sa fille et déposa un baiser sur son front. La jeune enfant enfouit sa tête dans le creux de son épaule et commença à pleurer cette douloureuse perte.

Ainsi, elle était et serait l'unique héritière du trône de Khenelrok.

***

Khenelrok… C'était une forteresse en haut d'une colline. À l'est des forêts, à l'ouest des champs, au nord des montagnes et au sud un joli cours d'eau.

Elle se souvenait parfaitement toutes les fois où elle était allée chasser avec son père dans la forêt. Des sangliers, des perdrix, des faisans… Accompagnés de leur chien de chasse et montés à cheval ils suivaient les chemins qu'avaient laissé les animaux sauvages.

Dans les champs autour de la forteresse, les paysans cultivaient blé, orge, seigle, houblon. La production suffisait pour le château et les petits villages attenants.

Elle avait de bons souvenirs du cours d'eau au sud de la forteresse.

***

Alista était seule, toujours seule... Elle n'avait que peu d'amies car la douleur de la disparition de sa mère avait noirci son cœur et l'avait rendue mature bien plus rapidement que les autres demoiselles de la cour. Elle restait silencieuse, distante. Elle ne vivait que dans le passé et n'avait aucun intérêt pour les autres, elle était crispée dans sa douleur.

Or, lorsqu'elle eut ses quatorze ans, il était temps pour la princesse de se marier... Elle ne voulait pas se marier, mais elle appréciait un chevalier de la garde royale du nom d'Elmure Greeneye. Il avait dix-sept ans et venait souvent la garder lorsque les dames de compagnie repartaient désespérées de ne pas intéresser la jeune femme.

Ils allaient au bord de la rivière au sud de Khenelrok avec un panier de pique-nique et ils passaient un moment à rire et à parler.

Pour fêter ses quatorze ans et préparer ses futures fiançailles, le Roi Adun décida d'organiser un grand tournoi afin de marier Alista. Tout le monde avait sa chance, même les fils de paysans ! Quelques jours avant le début, Elmure prit Alista à part. Ils se rendirent au sud de la forteresse près du cours d'eau. Alista restait silencieuse, regardant les arbres et la beauté du lieu... Elmure était resté légèrement en retrait. Il se rapprocha d'elle sans faire de bruit... Arrivé derrière elle, il passa doucement sa main sur sa main en disant : « Nous voilà seuls... J'espère de tout mon cœur que je gagnerais ta main... »

Elle se retourna vers lui, un frisson lui parcourait la colonne vertébrale d'Alista et elle murmura : « Je le souhaite également... Elmure... »

Elmure approcha doucement son visage du sien mais ce ne fut que quand ses lèvres effleurèrent les siennes qu'elle sentit une chaleur se propager en elle.

Quelques jours plus tard, le tournoi fut annoncé.

Alista s'assit auprès de son père regardant les jeunes gens qui allaient se battre. Elle parcourut la foule de combattants essayant de trouver son chevalier. Il était là, dans son armure aux reflets blancs. Certains avaient de simples armures de cuir clouté, d'autres des armures gothiques ou encore des simples rembourrages... Tous regardèrent dans la direction du roi et de sa fille lorsque le signal fut lancé. Elmure remporta rapidement la première manche, mais rien n'était gagné !

Les deux jeunes gens mangèrent côte à côte dans la grande salle malgré que Adun interdise ce genre de démonstration publique. Elle demeura silencieuse et en tout point bien élevée. Un léger regard d'appréhension dans sa direction et un sourire de celui-ci lui permit de rester sereine malgré la tension qui s'agitait en elle.

Le soir du troisième jour, un homme en armure gothique noire se présenta à Alista. Il s'appelait Messire Charmalin et d'après ce qu'elle avait pu voir, il se battait tout aussi bien que

Elmure. Il lui dit que si c'était lui qui gagnait, elle allait devoir renoncer à voir un jour son visage. « Pourquoi cette requête », se demanda-t-elle. Elle réfléchit un long moment puis elle lui promit qu'elle ne regarderait point son visage si c'était effectivement le gagnant du tournoi.

La veille de la finale qui devait être l'affrontement de Elmure et de Charmalin vit éclater une querelle entre ces deux derniers. D'après les dires de Charmalin, Elmure avait laissé traîner son pied au milieu du chemin et Messire Charmalin, avec son armure gothique, était tombé lourdement sur le sol. Bien sûr, Elmure assura que ce n'était pas intentionnel mais il fut nécessaire d'appeler le roi lui-même pour calmer les deux combattants. Voyant que la querelle, si infime soit-elle, était importante, Adun ajourna le duel d'une semaine.

Après cette décision, Alista alla prendre un bon bain dans ses appartements et alors qu'elle repensait à ce qui s'était passé, elle sentit une sorte d'énergie qui venait de l'extérieur et qui était menaçante. Elle crut que cela provenait de la fatigue et n'y pensa plus jusqu'au lendemain.

Il y eut un banquet pour combler le vide du tournoi et Alista profita du repas pour être près d'Elmure. Elle décida après avoir pris congé de son père de retrouver Messire Charmalin pour voir s'il était encore en colère et pour essayer de le calmer. Elle le chercha en vain dans ses appartements, dans la cour, au banquet... Plus de traces de lui... Elle se rendit alors à l'orée de la forêt et fut surprise de le trouver, non pas en armure, mais portant une cape en tissu noir couvrant son visage...

Elle s'approcha lentement de lui, un peu effrayée...

« Messire Charmalin ? » demanda-t-elle.

Le sieur se retourna, sa cape cachant encore la tête :

- Voulez-vous revenir parmi nous ? Nous nous inquiétons pour vous...
- J'arrive...

Alors qu'ils commençaient à marcher, une violente bourrasque de vent abaissa le capuchon et le visage de Messire Charmalin fut dévoilé. Il avait le visage blanc, les cheveux blancs, les yeux injectés de sang... Sa peau était si blafarde qu'il donnait l'impression d'être un cadavre...

Alista hoqueta de surprise et commença à reculer. Messire Charmalin s'approcha d'elle et lui attrapa la main :

« Maintenant, vous comprenez... Je vais devoir vous tuer... »

À ces mots, les yeux de Charmalin luisèrent d'un éclair rouge tel un monstre ou un sorcier. Alista tira brutalement sur sa main et s'échappa en courant le plus vite possible en direction du château. Elle alla tout raconter à son père.

Adun écouta d'une oreille l'histoire d'Alista et n'y crut qu'à moitié... Après tout, c'était un privilège de pouvoir gagner la main de sa fille et puis si ce Charmalin voulait vraiment la tuer, il devrait se frotter aux nombreux gardes. Il prit le temps de la réflexion et pensant que les esprits étaient un peu trop échauffés il préféra reporter le combat final au lendemain... Par mesure de prudence, il demande à Elmure de rester avec Alista pour la nuit.

Épuisée par sa journée, Alista se coucha pesamment alors qu'Elmure était allé se doucher.

Elle se réveilla au milieu de la nuit et vit Messire Charmalin devant elle une épée ensanglantée dans la main... Elle se cala dans son lit, apeurée, toujours seule... Que lui voulait-il ? C'est alors qu'elle vit Elmure revenir dans la chambre. Charmalin entendit probablement la respiration d'Elmure et se tourna pour se battre contre lui. Elmure esquiva la plupart des coups et réussit à subtiliser l'épée de Charmalin... Ils se battirent à mains nues... Le combat était équilibré jusqu'à ce que Charmalin sortît une amulette... Avec un pentacle inversé gravé, il prit le contrôle d'Elmure... Le chevalier fut projeté contre le mur, paralysé et un rictus de douleur sur le visage.

Alista s'avança pour se battre contre le sorcier, mais celui-ci dit : « Dame Alista, je ne vous laisserais pas passer... Je ne veux point que vous mourriez, je vous ai trouvé une meilleure utilité... j'ai besoin de vous pour continuer ma lignée. Que vous soyez ou non d'accord ne changera rien. »

Elle s'arrêta net, il l'avait bloquée également... Puis, elle vit Charmalin s'approcher d'Elmure, le prendre par le cou et le pousser à travers le mur. Elle vit Elmure disparaître devant ses yeux, englouti par le mur... Elle resta silencieuse, les yeux rivés sur le mur... Puis, lentement, des larmes glissèrent le long de ses joues, qui s'accentuèrent lorsque Charmalin lui dit qu'il avait tué son père...

Lorsqu'elle s'arrêta enfin de pleurer, tout avait changé dans la pièce. Les meubles étaient devenus noirs, des chaînes pendaient du mur... Charmalin arriva quelques minutes plus tard et dit : « Ne pleurez pas ainsi princesse... Ou devrais-je dire future Reine... Ma Reine... »

***

La jeune femme eut un hoquet de douleur suivi d'une larme coulant sur sa joue. Malgré les années qui s'étaient écoulées depuis ces faits, elle était toujours dans l'émotion de cet instant.

Elle continuait à avancer vers la Cité Éternelle qu'on disait accueillante pour toutes personnes désireuses de redorer un nom...

***

Elle se sentait si seule sans son père et Elmure... Comble de malheur pour elle, Charmalin profita des festivités qu'Adun avait organisées pour se pavaner avec Alista à son bras... Lorsqu'il en eut assez, il l'emmena dans l'église qu'Adun avait construite il y avait peu. Un autel fleuri ainsi qu'un maître de cérémonie attendait au fond de l'église. Alista tirée par le bras par Charmalin arriva près de l'autel. Sans autre question, ni même son accord, Charmalin devint Khenel IV et Alista, sa femme...

Les mois passèrent sans que rien ne trouble le quotidien de détention et de dilapidation de son patrimoine. À force de faire des soirées arrosées, des bals dansants et des fêtes à tout bout de champ, le royaume devint un désert... Les armées n'étaient plus entretenues. Alista était plus forte mentalement grâce aux multiples blessures du cœur et elle ne se décourageait pas. Elle demanda un soir à Khenel IV la raison de son inscription et il lui répondit : « Je voulais t'approcher c'est vrai, mais pas seulement... J'avais une mission à accomplir. Empêcher le meilleur roi qu'on est jamais connu de naître. Je devais aussi engendrer le maître du monde. »

À ces mots, Alista regarda son ventre et se rendit compte qu'elle était enceinte... En plus d'avoir tué sa famille et son amant, il l'avait violé... Elle se sentait sale, perdue...

***

Ça avait été dur pour elle, petit à petit elle s'était fait une raison, elle avait cru que malgré la tourmente elle pouvait y trouver quelque chose de positif, un enfant…

Mais elle était encore loin d'avoir tout vu… Ni tout vécu… Elle se souvenait de chaque instant, de chaque événement dans les moindres détails…

***

C'est alors que l'impensable arriva... Le roi Fingolfin, voisin depuis des années de Khenel III et grand rival décida d'attaquer Khenelrok ! Très rapidement, les forces de la cité furent acculées. Le destin fit que Messire Charmalin fut pendu en place publique et Alista emprisonnée...

Dans le donjon, là où peu de lumière passaient par les fenêtres, elle enfanta un petit garçon un jour de pleine lune... Elle regarda le petit enfant plus petit que la normale... Elle sourit doucement, se disant qu'elle allait survivre et avoir cet enfant comme seule preuve de sa souveraineté. Elle l'appela Elmure en l'honneur de son amour disparu... Quelques jours passèrent toujours en prison. Une nuit elle se réveilla, le petit garçon grelottait dans ses bras tout en gémissant... Elle passa ses vêtements sur lui, mais rien n'y fit... Alors qu'elle criait à en perdre haleine, le petit Elmure mourut.

Lorsque au petit matin, le roi Fingolfin vint la trouver dans le donjon et qu'il vit le corps inerte, il la prit en pitié... Malgré cela, il ne voulait pas la laisser vivre à Khenelrok. Il la bannit par décret et lui interdit de revenir tant qu'il s'y était.

Se retrouvant en dehors de la ville, sans argent, sans nourriture et sans but dans la vie, elle erra dans la forêt... Elle changea son nom en Khenella V, en l'honneur de son père et de sa lignée... Elle mendia dans les villes les plus proches. Petit à petit, elle réussit à se déplacer de ville en ville. Elle se prostituait pour se faire un peu d'argent... Au fond, elle essayait d'oublier sa vie... Elle essayait de devenir un être sans vie, comme le cadavre d'Elmure... Elle apprit quelque temps plus tard que Fingolfin avait pendu tous les habitants de la ville et qu'elle était alors la dernière descendante de la ville de Khenelrok. Désemparée, elle ne chercha même plus à gagner de l'argent... On aurait dit un fantôme à la recherche de la paix de son âme...

***

Khenella n'était pas fière de tout ce qui s'était passé. Mais il fallait bien vivre avec. Elle gardait l'espoir d'un jour nouveau, plus clément.

La nuit était tombée alors qu'elle se remémorait son histoire. Elle arriva à la sortie du bois. Elle était pressée d'arriver dans la Cité Éternelle, tant de choses devaient changer.

***

Les quelques années qu'elle passa ainsi désoeuvrée furent alors les plus horribles qu'elle pût vivre.

Elle erra longtemps en ne se souciant que de marcher devant elle. Sans espoir... Puis un jour elle resta une plus longue période dans une ville. Habillée de haillons, elle essayait de passer inaperçu assise contre le mur d'une maison...

Elle entendit des bruits de sabots qui se rapprochaient à une allure vive. Lorsqu'enfin elle put voir qui chevauchait ainsi, elle vit que c'était une femme, habillée d'une robe bleue aux longs cheveux noirs. Elle remarqua une mèche blanche et s'en étonna. La femme ne ressemblait pas à une vieille personne.

Elle disparut de son champ de vision et l'oublia rapidement. Mais lorsque la nuit commençait à tomber sur la cité, la femme à la mèche blanche réapparut au coin de la rue. Une élégance particulière émanait de sa présence, comme si elle était d'une haute lignée.

Elle s'approcha de Khenella et lui offrit quelques pièces. Khenella la remercia sommairement mais la dame lui proposa d'aller boire ou manger quelque chose au bar le plus proche. Khenella ne put refuser l'invitation surtout lorsqu'elle sentait son ventre gargouiller.

Elles allèrent alors dans une des rues parallèles et commandèrent des verres d'hydromel et un large repas. Alors que le repas touchait à sa fin, Khenella remarqua que la dame aux cheveux ébène n'avait pas touché à sa nourriture :

- Ce n'est pas bon ?
- Je suppose que oui, mais je n'ai pas trop envie d'y goûter.
- Pourquoi cela ?!
- Parce que je n'en ai pas besoin...
- ... À propos, pourquoi m'aidez-vous ?
- Parce que je crois que cela est écrit dans mon destin... Racontez-moi pourquoi vous êtes habillée de la sorte.

Alors Khenella passa un long moment à lui expliquer qu'elle avait soit disant quitter rapidement sa demeure et qu'elle n'avait pas pensé à revenir en arrière. La femme sembla pensive tout du long du mensonge, les yeux brillants comme si elle savait déjà...

Elle lui dit d'une voix envoûtante : « Et si vous alliez de l'avant ? Allez à la Cité Éternelle... Peut-être trouverez-vous assez de courage en vous pour surmonter les épreuves. »

Khenella resta interdite. Il lui sembla sentir une puissance en elle. Elle répondit d'une voix tremblante : « Je n'ai pas d'argent, ni de cheval... »

La femme lui tendit une bourse remplie et dit : « Je pense qu'il y a assez pour un cheval et payer des gladiateurs... Gardez courage... »

La princesse ne comprenait plus rien. Pourquoi l'aidait-on ainsi ?!

Elle détourna le regard un moment et lorsqu'elle regarda à nouveau, la femme était partie et une chouette harfang des neiges planait dans l'immensité du ciel.

Elle prit les affaires que la dame lui avait offert et se mit en route pour la Cité Éternelle sur le dos d'un cheval robuste.

***

Et c'est ainsi qu'elle avait décidé de suivre les conseils de la Dame. Elle lui avait dit son surnom avant de partir... Tante Pol.

Toujours sur Eclair, elle arriva à une taverne. Elle attacha son cheval près de la porte puis fit son entrée. Elle s'approcha du tavernier et lui demanda :

- Bonjour, pourriez-vous me dire si je suis bientôt arrivée à la Cité Éternelle ?
- Oui, il ne vous reste qu'une dizaine de kilomètres.
- Pouvez-vous m'en apprendre plus ? J'ai cru comprendre que c'était une ville particulière.
- Bien sûr. Alors, la Cité Éternelle existe depuis très longtemps, on ne sait pas depuis combien de temps. Les gens qui vivent dans cette cité sont nommés maîtres d'armes, ils embauchent pour la plupart d'entre eux des *gladiateurs* qui travaillent pour eux ou avec eux. Les gladiateurs ont la possibilité, armés ou non, de se rendre dans des arènes où ils combattent jour après jour.
- Comment se passent ces combats ?
- Hé bien, les gladiateurs se préparent puis vont au combat. S'ils se font blessés jusqu'à la mort, des infirmiers viennent les chercher et les mènent dans des centres de convalescence. Et c'est là où la magie de la cité opère… Nul gladiateur ne peut réellement mourir. Leurs âmes reviennent immédiatement dans leur corps. À la fin d'une mission, les gladiateurs reçoivent des pièces d'or pour leurs exploits qui reviennent à leur maître d'armes. Les gladiateurs sont un peu des esclaves modernes pour ceux qui ne les aiment guère. Et bien sûr, au plus ils vont dans les arènes et au plus leur expérience augmente, leur permettant de devenir plus fort, agile ou endurant.
- Donc, si j'ai bien compris, les gladiateurs ne peuvent mourir et rapportent de l'or à leur maître d'armes.
- Oui tout à fait. Il ne faut cependant pas oublier qu'il y aura toujours le matériel tel que arme ou armure à réparer si ils sont endommagés !
- Oui, bien sûr, cela va s'en dire. Et comment se procurer un gladiateur ?

-   Vous pouvez trouver une caserne à une lieue d'ici.
    Vous trouverez pour sûr de braves compagnons.
-   Merci infiniment pour votre aide.
-   Je vous en prie, c'est un plaisir d'aider.

Sur ces paroles, Khenella V sortit de la taverne et prit son cheval Eclair. Elle se mit en route pour cette caserne.

***

Peu de temps après être partie de la taverne, elle trouva la caserne.

De loin, ce n'était pas très rassurant… Et de près guère plus. Elle toqua à la porte et attendit qu'on lui réponde. Un grand homme ouvrit la porte et la détailla lui faisant bien comprendre qu'il n'avait pas l'intention d'être cordial.

Elle lui demanda : « Bonjour, on m'a dit qu'on pouvait se procurer des gladiateurs ici, pourriez-vous me dire qui est disponible ? »

L'homme tiqua mais ne dit rien, il la fit entrer et la conduisit jusqu'au dortoir. Et là elle vit une bonne trentaine de créatures… Il n'y avait pas que des humains !

Il y avait des minotaures (des humains avec une tête de vache), des reptans (mi-homme mi-lézards), des ratlings (mi-rat mi-humain), des elfes, des nains, des humains bien sûr...

Elle avait le choix mais vu qu'elle ne s'y connaissait pas, elle demanda conseil au garde qui l'ignora superbement.

Alors elle s'approcha du centre de la pièce et dit : « Bonjour à vous tous, je m'appelle Khenella V, je vais me rendre à la Cité

Éternelle pour redorer mon blason et ma famille. Est-ce que certains d'entre vous voudraient venir avec moi? »

Là, rapidement un minotaure se leva : « Moi, venir. Moi, Grundsbil. »

Khenella, surprise, répondit : « Bien sûr, enchantée. »

Un reptant se leva à sa suite, malgré ses écailles de reptiles, on voyait facilement ses formes arrondies et féminine : « Moi aussi, je viens. Je m'appelle Sahlassri. J'attendais la venue d'une femme depuis longtemps ! »

Khenella répondit à son tour : « Merci, enchantée. »

Un troisième être se leva, un ratling au vu de ses petites oreilles, à sa queue allongée et à son poil noir :

- J'en suis également. Je m'appelle Messire Mandorallen.
- Enchantée.

Un quatrième être se leva, c'était un homme élancés au cheveux marrons, aux yeux noisettes.

« Je vais également venir avec vous. Je m'appelle Elmure. »

Le coeur de Khenella faillit se rompre à ce prénom. Elle le regarda fixement et pourtant elle voyait bien que ce n'était pas son Elmure, son chevalier ! Elle hocha de la tête et répondit encore sous le coup de l'émotion : « Bienvenue dans mon équipe de choc, merci. »

Puis, plus un bruit dans la pièce. Elle se tourna vers le gardien : « Je pense que le compte est bon… »

Le gardien la regarda de travers et lui dit : « ça fera 100 pièces d'or par gladiateur… Donc 400 pièces d'or. »

Khenella hoqueta :

- Négociable ?
- Non, répondit-il fermement.
- Bon, hé bien… tenez, dit-elle en posant les pièces dans la main du gardien.

Elle dit au revoir au gardien et partit en direction de la Cité Éternelle. Elle, sur son cheval, et les gladiateurs à pied.

***

Lorsqu'elle arriva devant les deux lourdes portes de la cité, ils frappèrent à la porte et ils purent entrer dans la Cité Éternelle. Cette cité, en plus de permettre aux gladiateurs de survivre à n'importe quelle blessure, avait la particularité d'être un point de passage entre les époques, le temps ne se déroulait pas à la même vitesse qu'à l'extérieur des enceintes.

Ils se promenèrent un moment dans la cité, regardant les édifices. Ils cherchaient un lieu pour se reposer après toute la route. Ils trouvèrent une auberge où Khenella et ses gladiateurs se couchèrent et dormirent jusqu'au lendemain.

Le lendemain matin, ils se mirent en chemin des arènes pour combattre. Grundsbil s'élança dans une arène de combat en corps à corps. Sahlassri ainsi que Elmure s'équipèrent d'un nodachi, quant à Messire Mandorallen, celui-ci s'équipa d'une hallebarde. Ces trois gladiateurs entrèrent ensemble dans une arène qui permettait d'utiliser des armes. Khenella les observa tour à tour depuis les arènes en criant leurs noms pour les motiver.

Quelques heures plus tard, les premiers gladiateurs durent être mené à l'infirmerie car ils étaient déjà blessés gravement.

Khenella décida alors de sortir dans la ville pour trouver des traces de Tante Pol. Elle ouvrit plusieurs portes d'auberge ou de bar mais ne trouvait aucune trace d'elle. Elle arrivèrent devant une bâtisse appelée *La Taverne des Templiers de la Terre*. Khenella entra et salua les personnes présentes et demanda s'ils avaient vu la femme à la mèche blanche.

Le silence tomba dans la Taverne.

Le tavernier la regarda droit dans les yeux et lui dit : « Malheureusement pour vous, Dame Pol s'est fait tuer avant hier à la Tour de Garde... Paix à son âme. »

Khenella, choquée par cette nouvelle, remercia le tavernier puis lui dit qu'elle allait enquêter.

Elle sortit de la taverne et allait à l'infirmerie voir ses gladiateurs lorsqu'elle fut frappée de plein fouet. Un ectoplasme venait d'entrer en elle.

Elle entendit l'esprit lui dire : « Je vois que vous avez suivi mes conseils... Dommage que vous ne soyiez arrivée plus tôt. J'ai une mission pour vous. »

Khenella aquiesça dans le vide.

« Voronwë... Il faut que vous le trouviez et le tuiez. C'est lui qui m'a tué et je refuse que ce crime soit impuni, vous m'entendez !?!? »

Khenella demanda mentalement :

-   Pourquoi devrais-je vous aider ?

-   Si je n'étais pas intervenue, vous seriez morte à l'heure actuelle... Alors aidez-moi. Que ma mort ait servi à quelqu'un.
-   Je vais voir ce que je peux faire mais je ne peux rien vous promettre...
-   Je serais là en cas de souci...

À cet instant l'esprit de Tante Pol s'effaça et permit à Khenella de reprendre le pouvoir sur son corps. Elle arriva à l'infirmerie et les gladiateurs s'assemblèrent autour d'elle. Elle leur expliqua ce qui venait de se passer et ils la regardèrent avec effroi... Comment faire confiance à une femme aussi jolie soit-elle qui était possédée ?!

Khenella proposa à ses compagnons de route de se reposer avant de continuer d'enquêter.

***

La nuit passa sans qu'aucun trouble n'éclate. Au petit matin, elle demanda aux gladiateurs de rester ensemble dans la salle de l'auberge afin qu'elle se renseigne sur la suite des opérations.

Elle commença à visiter la Cité. Elle croisa des personnes qui la renseigna sur le fait que dans cette Cité, les maîtres d'armes se retrouvaient ensemble et créaient des alliances qui leur permettait d'être plus fort. Elle se rendit donc au pilier des annonceurs et lut les différentes présentations des alliances. Une retint son attention, La Garde Noire du Warfo. Elle suivit les indications et se dirigea vers la Tour de Garde où elle devait se faire connaître des gardes.

Elle monta les escaliers de la Tour et vit quelques taches de sang sur le sol. Elle arriva à la porte d'entrée et salua les maîtres d'armes présents : «Bonjour... J'ai entendu parler de votre alliance et je voulais voir si... »

Soudain elle s'arrêta net de parler car elle vit que la fenêtre était brisée ainsi qu'une partie de la tour. Il y avait en effet un grand trou. Elle regarda autour d'elle. La pièce était grande et il y avait des fauteuils ainsi que des bancs et des tables. Elle ajouta à mi-voix : «Si je pouvais vous rejoindre. » Elle s'assit devant une belle femme aux cheveux marron ondulés et fit connaissance avec elle. Son prénom était Zagora.

Peu de temps après, un homme arriva, une cape sur les épaules et une capuche sur la tête. Il se déplaça rapidement devant la fenêtre brisée et regarda vers le bas. Il se retourna vers l'assemblée et demanda d'une voix ferme et avec un regard noir: « Quelqu'un peut-il me dire exactement ce qu'il s'est passé ici ce soir... ? »

Khenella regarda le nouvel arrivant... Elle parla en premier en s'excusant : « Bonjour, désolé de vous le dire... mais je ne sais point ce qui s'est passé ici... il semblerait qu'il ait eu une bagarre et que quelqu'un a perdu beaucoup de sang... ce qui peut présager que cette personne soit morte... »

Un des gardes sortit d'une salle attenante, il avait tout entendu : « Rien de bien spécial, Maitre....? Seulement une attaque perfide d'un inconnu sur une certaine Tante Pol, suivie d'un duel à l'arme blanche ayant provoqué la mort de la Dame. » Il chercha du regard un siège où s'asseoir : « Quant à son assassin,... il court toujours...

Veuillez pardonner mon impudence, mais je ne vous connais pas, et je dois vous avouer que votre entrée cavalière, ainsi que votre ton péremptoire n'est pas vraiment d'usage dans la tour de la Garde Noire du Warfo », continua-t-il d'un ton aussi froid que le corps de cette pauvre Tante Pol.

« Vous comprendrez par ailleurs que les récents événements ont provoqué une certaine agitation, ainsi qu'une grand ire parmi les membres de la garde. Certains ont le sang chaud, et une démarche par trop imprudente vous vaudra certainement quelques désagréments.

A propos, vous êtes......? »

Le sieur qui était arrivé rapidement, prit soudain conscience, obnubilé par la tragédie qui s'était donc bel et bien joué le soir précédent là-même, qu'il ne s'était pas présenté :

« Excusez-moi, ce n'était pas... dans le but de vous dédaigner et de vous prendre de haut. Je m'appelle Maitre Deluxus, chevalier de l'Est des Templiers de la Terre...

Un démon est venu à ma porte il y a quelques heures m'avertir de l'assassinat de Tante Pol, je n'y ai d'abord pas cru, j'ai voulu m'en assurer...

Veuillez excuser mon ton péremptoire...

Tout ceci est encore fort flou il semblerait »

Maître Deluxus se leva et inspecta chaque endroit de la pièce, afin de trouver le moindre petit indice qui aurait permis de comprendre à quel genre d'assassin il avait affaire... il espérait secrètement trouver son mobile.

Khenella qui avait suivi la discussion était restée bloquée sur le prénom de Tante Pol. Comment aurait-elle pu oublier cette femme ? C'est elle qui l'avait sauvé du néant, du désespoir. Elle se leva d'un coup et demanda plus d'informations au garde qui était intervenu : « Que s'est-il passé avec cette "Tante Pol" ? »

Le garde commença à raconter : « Elle était ici pour se reposer et discuter avec certains d'entre nous. Elle était assise sur le rebord de la fenêtre. Ensuite, je n'ai pas eu le temps de tout voir. Il y eut un éclair aveuglant suivi d'une déflagration, comme si Le Dieu de Tonnerre s'était amusé à nos dépends. Quand j'ai repris mes esprits, elle avait disparu, et à la place se trouvait le trou béant que vous pouvez voir ici.

Nous nous sommes vite aperçu qu'elle n'avait fait que choir au pied de la tour. Elle était blessée à la jambe, mais poursuivait vaillamment le combat bien inégal contre son assaillant. Comme je viens de le dire, le duel était déséquilibré par sa blessure, et Dame Pol tomba sous les coups de son assassin.

J'ai voulu rattraper l'assassin mais il partit si vite que je n'ai pas pu.

Voilà, c'est tout ce que je sais. »

« Oh mon dieu », dit Khenella à la fin du récit du garde.

Le garde s'adressa à Maitre Deluxus :

« Je pense qu'il vaudrait mieux pour tout le monde que nous ne touchions à rien pour le moment. Je vais faire appeler les membres du Conseil de la Garde. Pareille chose ne peut rester impunie, et il nous faudra certainement rechercher le commanditaire de ce crime. Par ailleurs, le fait que cet acte fut perpétré en nos murs va selon toute vraisemblance obliger la Garde à accentuer sa surveillance. »

Comme parlant à lui-même : « Pour sûr, outre le décès de cette pauvre Dame, c'est un sacré coup dur pour nous. Comme si on avait délibérément cherché à toucher notre alliance par ce geste... »

Se relevant : « Bref. Pour le moment, l'important est de s'enquérir auprès de mes pairs de la marche à suivre. Je vous laisse donc pour le moment »

Maître Deluxus répondit au garde :

« Je ne toucherai à rien, ne vous tracassez pas.

Votre ordre m'est encore un peu inconnu bien que je croise souvent vos gardes dans la cité éternelle, mais j'ai confiance dans vos pouvoirs d'investigation et votre goût pour l'ordre en ces lieux.

Je vous respecte pour cela par ailleurs. »

Khenella s'adressa à Maître Deluxus : « Pourriez-vous me la décrire s'il vous plait ? »

Il se tourna vers elle et lui répondit :

« Tante Pol, comment dire, était une grande sorcière des Templiers de la Terre. Mais ces derniers temps elle s'est mêlée à des histoires qui dépassaient ses pouvoirs il me semble… les dieux en demandaient trop…

Sa mère, Poledra, a également disparu. Elle aurait pu mieux vous décrire que moi notre Tante Pol. »

Elle lui répondit : « Arrêtez-moi si je me trompe… elle avait les cheveux noirs et une mèche blanche, une robe bleue roi, des yeux bleus ?! Toujours le sourire et séduisante ?

Si c'est bien cela… Je l'ai rencontré il y a quelques temps… Je ne me sentais pas bien… je venais de… enfin, bref, peu importe… et je lui ai raconté mon histoire… »

Elle écarquilla les yeux et ajouta avec empressement : « Et sur le chemin pour arriver ici même...un esprit est venu en moi... C'était elle ! » Elle plissa les yeux : « Elle m'a dit qu'elle venait d'être tuée et que je devais retrouver les Templiers de la Terre... donc vous... et que... ». Elle parlait de plus en plus vite mais par mots séparés : « Voronwë.. était son tueur et qu'il fallait que je la venge... » Sa respiration s'était accélérée, elle haletait. Elle s'arrêta de parler et resta un moment silencieuse.

Maitre Deluxus hocha de la tête en disant : « Je vais m'en occuper ». Il s'en alla.

Un autre garde, qui avait suivi la discussion et qui n'avait pas prononcé un mot, demanda à Khenella : « Comment se fait-il qu'une âme errante aie pu entrer dans votre corps ?... Il faudrait que vous soyez vous même morte pour que l'âme puisse entrer en vous....Tout cela est si étrange... »

Elle répondit au garde : « Je suppose que c'est parce que c'était une sorcière... d'après ce qu'a dit Maitre Deluxus, elle devait être puissante... et j'ai lu quelque part, au pilier des annonceurs, qu'elle était aussi pendant un temps proche de Gaïa, la déesse des Templiers... »

Peut-être que le fait d'avoir vu beaucoup de morts peut me permettre de parler avec eux... pensa-t-elle alors qu'elle voyait des images de son passé tragique dans sa tête.

Un nouvel homme approcha de la Tour de Garde. La tête droite entourée d'une aura noir. Ses yeux étaient noirs et emplis d'une grande tristesse. Il frappa à la tour. Un garde apparut, le regarda et ouvrit la porte. Il entra, monta les marches jusqu'en haut et arriva dans la salle commune. Il salua l'assemblée brièvement et alla se poser à une fenêtre tout en regardant le ciel obscur éclairé par la douce lune.

Il ne pensait qu'à Tante Pol qu'il appelait amoureusement Polly.

Il s'en voulait de n'avoir pas été là quand sa femme était en danger. Jamais il ne pouvait se le pardonner. La haine montait en lui, ne désirant que la mort de toute chose, de toute vie pour ainsi venger sa tendre et admirable femme.... Polly.

Khenella s'approcha de lui. Elle lui dit : « Bonjour... Vous semblez porter toute la tristesse du monde... Voulez-vous en parler ? ». Elle ressentait quelque chose de familier chez lui mais ne savait quelle était cette impression de *déjà-vu*.

Il ne prit pas la peine de se retourner ni de lui répondre, l'ignorant totalement. Mais une sensation étrange le parcourait. Il sentit quelque chose de familier ou plutôt quelqu'un de familier. Il se retourna et regarda la femme. Aussitôt ses yeux sombre redevinrent normaux. Ses traits s'adoucirent. Quelque chose en elle lui était familier. Il en fut troublé. Il n'en était pas sûr. Il ne pouvait y croire : « Bonsoir, je me prénomme Kamahl... désolé mais.... Ma femme Tante Pol... »

Elle regarda l'homme interloquée, elle ignorait que Tante Pol avait été mariée. Il préféra ne rien dire et ajouta : « Désolé mais je dois y aller. »

Elle pencha la tête en signe de salut. Il mit son capuchon sur la tête et sortit de la tour de garde. Elle revint s'asseoir sur un des fauteuils confortables. Elle se servit de l'eau et en but tranquillement.

Devant le calme de la pièce, des gardes s'étaient endormi sur leurs fauteuils pendant que d'autres étaient rentré dans leurs quartiers.

Khenella poussa un soupir et ferma les yeux. Elle voyait de drôle de visions... une forêt... un chêne avec des pierres à côté... un corps allongé. Elle se laissa emporter par une douce rêverie... elle était dans les nuages... puis dans un lit à baldaquin... une salle avec un sol rose pâle... une couverture... Puis un autre lieu... des falaises... Il y avait toujours une forme qui l'accompagnait... Était-ce vraiment elle qui voyageait ?

Elle s'endormit et rêva encore d'une femme aux cheveux blonds et habillée telle Athéna... une bataille entre cette femme et une autre silhouette. D'où venaient ses visions ? des rêves ? Autre chose ? Elle ne le savait point et sûrement que le lendemain, elle ne s'en rendrait plus compte. Elle dormit alors paisiblement malgré les débris près de la fenêtre.

***

Elle se réveilla au petit matin de mauvaise humeur... Qui était la femme dans son rêve et pourquoi ce rêve avait l'air si réel ? Elle se leva et son estomac cria famine. Elle s'excusa auprès des gardes et leur promit de venir dans quelques jours pour faire plus ample connaissance.

Elle sortit de la Tour de Garde et se dirigea vers son auberge pour retrouver ses compagnons gladiateurs.

***

Il faisait toujours nuit dehors et à peine était-elle arrivée dans la grande rue qu'elle vit une forme entourée d'une lumière bleue. Intriguée, elle décida de vite rentrer à l'auberge. Là, Salhassri lui dit qu'elle lui avait acheté une cotte de maille, un casque et une épée. Khenella revêtit ces nouveaux vêtements pour mieux se protéger, elle arrangea ses cheveux et déposa le petit casque sur sa tête.

Elle sortit de l'auberge et vit au loin la forme. Elle courut après elle et se retrouva dans un champ. Derrière Khenella, une elfe noire la suivait discrètement.

Il y avait au milieu du champs un homme, Kamahl. La lumière bleue s'était évanouie et elle vit à une dizaine de mètre un autre homme, au teint blafard. Elle s'approcha de Kamahl et se mit à côté de lui. Elle sentait en elle une fureur contre l'homme pâle au loin qu'elle ne connaissait point, elle lui cria : « Qui êtes-vous ?! »

Kamahl avança lentement en direction de l'homme. Il battait l'air de son épée à chacun de ses pas. On sentait comme une énergie néfaste en lui qui essayait de sortir. Avec un grand rictus il avançait toujours et encore. Il humait l'air doux et humide. Ses yeux sombres regardaient devant lui.

« L'heure de ma vengeance a sonné ! » dit-il à voix basse.

Tête baissée, il avançait toujours et se trouva à une dizaine de mètres de l'homme. Mais aussitôt quelque chose d'étrange le parcourut. Il regarda à côté de lui et remarqua Khenella qui marchait à son rythme. Il était à moitié surpris de la voir mais il ne prononça plus un mot. Il regarda directement l'objet de sa vengeance devant lui, la colère montait en lui.

Le rictus encore plus prononcé, il se mit en garde.

Ses yeux devinrent encore plus sombres. On pouvait y voir le chaos... on pouvait y voir la mort...

Des éclairs rouges et noirs apparurent tout autour de Kamahl dégageant une aura dévastatrice.

L'homme blafard parla : « Je sais que vous êtes ici ... D'ailleurs je vous attendais depuis longtemps.

Vous savez Dame Khenella, il ne fait pas bon se promener pour une femme par une journée si étrange... Peut-être que la mort vous guette. »

Il avançait lentement vers un arbre, ne semblant plus porter attention au danger qui rodait. « Vous savez, je suis las de devoir me battre pour imposer une pensée, surtout une pensée qui n'est pas mienne. J'ai fait des choses terribles au nom d'une cause qui ne fut jamais mienne, mais je ne le regrette pas, je ne peux pas le regretter, je ne suis pas un faible. La mort vous guette, elle vous guette depuis longtemps, et un jour elle vous rattrapera, mais cette fois si vous ne pourrez l'éviter. »

Il s'adossa calmement à l'arbre et regarda le sol fixement

« Le danger me guette-t-il ? », se dit-il. Il sourit.

Elle regarda l'homme et tout en elle lui indiquait qu'il était dangereux. Elle avait son épée à sa droite et Kamahl était toujours à ses côtés.

Soudain, elle sentit une autre présence derrière eux. Elle regarda par dessus son épaule et vit une elfe noire en retrait. Khenella sortit la lame de son fourreau et la tint devant elle face à l'homme et elle dit : « Je ressens du mal en vous... Je ressens de la vengeance en moi... Êtes-vous Voronwë... celui qui a assassiné Tante Pol ?! » Sa voix était dure contrairement à ses habitudes et elle le regardait prête à lui sauter dessus s'il devenait menaçant.

« A vous de voir si je suis celui que vous recherchez. »

Il se leva et commença à partir dédaignant regarder Kamahl et l'elfe noire.

« Si vous continuez à attendre ici même, vous allez mourir, Menzo est à vos trousses, et leurs cavaliers aussi. Ils vous pulvériseront littéralement. »

Il se retourna finalement, pour lâcher un dernier sourire

« Tante Pol a beaucoup souffert, Voronwë a eu beaucoup de plaisir à la tuer. Maintenant elle est beaucoup mieux je pense, Manwë, l'autre personnalité qui est en moi, est enfoui au fond de mon âme, il ne ressortira jamais plus de là, il est emprisonné en lui même, et lui seul a la clé de la sortie.

Encore faut il lui laisser le temps de la trouver … »

Il rit à gorge déployée.

Lorsqu'il dit que Tante Pol n'était rien, Khenella sentit une explosion en elle... de la colère. Elle se mit en travers de la route de Voronwë et dit : « Je ne vous laisserais pas partir comme ça... » Tout son corps bouillonnait. Elle ne pouvait pas le laisser filer, elle lui cria : « Et c'est vous qui avez commandité le meurtre de mon père et de mon amant ?! »

Elle se retint juste à temps de pleurer... tant de choses étaient passées... Tante Pol avait été très importante dans sa vie, c'est elle qui l'avait sorti de la misère.

L'elfe noire écoutait la scène se dérouler de loin et quelle ne fut pas sa surprise d'entendre les noms de Voronwë et Manwë prononcés. Elle cherchait à trouver la raison de tout ce remue-ménage. Voronwë s'était levé pour partir et elle ne pouvait pas le laisser s'en aller sans savoir ce qu'il en était. L'air se glaça autour d'elle comme elle s'avançait derrière Khenella qui s'opposait elle aussi à son départ.

L'elfe noire parla Khenella : « Veuillez excuser mon intervention mais je suis à la recherche d'un vil traître du nom de Voronwë et je vous ai entendu prononcer son nom. je vous saurai gré de me dire où il se cache pour qu'il réponde de ses actes! »

Elle resta figée derrière Khenella dans l'attente d'une réponse, fixant intensément l'homme. L'aura de Khenella lui était familière mais elle ne parvenait pas à la reconnaître...

Khenella regarda derrière elle et répondit à l'elfe noire : « Oui... C'est lui-même... Le tueur de Tante Pol ! » Elle sentait que l'elfe noire qui lui avait parlé était avec elle alors elle lui murmura : « Unissons nos force pour vaincre ce monstre ! »

Elle regarda Kamahl et ajouta : « Aidez-nous également ! Je sens que vous voulez cette vengeance autant que nous... nous devons lui ôter sa force ! »

Voronwë reprit : « Je suis Voronwë, Manwë est actuellement enfoui en moi, il ne répond plus pour le moment de mes actes, d'ailleurs il n'y peut rien ...

Il est, dirons-nous, comme possédé ».

Il rit à nouveau.

« Je sens en vous une peur, mais vous avez totalement raison, ayez peur, car vous périrez, et moi même si je tombes, Manwë tombe aussi, le pauvre, lui qui n'a rien fait ...

Dans tous les cas, vous perdez, à vous de voir, soit vous me laissez partir et Manwë continuera à vivre, soit nous nous battons et je vous tue, et si même si cela est fort improbable je meurs, Manwë disparaîtra alors et s'en ira retrouver sa montagne chéri ! »

Il disait tout ceci sur le ton de la moquerie : « Pâles humains … »

Kamahl n'écouta pas les dires de Khenella ni de l'elfe noire.

Une seul chose lui importait : assouvir sa vengeance.

Tuer l'homme qui était responsable de la mort de celle qui comptait le plus dans sa vie. Celle qui lui donnait la force de vivre.

Tuer Voronwë. Il serra son épée, esquissa un sourire.

« Manwë, Voronwë. Pour moi, il n'y a pas de différence. Il n'y a que les actes... Et ce que tu as fait.... sois béni car mon avènement est arrivé. »

Kamahl leva les yeux au ciel et vit que la lune était pleine aucun nuage à l'horizon.

Voronwë répondit : « Vas y, transforme-toi alors ... Deviens une bête infâme, remarque cela ne te changera que trop peu … J'entends au loin le bruit de ma victoire, ce soir je serais donc un martyre, un symbole pour Menzo, et par ma mort vous servirez le Roi Noir...

Vous avez commis beaucoup d'erreurs dans vos vies d'humains, et celle-là sera la plus grosse. » Il ricana.

« En fait, vous me rendez un service, le plus grand service que je pouvais espérer.

Une fois mort, le bien aura perdu un allié précieux en la personne de Manwë. Mon dieu pourra alors assouvir son courroux sur toute la terre et il vous dominera tous. Cette histoire vous dépasse depuis bien longtemps, vous feriez mieux même de l'oublier, petits êtres. »

Kamahl s'approcha de Manwë lentement, battant l'air de son épée.

- Tu as fait plusieurs erreurs :
- La première c'est que tu as tué la seule personne qui m'empêchait de sombrer.
- La deuxième, je ne suis pas tout a fait une bête. Si tu pensais que j'étais un lycaon tu as tort.

Les canines de Kamahl s'allongèrent. Il les tata de sa langue.

« Quoique tu n'es pas loin de la vérité. »

Il s'avança toujours vers Manwë.

« La troisième qui te dit que je suis humain. Je n'ai même pas d'âme… » Kamahl rit comme un dément : « et enfin pour terminer… »

Kamahl était maintenant à la même hauteur que Manwë

« …, mon ami, qui a dit que j'allais te tuer ? ça serait trop simple pour toi de t'en aller comme ça... je veux que tu souffres... à jamais… »

Voronwë répondit : « Je n'ai rien d'humain mon pauvre ...

Un esprit je suis. Ceci n'est qu'une enveloppe charnelle, je ne crains absolument rien ...

Et puis tu as une âme, tu es tombé amoureux de cette sombre femme, parce qu'il ne faut pas croire qu'elle était parfaite, elle complotait avec quelques sombres dieux ...

Enfin bon, tue-moi que l'on en finisse à tout jamais, comme cela tu sera vengé et heureux, si tu veux je peux me jeter dans le lac pour t'aider un peu, ou me retourner, car les gens de ton espèce ont parfois bien du mal à viser ...

Pâle créature d'Iluvatar »

Il éclata de rire et leva les mains aux ciel.

Pendant que Voronwë parlait, un samouraï, Kyo, passait par là, un message à la main... Il s'approcha avec discrétion et reconnut certains maîtres d'armes... Kamahl qu'il avait entre aperçu un jour...et Voronwë....qu'il connaissait pour avoir tué Tante Pol....il fronça les sourcils et hésita à se lancer dans le combat qui se déroulait sous ses yeux....

Il prit des pétales de roses dans sa main droite qu'il palpa de ses doigts et de l'autre main un étrange bâton qu'il serrait de toutes ses forces... Il ne savait que faire...

Voronwë agaçait Kamahl, il y avait en lui deux parts, Voronwë le tueur et Manwë son ami. Il ne savait pas comment faire. Combattre et risquer de tuer son ami ou bien renoncer à se battre et ainsi dire au revoir à Polly. Une voix lui dit alors de ne pas oublier la vengeance. Ce qui l'animait.

C'était Némésis, sa déesse, qui était venue à lui pour l'aider. Le regard de Kamahl alors devint clair. Il devait poursuivre sa vengeance.

« Hé bien, soit, alors je ne sais pas qui tu es ni d'où tu viens ni même pourquoi tu es là. »

Il frappa alors au même moment Voronwë visant le visage et de sa main droite commençait à abattre son épée.

À ce moment, sentant tout son corps en ébullition, Khenella s'élança également vers Voronwë avec son épée. Elle regarda derrière elle en espérant que l'elfe noire la suivrait. Elle abattit son épée en même temps que Kamahl.

Le temps sembla un moment s'arrêter, Voronwë ne bougeait pas, les épées étaient là, à deux doigts de le tuer, et pourtant il semblait calme et n'avait pas peur.

Il ferma doucement les yeux, puis prononça les paroles :

« Vous vous êtes condamnés tout seul. »

Tout d'un coup, une horde de gobelins venue tout droit du nord sortirent de la forêt et coururent vers eux

« Pour moi il n'y a plus d'espoir, et pour vous non plus… »

Kyo, le samouraï, qui était un peu plus loin, vit déferler sur les combattants la horde, armée jusqu'aux dents... Il fronça les sourcils et se décida....Il se dirigea vers les maîtres d'armes, Kamahl, Khenella V et l'elfe noire et leur dit soudainement :

« Je combattrais à vos côtés. Etant samouraï mon honneur est en jeu.....je connaissais peu Tante Pol mais je sais qu'elle était respectée. »

Il prit son bâton, le pointa devant lui à l'horizontale... une lumière aveugla tout le monde et un sabre, un nodachi, remplaça le bâton dans la main de Kyo… Lui-même se mit face à la horde de gobelins et se prépara au combat... Peut-être son dernier mais il mourrait avec honneur....

« Approchez et vous connaîtrez la force d'un samouraï. »

Khenella se retourna et vit les gobelins sortir de la forêt. À peine le temps de se rendre compte du traquenard que les gobelins étaient déjà sur eux. Sa grande épée voltigea et elle en faucha deux en un coup ! Puis un autre la contourna et l'attaqua par derrière. Il lui donna un coup de poing dans le dos, mais son armure amortit le choc, dans un mouvement puissant elle envoya son épée par dessus son épaule pour fracasser sa tête. Elle tapa avec son pied derrière elle, mais il était coriace... Elle se retourna et lui envoya son épée dans les côtes. Elle en avait donc assommer deux et un était mort. Quatre autres étaient en train de s'élancer vers l'elfe noire et cinq autres sur Kamahl.

Mais... ce que Khenella n'avait pas vu, c'est qu'un plus grand gobelin arrivait derrière elle ! Il la prit par la cotte de maille et commença à serrer ses mains sur ses côtes ! Elle cria à l'aide, la douleur se faisant de plus en plus importante. Son épée tomba à terre. Qu'allait-elle faire ?!

Kyo prononça une formule magique : « Par le vent divin obscur… Mizuchi!.. » À ces mots certains gobelins tombèrent au sol. Morts...

Il en trancha encore 5. l'odeur de la mort et du sang se répandait de plus en plus...

Il vit Khenella V broyé par un grand gobelin... Il fit un grand saut et arriva derrière celui-ci et lui trancha la tête... Il lui dit: « Khenella V, voilà... Reprenez votre épée et continuons… »

Deux Gobelins se jetèrent alors sur Kyo qui tomba à la renverse... et il fut menacé par une hache de bataille qu'un gobelin pointa sur son cou...

Khenella se releva un peu étourdie. Elle reprit son épée et courageusement, elle s'attaqua aux deux gobelins qui attaquaient Kyo : « Prenez ça, sales bêtes ! » Elle fit un balayage sur ces deux gobelins... l'un tomba à terre l'autre fut déséquilibré. Elle regarda où en était Kamahl et l'elfe noire... Ils étaient en plein combat... Voronwë semblait bien seul... Elle murmura à Kyo : « Courage... » Elle s'élança vers Voronwë, le courage comme seul leitmotiv.

Kyo se releva.....ses yeux soudain changèrent de couleur. De marrons, il étaient passés au rouge... et une voix glaciale se fit entendre :

« Maudits Gobelins... mourrez...Susaku ! »

Un phénix s'éleva dans le ciel et beaucoup de gobelins se tordirent de douleur et moururent avec leurs veines qui s'étaient ouvertes...

« Maintenant à toi Voronwë... pour Tante Pol... »

Il se dirigea vers Voronwë la rage en lui..une aura intense apparut autour de lui.....sa détermination était sans faille... et sa nodachi prête à s'abattre sur son ennemi...

Pendant ce temps, Kamahl était au prise avec quatres gobelins qui le tenaient. Il se laissa envahir et tomba au sol. Mais l'armure le protégea. Il encaissa les coups puis se concentrant dégagea le feu qui circulait en lui.

La chaleur de son corps augmentait si bien qu'il était impossible de mettre sa main sur lui.

Les gobelins s'en aperçurent bien trop tard. Ils moururent carbonisés.

L'armure aspira leur âme ce qui rendit Kamahl encore plus fort mais le rendait encore plus au service de sa déesse. Il se leva les traits autour de ses yeux étaient noir. Son regard encore plus sombre.

Kyo découpa encore quatre gobelins qui s'étaient précipités sur lui et regarda Kamahl d'un air surpris... Il reconnut en lui un fort guerrier... et Kyo était fier de combattre à ses côtés...

Il se concentra sur la bataille et sur une troupe de gobelins qui se dirigeait vers Kamahl...

Kyo fit un grand bond et atterrit au milieu de ceux-ci... il effectua une attaque circulaire qui les fit tous tombés à terre...quelques-uns se relevèrent et firent face à Kyo.

Khenella s'élançait vers Voronwë, mais une branche au sol la fit tomber près de Kamahl. Elle s'était égratignée légèrement les bras. Elle leva les yeux sur le fier combattant qui se tenait devant elle. Elle lui sourit et courageuse, elle se releva et continua son chemin vers Voronwë.

Kamahl regardait Kyo.

C'était un bon guerrier. Il n'avait pas vu aussi bon guerrier depuis longtemps. Il sentait aussi tout son courage. Il ne comprenait pas pourquoi il venait l'aider. Pourquoi était-il ici? Mais Kamahl alla aider Kyo.

Il trancha la tête d'un gobelin qui prenait Kyo par derrière. Il se mit à ses côtés et le regarda.

« Fais attention à tes arrières. Leur nombre diminue… »

Kyo lui répondit : « Merci Kamahl... continuons ainsi... Je vous offre mon aide... »

À ces mots, Kyo para les attaques de cinq gobelins armés d'un morningstar et les décapita un à un à chaque fois qu'il eut les moyens de les atteindre....

« Pour l'honneur! », cria-t-il... et il se dirigea vers une masse de gobelins qui était arrivée en renfort.

Khenella s'arrêta à mi-chemin et regarda Kamahl... Il y avait quelque chose en elle qui la poussait à venger Polly... et en même temps quelque chose qui l'attirait vers Kamahl... mais qu'est-ce que c'était ? Un gobelin arriva vers elle mais elle se doutait de quelque chose. Elle se tourna vers le gobelin et le toisa. Elle s'élança vers lui criant : « Pour Polllyyy ! » Elle lui trancha la tête, puis elle se rapprocha de Kamahl et Kyo pour être plus en sécurité... l'elfe noire était un peu plus loin que le groupe. Elle lança un sourire à Kamahl.

Un gobelin armé d'un fléau surgit soudain derrière Khenella V... elle ne l'avait pas aperçu, occupée par d'autre gobelins devant elle... Kyo était trop loin... désespérément... celui-ci prit alors une dague qui était attachée à sa cheville et la lança... le gobelin stoppa son élan et tomba juste derrière Khenella V qui entendit le bruit sourd d'un corps qui tombait... Kyo eut un sourire... mais se retourna immédiatement pour stopper l'avance de quelques gobelins qui chargeaient sur eux...

Kamahl se retourna vers Khenella et brandit son épée sur elle il abattit son épée sur le crâne d'un gobelin qui était sur le point d'asséner un coup sur elle.

Il la regarda et lui sourit.

« Tu ferais bien de faire attention toi aussi. »

Il sentit tout d'un coup quelque chose sur son dos il tomba à genoux passant sa main sur son dos une dague y était plantée. Il la retira et s'écroula au sol...

Khenella avait vu un gobelin envoyer la dague sur Kamahl. Elle se jetta sur lui et lui asséna de furieux coup d'épée sur lui jusqu'à ce que son sang gicle par à-coups. Puis elle vérifia que Kyo n'était pas trop en danger... Il s'en sortait bien, elle vint vers Kamahl, elle toucha sa joue et lui dit : « Courage Kamahl... Reprenez-vous ! »

Une rage éclatait en elle mais elle n'osait la laisser s'exprimer.

Kyo toujours occupé à combattre des gobelins se tourna pour voir où en était kamahl... Il le vit à terre une dague plantée dans le dos et se dit en lui :

« L'imbécile il a été plus rapide que ma dague... Comment est-ce possible... décidément.... sa force est bien supérieure à celle que je pensais. »

Kyo réalisa soudain et cria : « Milles excuses… vous vous êtes interposé entre la dague et le gobelin... Je… » Mais un gobelin venait de le faire taire en lui assénant un coup d'épée courte dans le ventre... Kyo tomba à terre, blessé... il réussit néanmoins à tordre le cou au gobelin...

Une nouvelle vague approchait et cette fois-ci Kyo ne pourra pas l'empêcher d'arriver sur eux.

L'elfe noire était au prise avec deux gobelins. Elle les regarda froidement avant de les frapper de son bâton de cristal. Les deux gobelins se changèrent en glace avant d'exploser en millier de diamants...

Mais les gobelins continuaient de déferler toujours plus nombreux.

L'elfe noire sentit alors une envie d'intervenir. Elle devait leur venir en aide, elle, la terreur glaciale des Ténèbres. Cette pensée l'interpella... Elle se sentait bizarre depuis la disparition de son seigneur et Maître, comme si les changements qui accablaient son maître se répercutaient sur elle.

Elle avança alors pour se mettre entre les trois guerriers et les gobelins et poussa un cri effroyable : « Approchez gobelins, je connais un enfer où vous n'avez encore jamais mis les pieds, je me ferais un plaisir de vous le faire visiter ! »

Les gobelins s'arrêtèrent stupéfaits, et ne virent point l'attaque groupée des trois autres guerriers qui mit fin à leurs misérables existences…

Kyo se releva et dit : « Merci… Heureux de faire votre connaissance... nous devons en finir… »

Kyo se mit devant Kamahl et Khenella V pour les protéger de toute attaque venant des gobelins... Il en trancha deux d'un coup de nodachi et resta là à attendre que d'autres viennent vers lui... Il tenait d'abord à protéger ces frères d'armes dans ce combat…

Khenella avait vu l'elfe noire les aider ainsi que Kyo toujours aussi vaillant. Elle regarda Kamahl puis Kyo tout aussi blessé. Puis elle regarda son entaille au bras... elle comprit que, eux, humains ne pouvaient lutter sans avoir des dommages. Elle interpella la shiva :

« Détruisez-les... nous ne pourrons résister longtemps ! »

La blessure de Kamahl saignait de plus en plus et il semblait souffrir. Elle déchira un bout de son blouson au niveau du bras, là où l'armure s'arrêtait. Puis, voyant que le morceau n'était pas assez grand, déchira une longue bande de sa robe et appuya sur la blessure de Kamahl pour arrêter l'hémorragie. Elle lui murmura d'une voix douce :

« Je suis là, Kamahl, je vais m'occuper de vous… »

Puis elle parla à l'elfe noire assez pour qu'elle soit la seule à l'entendre :

« Enlevez l'âme "Voronwë" du corps de Manwë... Il faut qu'il n'ait plus les pouvoirs de ce démon associé à un dieu, j'en suis sûre ! »

Elle resta près de Kamahl pour s'occuper de ses blessures.

Kamahl se redressa il tremblait. La couleur de sa peau devint noir, son corps grandit et devint plus musclé. Il regarda autour de lui tandis que sa blessure se cicatrisait. Ça y est sa transformation était faite. Il ne voulait pas mais la vengeance et la haine l'avaient aidé.

Il regarda les derniers gobelins puis lâcha son épée. Il courut sur eux les attrapant comme il le pouvait leur arrachant leur membre avec une telle satisfaction apparente mais son coeur noir en voulait autrement. La fureur l'emporta, tuant avec une atrocité telle une bête.

Lorsque Kamahl se transforma, Khenella écarquilla les yeux... Il fit une large tranchée sans gobelin alors elle rejoignit l'elfe noire. Elle lui dit : « Prêtez-moi votre force que je anéantisse le mal en Manwë… »

Elle ne savait pas pourquoi elle avait dit ça, c'était comme si ce n'était pas elle qui prononçait ces mots... Elle se sentait différente comme depuis qu'elle avait senti l'âme de Tante Pol visiter son corps pour la prévenir que Voronwë était la personne à abattre. Elle ferma un instant ses yeux et lorsqu'elle les rouvrit, elle voyait une aura autour de Voronwë/Manwë ainsi que autour de Kamahl et de Shiva.

L'aura était noire pour Kamahl... la colère... Voronwë/Manwë, elle était rouge... le mal... et la Shiva... elle était aussi sombre que celle de Kamahl... Elle se frotta les yeux et lorsqu'elle rouvrit les yeux, les auras étaient disparu... avait-elle rêvé ? Elle resta son épée en joue à côté de la shiva.

À un moment Kyo stoppa le combat il tomba à terre...on le pensait mort... même les gobelins étaient confiants mais soudain une énorme aura apparut sur le corps inerte de Kyo... Une énorme puissance se dégageait... Rien de tel n'existait en ce monde... L'éveil de l'homme aux 1000 victimes avait débuté... Kyo se releva... Il avait maintenant les yeux rouges et une voix glaciale... Les gobelins furent surpris et une dizaine d'entre eux se précipitèrent sur lui... Kyo eut un sourire... disparut et réapparut derrière le groupe de gobelins qui tombèrent au sol... Morts... Sa vitesse d'attaque était telle que l'on ne le voyait plus approcher....

L'elfe noire était stupéfaite.

Les transformations de Kamahl et du samouraï l'avaient surpris. Finalement les gobelins ne tarderaient pas à être détruits. Elle entendit alors Khenella lui demander de lui prêter sa force pour sauver Manwë. Elle la toisa puis regarda vers Voronwë/Manwë.

Sans dire un mot elle se mit en marche vers l'homme rester à l'écart des combats et s'arrêta à quelques pas de lui.

« Ainsi vous Êtes Voronwë dans le corps de Manwë et c'est vous qui nous avez insulté en profanant notre pilier. Je vous prie de vous expliquer sur vos motivations.... De votre réponse pourrait dépendre votre avenir, et le mien... »

Kyo exécuta de nombreux gobelins...leurs rangs s'épuisaient de plus en plus... Ils ne virent jamais les mouvements du samouraï... Les cris se mêlait à l'odeur du sang... et à la chair découpée...

C'était une vraie boucherie... Les gobelins se tordaient tous un par un de douleur avant de mourir dans la souffrance... Kyo avec aisance les massacrait... Son nodachi s'abattait en cette soirée sur deux cents gobelins minimums... bientôt il n'en resta que très peu... qui étaient encore debout...

Le combat prenait presque fin....

Khenella sentait une énergie qui grandissait en elle. C'était de la colère, de la haine... un sentiment qu'elle ne connaissait pas et qu'elle ne souhaitait pas connaître... Plus Manwë était ainsi devant elle à les narguer, plus elle sentait cette fureur augmenter... Elle utilisait cette énergie non pas pour tuer Manwë mais pour tuer les gobelins, elle se disait que tant qu'il y avait des gobelins, elle n'attaquerait pas Manwë... car au fond d'elle, elle n'aimait pas la violence... elle en avait tellement vécu dans son passé que cela la dégoûtait... Bien sûr, ses compagnons de voyage se battaient mais ils avaient une noble cause...

Où pouvait bien se trouver ce commanditaire ? Etait-ce Manwë ? Ou quelqu'un d'autre ? Plus elle se posait ces questions, moins elle comprenait la situation et plus elle devenait incontrôlable... Elle suivit du regard l'elfe noire et la suivit également... elle voulait suivre la conversation mais surtout le dénouement de toute cette bataille.

Les gobelins restants se regroupèrent en masse... et se dirigèrent tous en criant vers Kyo... Celui-ci sourit... et commença à rire : « misérables insectes... » Il prit son nodachi de ses deux mains qu'il tendit face à lui horizontalement et prononça cette formule :

« Par la technique secrète du vent divin obscur... SUZAKU ! »

Un phénix apparut alors et les gobelins stoppèrent leur course... Ils ne comprirent pas ce que Kyo venait de faire... Deux secondes plus tard ils se tordirent de douleur... et agonisèrent sur le sol

Kyo dit alors : « Avez-vous ressenti le souffle du Suzaku l'oiseau immortel ? » Toute l'armée gobeline avait été anéantie... il ne restait que Voronwë/Manwë...

Voronwë leva les mains au ciel, ferma encore une fois les yeux, et ne dit plus mots, le vent faisait bouger doucement ses cheveux, il semblait redevenir Manwë, mais non, il restait quand même cet horrible Voronwë qui ne méritait que la mort...

Il finit par prendre la parole :

« Finissons-en... Ha j'oubliais, pour combattre un mage, il faut de la magie, or vous n'avez rien...

Bande de faibles ! »

Manwë semblait vouloir mourir mais l'elfe noire ne pouvait s'y résoudre sans l'approbation de son seigneur et maître. Elle se contenta alors de dresser un mur de glace derrière lui pour couper sa retraite puis elle recula. « Je te repose la question pourquoi nous as-tu offensé? »

Kyo se retourna vers Manwë et lui adressa ces mots de cette voix glaciale qui vous gèle le sang :

« De la magie... et tu penses que ma lame ne peut pas t'atteindre simplement parce que je n'ai point de magie ? hahaha ma vitesse d'exécution compense le reste... voilà ce qu'il reste de ton armée »

Kyo pointa du doigt tous les gobelins morts dans leur sang...

« Ce fut un bon entrainement pour moi... je t'en remercie... »

Kyo regarda avec haine Manwë....et prépara son nodachi...

Voronwë répondit : « Mon armée ? Veux-tu que j'appelle mon armée ? Si je l'appelle la mort sera devant toi, et tu n'y réchapperas pas, mon armée c'est elle-même qui a mis en ruine les royaumes du Nord ... Elles comptent plus de trolls que mille armées réunies... »

Kyo fut surpris de la réponse de Manwë et dit soudainement :

« Même si je meurs... j'aurais apporté ma contribution à la vengeance d'une personne qui avait le sens de l'honneur et qui était respectée...

Je connais votre puissance et je ferais tout pour en finir avec vous... Un samouraï possède un sens de l'honneur... je ne sais pas si vous vous connaissez justement le sens du mot honneur... »

Khenella regardait Kyo et Manwë parler et plus elle restait devant et plus la fureur en elle se réveillait... Puis soudain, elle cria sur Manwë les larmes aux yeux : « Va au diable ! Nous allons te faire la peau ! »

La haine qui était en elle s'était exprimée... mais était-ce elle qui parlait ?... Une force monta en elle et en quelques secondes son regard devint plus dur... Étonnamment, elle parla d'une voix plus douce, plus assurée... La même voix que Tante Pol : « Oh... J'aurai ma revanche, mon assassin… »

Kamahl la regarda fixement. Un sourire aux lèvres il n'en croyait pas ses oreilles. C'était bien la voix de Polly…

Le visage de Khenella resta dur mais sa voix reprit son ton normal : « Je vais te tuer ! »

Elle se sentait observée... elle regarda juste derrière elle... c'était Kamahl... il était redevenu calme... elle lui sourit mais la rage en elle la fit se retourner à nouveau contre Manwë et à lui dire à nouveau de la voix douce de Polly : « Tu vas répondre, oui ?! » Sa voix redevint normale : « Dépêche-toi de nous répondre où certaines personnes risquent de te tuer ! »

Voronwë répondit avec un sourire : « Je l'ai tuée car j'en avais envie, voilà je n'en dirai pas plus, vous pouvez me transpercer de milliers de coups, je m'en moque, ma mission sur terre est finie, je peux rentrer chez moi dorénavant avec le sourire, j'ai fait ce que je voulais, personne ne la fera revenir, alors que moi … »

Khenella le regarda les yeux remplis de rage... la force, la haine qui était en elle augmentait et au bout d'un moment, elle ne pouvait plus le supporter... Un vent se leva et le vent tournoya autour de Khenella, des larmes coulaient le long de ses joues... elle regarda Manwë, menaçante et se décida à l'attaquer.

Elle leva son épée et s'élança vers lui. Elle savait que les autres la protégeraient d'un autre fléau, des deux mains elle abattit son épée sur Manwë. L'épée le toucha en plein sur le torse mais l'entailla que très légèrement, du sang coula du bras de Manwë.

Kyo se concentra... son aura augmenta davantage...

Il disparut de devant Manwë et réapparut derrière lui... celui-ci ne comprit pas ce qu'il s'était passait... mais une taillade apparut sur sa joue... le sang commença à couler...

Kyo se retourna et fut surpris... il se dit en lui : « Une seule taillade ? je lui ai porté au moins 10 coups... comment est-ce possible ? l'ai-je sous-estimé ? »

Kyo paraissait exténué du combat qui avait déjà commencé depuis fort longtemps... son énergie diminuait... et sa fatigue augmentait...

« Voronwë… je t'aurais… », cria-t-il à ce dernier.

Kamahl se re-concentra sur manwë. Mais l'apparition l'avait quelque peu troublé. Il regarda Kyo et fut surpris de la rapidité de manwë. Celui-ci l'avait à peine touché alors que Kyo s'était acharné sur lui. Kyo semblait fatigué. Kamahl s'avança vers Manwë. Le dévisageant du regard et eut un rictus. Il prit son épée qui était par terre et la balança, fouettant l'air.

« Tu vois mon ami encore une fois tu as fait une autre erreur. Cette fois-ci c'est d'avoir fait venir toute cette bande de gobelins. À croire que tu collectionnes les erreurs. »

En effet l'aura de Kamahl était maintenant plus forte qu'au début. Un halo brillait tout autour de lui. Une faible lueur sombre et blanche.

Kyo regarda Kamahl et écouta ses paroles... Il ne comprit pas tout ce que le maître d'arme disait mais il remarqua qu'une aura se dessinait autour de celui ci...

Kyo pensa à lui : « Plus il tue, plus il devient fort ? Intéressant... »

Kyo prit un petit flacon... Il le but... Et ses blessures partirent une à une... Et sa fatigue s'évanouit... Il dit alors : « Pratique cette potion de samouraï... »

Kyo se re-concentra sur Manwë... De nouveau, il était prêt à l'attaquer alors qu'il était encerclé par tous les autres combattants...

Khenella fonça telle une torpille sur Manwë, ... elle feinta de le toucher à nouveau au torse, mais elle abattit son épée sur ses cuisses...

Cette fois-ci, elle ne l'avait pas loupé ! Du sang jaillit de la grande entaille qu'elle lui avait faite. Un sang visqueux, rouge foncé. Elle regarda Manwë dans les yeux... la rage qui était en elle s'exprimait purement et simplement. Des éclairs jaillissaient de ses yeux ou étaient-ce plus simplement des flammes de colère ? Elle lui dit à nouveau avec la voix chaude de Tante Pol : « Alors, tu ne réagis pas ?! Tu me fais pitié ! » Elle éclata d'un rire méchant... Puis de sa voix... Khenella murmura pour elle-même : « Je me sens toute bizarre... » Elle sentait une présence mais une aura bienfaisante en elle.

Elle recula de devant Manwë... elle sentait quelque chose de très perturbant en elle. Elle regarda l'elfe noire et lui dit à voix basse : « Je crois qu'il vaut mieux que je ne me batte plus... je sens... hum... je ne sais pas... » Elle fronça les sourcils... elle ne savait plus quoi faire...

Kyo vit Khenella V touché Manwë....il se dit alors en lui : « Quoi il n'a pas réagi à sa petite attaque d'épée ? alors qu'il a réussi à éviter quasiment tous mes coups ? comment est-ce possible... à quoi joue-t-il ? .... »

Kyo reprit sa nodachi...et se dirigea vers Manwë l'air déterminé....

« SUZAKU », cria-t-il... Le phénix apparut et se jeta sur Manwë....

Tout d'un coup le phénix changea de direction et se dirigea vers Kyo qui dit en lui : « Non... »

Une douleur le prit soudain et il tomba au sol... en crachant du sang...

« Comment est-ce possible ? » se dit-il.

Kyo se releva et fonça vers Manwë nodachi à la main... mais une force invisible le repoussa...et il tomba à terre... et dit ses mots avant de s'évanouir : « Pardonnez-moi j'ai échoué... »

Voronwë se releva comme si rien ne s'était passé, se retourna et commença à partir.

« Simple mortel, mes pouvoirs vous dépassent, vous ne pouvez rien faire contre ma toute puissance... ». il rit et avança lentement.

Khenella s'approcha rapidement de Kyo. Elle regarda son pouls... il battait faiblement mais il battait. Puis elle vit Manwë qui s'en allait. Elle murmura pour Kyo : Je reviens...

Malgré ce qu'elle venait de dire, il n'était pas question de le laisser s'échapper, elle se dépêcha et se mit en travers du chemin, son épée à ses côtés comme protection : « Tu ne passeras pas ! » Elle releva l'épée fine au pommeau en rubis. Elle regarda Manwë, se retenant de laisser échapper les mots qu'elle était sur le point de dire. Ses yeux étaient menaçants, mais elle n'agissait pas... pas encore... elle l'avait blessé, c'était déjà quelque chose de fait....

Kamahl baissa la tête, il se mit à trembler de tout son être. Puis avec un profond sourire il se redressa. Il regarda Manwë et serra son épée.

Il fit un cercle avec sa main libre dans l'air une lueur rouge jaillit puis elle disparut.

Son épée par contre devint rougeâtre. Il fixa Manwë et se jetta sur lui et lança un coup d'épée sur l'abdomen.

Voronwë para le coup sans trop broncher avec son bâton, il n'avait même pas une égratignure

« Est-ce dont tout ce que tu sais faire ? » Il le repoussa violemment et continua sa route

Khenella barra à nouveau le chemin, bien décidée à ne pas le laisser s'enfuir... Elle lui dit : « Est-ce vous qui avez commandité le meurtre de mon père et de Elmure Greeneye ? Est-ce vous qui avez envoyé Messire Charmalin pour tuer ma famille ? »

Elle avait un regard noir et elle ajouta : « Ne regrettez-vous point d'avoir tué Tante Pol ? Acceptez-vous la responsabilité de la destruction du pilier des Shadows Of Death ?! »

Elle avait l'épée bien devant elle prête à agir.

Voronwë la regarda fixement et ne dit aucun mot ... il continua, la bousculant de son épaule.

« Hum... en fait, ils ont beaucoup souffert d'après ce que j'ai entendu ... Mais je pense qu'ils sont mieux là où ils sont... »

Khenella se mit devant lui brandit son épée : « Je vais te faire regretter tes paroles... »

Elle attaqua Manwë sans pitié et avec toute l'énergie qu'elle avait et abattit son épée entre l'épaule et la tête de Manwë. Elle n'avait pas réussi à l'entamer comme elle le voulait, mais il saignait... Elle regarda le ciel et pria pour qu'une force aussi puissante que celle de Manwë leur vienne en aide... soudain, elle se tourna vers l'elfe noire et se demanda si elle pouvait les aider...

Celle-ci dit à Kamahl: « Plus de renfort, plus de combat interminable. C'est Manwë contre vous, à vous de l'abattre! ». Une lueur maléfique traversa ses yeux. Elle prenait plaisir à voir ce combat se dérouler et peu lui importait l'issue...

Khenella était face à Manwë... les mots de l'elfe noire avaient tari la folie en elle... Soudain, elle se sentait vide... vide...

La chose qui était en elle était partie au moment où Shiva avait dit que seul Manwë et Kamahl devaient se battre... Tel un automate, Khenella baissa son épée... les bras ballants elle restait devant Manwë sans bouger...

Puis, vide d'émotions, elle alla vers Kyo. Elle s'assit, prit sa tête entre ses mains et la posa délicatement sur ses genoux. Elle regarda le combat de Kamahl et Manwë ainsi à quelques mètres sans bouger ni dire mots.

Kamahl recula d'un pas ou deux puis posa un genou à terre. Posant à la verticale son épée. Se posant sur elle. Il baissa la tête et regarda le sol puis ferma les yeux.

Il se concentra une aura encore plus grande se dégagea de Kamahl. Plus sombre et plus dévastatrice. Le vent se leva. Des éclairs frappaient le sol tout autour de Kamahl. et lui-même aussi.

Il redressa la tête et hurla, son aspect physique changeait. Il redevint la bête qu'il était.

Semi-lycan semi-vampire... Il se redressa alors prit son épée et la serra dans ses mains. Si bien qu'il se mit à saigner. Il regarda Manwë et dit : « Par la mort je triompherais. Pour Nemesis je tuerais. À jamais dans les limbes de l'enfer. »

Voronwë répondit : « Et on dit que je suis le mal absolu, regarde-toi mon cher Kamahl, la mort est en toi, tu dis avoir été amoureux de cette femme et pourtant, tu n'as rien d'un humain, tu es une bête immonde ...

Ta place est dans un chenil et non ici avec les humains et les autres peuples...

Que la grâce te soit accordée une fois que tu seras mort ici, et que le moment de ton passage au-delà du monde des vivants se fasse sans encombre ...

Mais ici, il n'y a plus de Manwë, il n'y en aura sans doute plus jamais, Voronwë l'a vaincu à jamais.

Prépare-toi à la mort... ». Il sortit une grande épée et sans attendre se lança en avant sur Kamahl.

Kamahl qui écoutait Voronwë baissa la tête s'appuyant sur son épée.

Puis au moment où Voronwë lança l'offensive, il se redressa et se lança lui aussi sur Voronwë, hurlant. Déployant toute sa force, des éclairs jaillirent de nulle part.

Des crépitements se firent entendre lorsque l'épée toucha le sol.Il tenait son épée à deux mains puis arrivé sur Voronwë, Kamahl lança une attaque.

Voronwë n'eut pas le temps de dire "ouf" que l'épée bleu de Kamahl lui traversait tout le corps ...

Il resta un moment immobile puis cria : « Haaaa ... Manwë n'est plus ... mais la douleur est forte ... si forte ... je sais ce qu'a ressenti Tante Pol avant de mourir ... Mais elle le méritait, c'était une servante d'une cause stupide, croyez-moi. »

Il se recula, enlevant l'épée doucement de son ventre, puis tomba au sol, quelques instants plus tard son capuchon gisait la, vide, comme si rien ne s'était passé, il n'était pas taché par du sang...

Seuls les yeux les plus aguerris purent apercevoir son âme s'envoler. Elle fut refusée par-delà la mer, elle alla donc errer à jamais dans le ciel, vide de toutes pensées, perdue dans le néant.

Khenella qui était toujours près de Kyo vit Voronwë se faire transpercer... Elle resta un moment bouche bée, ne sachant que faire ni que dire face au meurtrier de Pol. Elle posa la tête de Kyo à terre... un sentiment étrange envahissant tout son corps... Même si elle se sentait vide, sa mort la remplissait de liberté. Elle se leva et s'approcha de Kamahl : « Merci d'avoir tué ce monstre... Puissiez-vous guérir les blessures de la mort de votre femme... »

Elle le regarda avec de la tendresse pour cet homme qui avait voulu se battre corps et âme pour Pol.

Kamahl resta là un moment regardant son ami, Manwë. Celui qui l'avait tant aidé à ses débuts. Celui qui lui devait tout. Il le regarda tomber au ralenti. Ses paroles résonnèrent dans sa tête. Il l'avait fait. il avait accompli son destin, sa vengeance. Nemesis apparut alors de nul part et se tint à côté de lui. Elle lui sourit. Ne disant plus rien. Elle ne faisait que regarder Kamahl. Celui-ci se leva, il savait maintenant ce qui lui arrivait.

Il était à elle maintenant. C'étaient les conditions, les règles, et maintenant il devait payer. De son âme... mais elle ne fit rien... elle regardait Khenella.

Khenella regarda Nemesis puis Kamahl. Nemesis avait un sourire... pourquoi la fixait-elle ainsi. Khenella demanda alors à la déesse, même si elle ignorait son identité : « Il y a quelque chose qui ne va pas ? » Elle regarda Kamahl... Il avait bien changé depuis qu'elle l'avait croisé à la tour de garde.

Elle sentait quelque chose, comme toujours, qui l'attirait chez Kamahl, mais elle ignorait complètement ce qui s'était passé. Elle plissa les yeux pour mieux le regarder. Puis elle vit un filet de sang couler de son épée. Elle détourna le regard puis regarda à nouveau la déesse en attendant sa réponse.

La déesse regarda Khenella et lui fit un sourire, mais ne lui répondit pas. Elle se tourna face à Kamahl. Elle lui prit le visage dans sa douce main et le regarda :

« Je ne peux plus rien pour toi. Ta vengeance a été accomplie tu es à moi maintenant.... Seulement tu ne l'es pas complètement. »

Elle se colla à Kamahl et lui souffla...

« Elle n'est pas morte tout en l'étant. Elle est là sans être là… »

Kamahl regarda Khenella. Elle le troublait. Il ne savait pas vraiment pourquoi.

Il avait senti en elle quelque chose de familier en elle il pensait à Polly quand il la regardait.

« Ouvre tes yeux », rajouta Nemesis.

Fie-toi à tes émotions, à ton cœur. Que te dit-il ? »

Kamahl regarda Nemesis sans savoir quoi lui répondre. Il lui dit seulement.

« Que va-t-il se passer maintenant ? »

Elle lui sourit et lui répondit.

« Normalement tu devrais être mon esclave mon garde. Mais je vais faire grâce pour une fois, tu es libre. À une seule condition... que tu fasses un culte de moi. Si tu fais ainsi à jamais je viendrais pour t'aider. À jamais maintenant nous sommes liés, nous sommes unis. »

Puis elle recula et se retourna, dévisagea Khenella puis partit.

Kamahl la vit s'en aller puis regarda Khenella.

Il s'avança vers elle. Son visage redevint celui de l'homme qu'il était avant. Doux et beau.

Il lui offrit son bras et lui proposa de partir.

Elle sourit à Kamahl et lui suggéra d'aller dans un endroit calme, elle était très fatiguée. Elle lui demanda aussi qu'ils prennent Kyo avec eux car il dormait encore d'un sommeil profond. Aidée de Kamahl, elle soutint Kyo et ils partirent tous trois du champ et se dirigèrent vers la Cité Éternelle. À la limite du champ, Khenella regarda derrière elle, l'elfe noire était encore debout devant la cape de Manwë... à présent vide, elle lui fit un signe de la main en guise d'au revoir. Et ils continuèrent leur chemin sur la route.

L'elfe noire était seule à présent et jamais elle ne saurait ce qui l'avait poussé à détruire leur pilier. Peut-être voulait-il que Devil, son seigneur et maître d'arme, soit présent à sa fin, mais le maître des Seigneurs Noirs était toujours absent. L'inquiétude la reprit, songeant à son maître et elle tourna les talons pour s'en retourner vers ses compagnons. Une étrange sensation lui vint alors comme elle s'éloignait. Elle jeta un dernier regard à la cape, puis esquissa un sourire. La présence de Manwë était perceptible, était-il vraiment détruit ? Elle s'éloigna alors espérant retrouver son maître à son retour...

***

Kamahl et Khenella accompagnés de Kyo arrivèrent dans une large bâtisse de marbre blanc, le Repaire de la Rose Blanche. C'était une bâtisse qui appartenait à une alliance du même nom. Khenella ouvrit la porte et elle entra suivi par Kamahl portant Kyo. Kamahl déposa doucement Kyo sur une banquette pour le soigner. Il posa sa main sur sa blessure et une lumière jaune jaillit. La blessure commença mystérieusement à se cicatriser. Il se retourna et fit face à Khenella. Il la regarda un moment sans bouger et lui proposa :

« Il y a une chambre ici. Allez-y, allez vous reposer vous semblez exténuée. »

Khenella regarda Kamahl dans les yeux. Elle sourit puis regarda autour d'elle... ce lieu lui semblait familier... empli d'événements les uns plus importants que les autres. Elle vit une couverture sur une des chaises... Elle la fixa et la prit... Elle la garda contre elle puis se dirigea vers Kyo, elle l'étendit sur lui. Elle toucha la main de Kyo. Puis elle se tourna vers Kamahl... elle était à présent face à face avec lui... quelque chose lui fit des picotements au cœur. Puis elle lui sourit et murmura : « Bonne Nuit... Kamahl... » . Il lui répondit doucement : « Bonne nuit ». Elle resta un instant en face de lui à l'observer puis elle se décida et alla dans une des chambre. Elle passa auparavant devant une chambre sur laquelle un panneau "privé" était accroché, elle fit un temps d'arrêt puis monta se coucher. Elle ouvrit la porte de la chambre, elle était tout autant bien décorée que la bâtisse. De grandes peintures de roses blanches sur les murs, un lit à baldaquin, le lieu était luxueux. Elle s'assit sur le lit puis après avoir fermé la porte à clef, elle se coucha et s'endormit presque de suite.

Kamahl la suivit quelques minutes plus tard mais entra dans la salle privée, il repoussa doucement la porte pour la fermer. Il enleva sa lourde armure exosquelette puis alla se coucher. Il était tellement fatigué. Cela faisait si longtemps qu'il n'avait pas dormi. Il sombra dans le sommeil aussitôt.

Khenella se réveilla au petit matin... Elle avait bien dormi mais avait fait des rêves très étranges.

Elle se voyait notamment entrain d'embrasser Kamahl mais aussi se marier avec lui... elle n'y comprenait plus rien. Elle se leva tout doucement de son lit pour reprendre ses esprits. Après s'être préparée, elle sortit de la chambre, puis elle se dirigea dans la salle commune. Tout le monde dormait encore, même Kyo. Elle s'approcha de lui et prit son pouls. Il semblait aller mieux que le jour d'avant.

Elle le regarda dormir puis scruta les habits qu'elle portait... elle avait encore la petite cotte de mailles qui ne sentait vraiment pas bon. Elle voulut sortir du repaire, mais avant, elle écrivit une petite note pour Kamahl et la posa sur la table :

> « Kamahl,
>
> Je vous remercie de tout cœur de m'avoir hébergée pour la nuit... Je suis rentrée chez moi à
>
> présent...
>
> À bientôt...
>
> Khen »

Puis elle sortit du repaire et retourna chez elle.

Kyo se réveilla en ce début d'après-midi... Sa tête lui faisait mal... effroyablement mal... il réalisa soudain qu'il ne savait pas où il était :

« Où suis-je ? un bar ? pourtant... Manwë... les autres je ne comprends pas...que s'est-il passé ? »

Apparemment il était seul dans la pièce. Il se leva et chercha son arme des yeux. Il ne la trouva pas... il resta là assis... et se posa maintes et maintes questions... il se rappela soudain qu'il n'avait pas été à la hauteur lors du combat... cette idée le rendit mélancolique et honteux... une larme tomba dans sa main gauche... Il resta là à méditer en tristesse...

Après plusieurs heures d'attente il décida de partir... sans laisser mot... ni trace...

En fin d'après-midi, peu de temps après que Kyo soit parti, Kamahl se réveilla à son tour. Il se regarda dans le miroir en face de son lit. Sa mine était fatiguée. Il se leva avec peine, fit quelques étirements puis enfila sa tunique d'argent.

Il sortit de la salle, il n'y avait plus personnes. Il s'avança et vit une lettre. Il lut tranquillement le mot de Khenella.

Il avait un peu faim, et alla donc en cuisine. Il se fit à manger et se servit de l'hydromel. Il resta là à manger et boire, repensant au combat passé.

Quelque chose n'allait pas. C'était trop simple. Manwë s'était laissé tuer si simplement comme si c'était ce qu'il voulait. Etrange, cela méritait d'y réfléchir. De toute façon s'il devait revenir, mieux valait être prêt.

Il sortit de la cuisine et passa un coup de rangement...

***

Khenella avait continué les jours suivants le train-train quotidien. Elle surveillait le travail de ses amis gladiateurs. Grundsbil d'ailleurs commençait à gagner en force et faisait sa plus grande fierté.

Elle reçut un beau jour une missive qui l'accueillait dans la Garde Noire du Warfo. Elle en fut encore plus fière. On lui avait demandé quel rôle pouvait-elle avoir dans cette alliance. Sans hésitation, elle se proposa comme archiviste. Elle aimait beaucoup écrire sur les faits marquants de ses camarades de la Garde.

Un soir, elle se rendit au Repaire de la Rose Blanche. Malgré que cette alliance fût en guerre contre la Garde Noire et que les gardes noirs ne voulaient pas qu'une guerre éclate en dehors des arènes, elle voulait mieux connaître Kamahl car sa présence la perturbait beaucoup.

Elle ouvrit la porte du repaire et alla s'asseoir à une des tables. Elle vit que Kamahl s'occupait du service. Elle lui commanda un verre d'hydromel et un petit encas.

Kamahl apporta la commande rapidement. Elle lui dit : « Kamahl... Comment vous portez-vous aujourd'hui ? »

Elle lui sourit. Les sentiments qu'elle avait éprouvés lors de la confrontation avec Manwë étaient révolus. Elle n'avait plus ce pincement au cœur sauf lorsqu'elle pensait à son défunt Elmure Greeneye.

Kamahl fut heureux de rencontrer Khenella dans son repaire. À chaque fois qu'il la voyait, des sentiments, des images de sa douce et chère Polly lui revenait.

Elle lui manquait tellement mais ne préféra pas trop y penser. Elle était certainement dans un monde merveilleux où vole les anges... Il s'assit en face d'elle.

« Comment allez-vous? Cela faisait un petit moment que je ne vous avez pas vue. Alors votre demande chez les Warfo ?... Ou ça en est maintenant ? Vous ont-ils accepté ? »

Elle lui sourit et but un peu d'hydromel : « Je me porte très bien... Ma blessure au bras s'est refermée », elle montra une petite cicatrice en s'empêchant de grimacer. « Oui, en effet... lorsque je suis rentrée chez moi pour me soigner j'ai remarqué une missive sur mon bureau et c'était ma lettre d'acceptation pour la Garde... Ohh... » Elle soupira tout en souriant: « Je suis si fière d'être avec eux... »

Elle regarda Kamahl et demanda : « Vous êtes entré chez les roses je remarque... Les pauvres Templiers de la Terre... Après avoir perdu Tante Pol, voilà qu'ils doivent vous voir partir loin d'eux... »

Elle resta sans bouger à boire son hydromel. Quelque chose s'infiltrait en elle. Elle parla avec une autre voix... celle de Pol : « Kamahl... Kamahl... » La voix était douce mais avec un profond chagrin.

Des pas se firent entendre... une sorte d'aura maléfique se fit sentir dans le bar... Un samouraï poussa la porte... il était encapuchonné... une aura meurtrière émanait de lui... Le Kyo aux yeux de démon maléfique entra... Il vit deux maîtres d'armes... il sourit à travers son capuchon... on voyait seulement ses yeux qui étaient rouges... A l'évidence ce n'était plus le même...

Il s'avança vers les deux maîtres d'armes nodachi à la main... et dit de sa voix glaciale que les maîtres d'armes ne reconnurent pas :

« Hahaha... peut-être êtes-vous surpris de me voir ainsi... sachez que j'ai réussi à enterrer en moi l'autre Kyo... le samouraï gentil qui vous a aidé...

Je suis Kyo l'homme aux milles victimes... et vous vous allez en faire partie si vous n'êtes pas raisonnables... » Il pointa son nodachi sur les deux maîtres d'armes.

Kamahl regarda à ce moment Kyo les menaçant de son nodachi. Il s'avança vers lui sourire aux lèvres passant une main discrètement derrière lui cherchant sa dague d'argent. Il leva la tête en priant le ciel.

« Seigneur... que me vaut cette visite ? Je suppose que cette visite n'est pas de simple courtoisie. »

Il regarda Kyo le transperçant du regard. Ses sourcils se froncèrent légèrement. « Tu n'es pas ou plus l'homme qui nous a aidé... Qui es-tu en réalité ? Que me veux-tu ?

Si c'est le combat allons ailleurs je te prie. Je n'aime pas faire le ménage et je viens de le finir... »

Kyo répondit : « Rien pour le moment juste vous mettre en garde... ne soyez pas trop impulsifs ou ma lame risquerait de se retrouver dans votre ventre... hihi

Sur ce, je dois vous laisser... la prochaine fois je m'occuperais personnellement de vous... »

Le samouraï se tourna et se dirigea vers la sortie... un éclair surgit alors dans le ciel...

L'homme aux 1000 victimes était officiellement de retour... prêt à détruire et à tuer...

Kamahl resta quelque peu perplexe sur les dires de Kyo. Il n'était pas le même que la dernière fois. Il avait sûrement basculé dans la noirceur depuis sa défaite lors de son dernier combat. Il ne fallait pas prendre à la légère ses dires. Il fallait être sur ses gardes maintenant. Il tourna la tête vers Khenella et lui sourit : « Ne vous inquiétez pas. Il n'attaquera pas en ses lieux protégés. »

Khenella avait repris sa voix normale. Elle sourit à Kamahl et répondit : « Oh vous savez, je sais me défendre… »

Voyant Kyo partir, elle avait murmuré : « Le pauvre... Une défaite importante… »

Elle baissa la tête, sincèrement triste pour Kyo. Puis elle la releva et fixa Kamahl de ses yeux verts : « Parlez-moi de Polly, s'il vous plaît… »

Kamahl raconta : « Hé bien si je me souviens bien je l'ai rencontré dans la taverne éclairée, le repaire des Templiers de la Terre et tout de suite je suis tombé amoureux d'elle. Je lui ai offert mon âme et ai juré de la protéger… Mais j'ai échoué… Mais bon cela dit au début ce n'était pas évident car elle était déjà avec quelqu'un. Mais un jour elle a tout quitté pour moi et nous nous somme mariés. Nous avons vécu tous les deux des moments formidables. Elle me manque plus que tout. Par moment j'ai envie de mourir, de tout laisser tomber… ça me vient en tête de plus en plus souvent… »

Khenella s'écria : « Voyons, il ne faut pas ! Je suis sûre qu'elle pense encore à vous… »

Elle pensait aux sueurs froides qui la parcouraient de temps en temps lorsqu'il était en danger. Elle parla avec la voix de Polly... ses gestes étaient plus doux et elle s'approcha de Kamahl. Elle prit ses mains dans les siennes et murmura : « Je pense toujours à toi… »

Elle avait dit cela sans s'en rendre compte, elle reprit conscience alors qu'elle avait les mains de Kamahl dans ses mains. Elle se sentait soudain gêné de toucher ainsi Kamahl. Elle pensait à Elmure alors elle recula, baissant les yeux.

Kamahl reconnut la voix de Polly mais elle lui déchira le cœur. Il se leva et se mit à la fenêtre, regardant la pluie tomber : « Je sens que mon cœur s'arrête de battre. Je n'ai plus la force de me battre. Sans toi je ne suis rien… »

La voix de Pol gronda dans la gorge de Khenella : « Ne dis pas ça, Kamahl ! Tu dois vivre !

Fais-moi honneur et vis TA vie... N'oublie pas... Jusqu'à ce que la mort nous sépare... De plus, j'ai suivi la bataille en Khenella... Elle ne se doute de rien et ne comprend rien de ce qui lui arrive… »

La voix de Pol s'éteignit... Khenella s'était senti comme dans un trou incapable de parler pendant que Pol s'exprimait. Soudain, la lumière. Elle dit hésitante : « Que se passe-t-il… je me sens bizarre... Je devrais aller me reposer je crois… »

Kamahl se retourna pour faire face à Khenella. Les larmes coulèrent le long de ses joues. Il la regarda.

« Regarde-moi. J'ai vendu mon âme pour t'honorer. Je ne suis ni vivant ni mort. J'erre ici. J'aimerais tant te rejoindre là-haut mais je sais que je n'y viendrais pas. Trop de choses horribles ont été commises dont je suis le coupable. Ma vie n'a plus de sens sans toi. Je n'ai plus aucune raison d'exister Je dois suivre mon destin. La mort est mon avenir… »

Kamahl baissa la tête et regarda par la fenêtre

Une dernière fois, la voix de Polly s'exprima : « Je me languis de toi... Je t'aimerais toujours. »

La voix et l'esprit de Pol était reparti... Khenella encore une fois était désorientée. Puis elle s'approcha de Kamahl, devant la fenêtre. Elle voyait qu'il était triste et ne comprenait pas la raison. Elle était côté de lui et elle murmura : « Que vous arrive-t-il ? Je ne comprends rien de ce qui se passe... Pouvez-vous m'éclairer ? »

Kamahl tourna la tête. Ses larmes avaient cessé de couler, mais ces yeux étaient encore humides. « Non il n'y a rien du tout, ne vous inquiétez pas. Excusez-moi mais je vais sortir. J'ai besoin de prendre un peu l'air. Ne m'en veuillez pas. »

Kamahl fit un baise-main à Khenella puis sortit sous la pluie...

Khenella ne comprenait pas ce qui se passait. Elle décida d'aller se reposer au château de la garde dans ses nouveaux quartiers. Elle finit d'abord son verre d'hydromel, le mit dans l'évier et repartit chez elle avec le drôle de sentiment qu'il allait se passer encore beaucoup d'événement éprouvants.

***

Le lendemain, Khenella était en train de regarder le combat de Messire Mandorallen dans une arène, quand d'un coup, elle se sentit comme sortie hors de son corps. Elle voyait toujours la scène mais de haut. Le plus étonnant dans cette scène c'est qu'elle continuait à encourager le ratling alors qu'elle n'était plus clairement l'actrice de son corps. Elle pensa à Grundsbil et en un éclair elle se retrouva au dessus de l'arène dans laquelle il combattait. Elle cria au dessus de lui, mais il ne l'entendit pas.

Elle décida de revenir là où elle était mais ne se vit plus. Elle commença à sentir une angoisse monter en elle. Elle pense à son corps et d'un coup elle replongea dans son corps instantanément. Elle eut un haut le coeur et vomit le reste de son déjeuner sur un nain à la barbe hirsute qui bien sûr commença à l'insulter de tous les noms.

***

Quelques jours plus tard, Khenella retourna au Repaire de la Rose Blanche dans l'espoir de voir Kamahl. Elle se sentait mal très mal... elle avait de plus en plus des absences. Elle s'assit à une des tables, la tête dans ses mains en attendant Kamahl.

Kyo arriva devant la porte et hésita à rentrer... il poussa néanmoins la porte...

Il avait l'air d'un zombi. Ses vêtements en loque et ses traits de visage étaient très marqués... Il vit quelqu'un au fond du bar qui tenait sa tête entre les mains. Intuitivement, il savait qu'il connaissait la femme mais le nom lui échappait... il avait perdu la majeure partie de sa mémoire mais au moins Kyo maléfique avait une nouvelle fois disparu...

Kyo mit la main sur sa tête en faisant une grimace. Un terrible mal de tête le rongeait... il s'approcha de Khenella et lui dit soudainement:

« Veuillez m'excuser je ne me souviens plus de rien ? Qui êtes-vous? il me semble vous connaître je ne sais plus... l'autre... il a enfin disparu...

Vous a-t-il fait du mal ? Si oui pardonnez-moi... mon honneur a disparu... je ne sais que faire... je n'ai plus d'argent... je ne me rappelle même plus où je logeais par le passé... je me rappelle juste d'un combat... avec des gobelins et une sorte de sorcier maléfique… je ne combattais pas seul… » Il remarqua les habits de Khenella et le blason de la Garde Noire du Warfo.

Il s'exclama : « Oh mais je vois que vous êtes du Warfo... oui cette aura je la reconnais comme telle... je... excusez-moi... je... »

Et il s'évanouit au milieu de la pièce

Khenella releva la tête sur Kyo au moment où il commença à chuter. Malgré sa fatigue, elle alla le chercher, le porta vers un des canapés et l'y coucha. Ensuite elle alla chercher un bout de tissu et de l'eau fraîche pour l'aider à se réveiller. Elle lui épongea le front et d'une voix douce répondit même s'il était dans les vapes : « Je m'appelle Khenella V et vous Kyo... Je me suis battue à vos côtés et avec Kamahl et une elfe noire contre Voronwë alias Manwë qui avait tué Tante Pol. Je sais que vous m'entendez dans votre sommeil... sachez que je vais m'occuper de vous, ne vous inquiétez pas... reposez-vous... »

Elle avait un sourire au coin des lèvres. On aurait pu penser que ça lui faisait du bien de s'occuper de quelqu'un ainsi... Elle resta ainsi à s'occuper de lui et à lui rafraîchir le front sans dire mot.

Soudain, elle eut un pincement au cœur. Il fallait qu'elle suive son instinct. il l'entraînait dehors, loin du repaire... Elle se leva laissant Kyo allongé, elle lui murmura : « Je vais faire vite. Je reviens tout de suite après... ne vous inquiétez pas ! » Elle sortit du repaire et se dirigea vers la forêt du Rohirrim.

Quelques minutes après le départ de Khenella, Kyo se réveilla. Il regarda autour de lui. Il n'y avait plus personne. Son mal de tête avait disparu. Il se leva et disparut sans laisser de trace.

***

Kamahl s'avança lentement vers les abords de la forêt du Rohirrim. Il la regarda avant d'y pénétrer. Puis baissant sa tête il avança, récitant des prières elfiques du mirrodin. Au bout de dix minutes, il tomba nez à nez avec la tombe de Polly et la regarda. Il tomba à genoux en pleurant posant sa tête sur la tombe. Il resta là sans bouger.

Khenella suivait son instinct et celui-ci lui disait de venir dans la forêt. Elle marcha rapidement sur les feuilles mortes et le vent soufflait dans les hautes branches. Soudain, elle vit au loin une forme. Elle s'approcha d'elle et reconnut Kamahl. Elle murmura :

« Vous... Ici... Où sommes-nous ? » Elle vit une tombe et son cœur battit plus fort que jamais...

Kamahl se releva lentement

« Je savais que vous viendriez. Nous sommes ici devant la tombe de ma chère et tendre... ma femme. J'aime bien venir m'y recueillir. Mais le jour est arrivé. Le jour des feuilles mortes. La fin de tout et aussi le début de toute chose. Mais avant vous devez savoir. »

Kamahl se retournant lentement.

« Vous ne vous êtes pas sentie parfois différente. Quelqu'un d'autre comme si vous n'étiez pas vous-même ? »

Elle était soudain troublée, elle balbutia tremblante : « Euh... pas spécialement... plutôt des absences... c'est pour ça que je voulais vous voir... je n'y comprends rien... »

Elle murmura : « Pourquoi moi ... ? »

Pourquoi avait-elle des absences... Parfois elle était comme dans un tunnel écoutant une douce mélodie envoûtante et parfois elle sortait de son corps et ne savait plus ce qu'elle faisait.

« Je ne sais pas trop comment cela s'est produit mais en fait une partie de l'esprit de Polly est resté parmi nous et est entré en contact en vous. » Kamahl fit face à Khenella. « L'esprit de Polly est en vous. Voilà pourquoi par moment vous avez l'impression de connaître des choses. Je l'ai su la première fois ou je vous ait vu. Votre regard vos manières tout ressemblait à Polly et votre odeur... Mais je ne voulais pas y croire puis lors de notre combat contre Manwë, j'ai enfin compris. J'en étais vraiment sûr.

J'ai promis à Polly que je l'aimerais toute ma vie. Je l'ai fait. J'ai vendu mon âme pour elle. Maintenant je n'ai plus aucune raison de vivre. Je suis plus qu'une âme en perdition. J'ai décidé de la rejoindre maintenant... »

Kamahl savait au fond de lui qu'il ne la rejoindrait jamais. Elle qui représentait la grâce la beauté la douceur et lui qui avait vendu son âme au diable...

Khenella resta bouche bée. Comment cela était-il possible ? Elle ne se souvenait de rien... Soudain, un instant elle se souvint d'un événement... Elle murmura : « C'était donc ça... » Elle leva la tête, le regarda dans les yeux et parla tranquillement : « En arrivant dans les arènes éternelles... mes compagnons et moi marchions, je me suis arrêtée net et que je marmonnais des mots... je me souviens qu'un esprit m'a parlé maintenant que j'y pense... il me donnait des ordres entre autres... Puis il est reparti dans les cieux... » Elle appuya la fin de la phrase en regardant le ciel étoilé.

82

Puis elle baissa de nouveau la tête et regarda encore Kamahl :
« Mais, comment pourrais-je vous laisser vous tuer ? Si vous
le faites, je suis sûre que vous la retrouverez dans l'au-delà...
l'amour est immortel et il sera votre torche pour l'éternité... »
À ces mots, une larme coula le long de sa joue et tomba sur le
sol détrempé.

« Je suis sûre que vous la retrouverez dans l'au-delà... l'amour
est immortel » Ces mots résonnèrent dans la tête de Kamahl
qui espérait qu'elle eut raison. Mais il en doutait fortement.

 Il se retourna et regarda la tombe de Polly. Polly... elle, qui
lui avait redonné goût à la vie. Maintenant il avait envie de
mourir. Il se posa sur sa tombe et s'allongea dessus pleurant
mais les larmes s'évaporaient en même temps.

« Je suis un monstre », chuchota légèrement Kamahl. « Je dois
m'en aller. »

Elle s'agenouilla à côté de lui et lui toucha l'épaule : «
Voyons, il faut vivre... Ne croyez-vous pas qu'elle voulait que
vous continuiez de vivre sans elle ? »

Elle sanglotait à présent et elle murmura une boule dans la
gorge : « Ne mourrez pas... mon ami... Kamahl... ! »

« C'est trop dur pour moi... et il est hélas trop tard »

Kamahl resta allongé sur la tombe de Polly.

Il ferma les yeux doucement. La chaleur de son corps s'éleva
lentement. Il pria en langage elfique. Il vit des visions celle de
sa jeunesse, de sa femme, des atrocités qu'il avait commises
puis de Polly.

Il était brûlant... Elle se recula de quelques pas et dit en larmes : « Au revoir... Kamahl... J'espère qu'on se retrouvera... »

Elle éclata en sanglots et elle s'assit sur une pierre à quelques mètres de lui... elle sortit un mouchoir et s'épongea les yeux... L'esprit de Polly qui était en elle sortit d'elle et flotta au dessus de Kamahl... Il entra en Kamahl quelques instants...

Kamahl le sentit. Des flammes entouraient son corps et il commença à se consumer. Khenella vit alors l'âme de Kamahl sortir de corps. Il commença son ascension avec Polly tandis que le corps inerte de Kamahl continuait à brûler dans le plus grand silence.

Puis dans les étoiles l'âme de Kamahl dut lâcher Polly qui, elle, devait monter dans le ciel. L'âme de Kamahl resta là à la regarder puis revint sur terre, plongea dans ses profondeurs. Il fut accueilli par le maître des lieux. Sa sentence venait de commencer. Un nouvel ordre avait été établi. Le maître s'approcha de kamahl. Il était énorme, puissant, mais ne ressemblait à rien.

« Je t'attendais », lui dit le maître. « Maintenant tout va commencer. »

Kamahl ne comprit rien à ce qui se passait. Il resta là sans bouger comme paralysé. Puis tomba à genoux face au maître, les yeux fermés.

« Maintenant tu vas te relever et tu renaîtras comme le phénix, de tes cendres. »

Pendant que cette scène se produisait au fin fond de la terre, Khenella, elle, pleurait à chaudes larmes. Soudain, elle se rendit compte qu'un profond sentiment de liberté montait en elle. Elle se sentait légère. Elle n'avait plus l'impression d'avoir quelqu'un avec elle. Elle regarda la tombe de Polly avec le corps enflammé de Kamahl et elle leur dit : « Reposez en paix ! »

Puis à pas beaucoup plus léger, Khenella partit de la forêt pour retourner au Repaire de la Rose. Arrivée là-bas, elle vit que Kyo était parti, alors elle retourna à ses quartiers dans le château de la Garde Noire du Warfo.

***

Libérée de la présence de l'âme de Tante Pol, Khenella commença une nouvelle période de sa vie dans la Cité Éternelle. Elle se focalisa sur ses amis gladiateurs. Elle passa sa journée à les observer depuis les gradins, à leur dire qui attaquer, à leur dire comment se protéger. Mais lorsqu'ils étaient blessés gravement et qu'ils allaient dans les centres de convalescence, une pointe d'angoisse montait à chaque fois en elle. Grundsbil se battait bien avec ses mains nues, puis lorsqu'il devint plus fort, elle le fit se battre grâce à un marteau à deux mains. Il restait néanmoins habitué à se battre à mains nues. Salhassri, la reptante, elle se battait au début avec un bâton puis elle passa au nodashi. Messire Mandorallen était lui passé de bagh nag à une hallebarde. Khenella était très fière de ces prestations.

Quand à Elmure, à chaque fois qu'il arrivait dans les centres de soins, Khenella arrivait en courant à son chevet. Elle avait peur de perdre encore quelqu'un dans sa vie.

Alors, lorsque ses quatre amis gladiateurs se retrouvèrent tous ensemble en soins, les larmes coulèrent toutes seules le long de ses joues.

Khenella prit congé d'eux et partit se recentrer au bord de mer. Ses amis gardes lui avaient parler de falaises qui valaient le coup d'être admirées. Elle avança doucement sur le chemin.

Elle s'assit contre un rocher devant la mer qui s'étendait devant elle. Elle la regarda, et soudain, une immense vague de tristesse l'inonda. Les larmes redoublèrent d'intensité. Elle n'osait pas montrer sa faiblesse, la peine qui remontait à chaque fois à ses souvenirs. C'était comme si une goutte de sang avait fait déborder le vase de ses larmes accumulées.

Une légère brise fouettait son visage humide. Elle n'arrivait pas à tarir ses larmes.

Au loin, un nouvel être s'approchait discrètement. À son visage blafard, c'était un vampire. Il vit assez rapidement Khenella et avança de la jeune femme en faisant assez de bruits pour qu'elle n'ait pas peur : « Bonsoir jeune femme… pourquoi tant de larmes ? »

Depuis l'autre côté des falaises, un homme arrivait également. Il était étonnant, il avait un corps d'homme et une tête d'aigle. Il resta à distance mais suffisamment proche pour intervenir si le vampire décidait d'attaquer et pour que Khenella le voit.

Khenella leva la tête vers le vampire, les yeux humides et une boule dans la gorge, incapable de parler. Ses yeux voulaient dire qu'elle n'osait expliquer la raison de ses larmes. Elle enfouit à nouveau sa tête entre ses bras, désespérée, prête à sauter dans le vide de la falaise.

Le vampire regarda Khenella et tout en surveillant l'étrange homme il s'approcha d'elle et lui dit : « Tu sais que si tu chutes, tu ne seras pas belle du tout…

Mais je t'en prie regarde-moi un instant et tu pourras voir que tu peux avoir tout l'éternité pour refaire ta vie. »

L'homme-aigle avança d'un pas, sentant le désespoir de Khenella. Il siffla quelques notes, et une mésange s'approcha d'elle et se percha sur son genou.

Khenella regarda la mésange et approcha sa main... la mésange se frotta contre sa main...

Elle leva la tête vers le vampire et dit d'une voix quelque peu chevrotante : « Non merci... J'aimerais avoir une heure de mort... pour rejoindre... » Elle n'ajouta pas le nom de la personne à qui elle pensait. Elle regarda l'oiseau plein de vie, elle le prit sur sa main et elle approcha sa bouche de lui et il lui piqua doucement les lèvres. Elle caressa le petit oiseau et lui murmura quelque chose que seul il entendit... Il s'envola vers l'homme aigle qui s'appelait Nnay Elroc, se posa sur son épaule et se frotta contre son cou.

Khenella se leva et s'approcha du bord de la falaise. Elle s'assit au bord avec ses jambes dans le vide, le vent sécha ses larmes et elle regarda la mer, impassible.

Le vampire s'exclama interloqué : « Comment ça une heure de mort ? Je ne comprend pas cette expression ! » Il s'assit alors à ses côtés et reprit : « Quel point de vue extra par ici , non ? »

Khenella expliqua alors... sa voix était devenue distante : « Hé bien... Je veux que la mort me prenne lorsque ça en sera fini de ma vie... je ne tiens pas à être immortelle et ne pas pouvoir sortir en plein jour... Sentir le soleil toucher ma peau... »

Elle se pencha légèrement pour voir le vide sous ses pieds et ajouta : « Ce sont des choses qui arrivent... Je préfère largement vivre meurtrie en sachant que je pourrais le rejoindre un jour... que vivre immortellement dans ma souffrance... »

Elle regarda son bras droit qui était bandé et qui était juste à côté du vampire. Elle devait changer le pansement car le sang avait traversé le tissu.

Le vampire aperçut le bandage et demanda : « Tu veux que je te le refasse ? »

Elle le regarda dans les yeux et répondit : « Pourquoi pas... »

Elle préféra regarder la mer devant elle que sa blessure... Elle n'aimait pas vraiment voir le sang... ni des autres ni d'elle-même...

Le vampire commença à se déshabiller... et à déchirer sa chemise de soie blanche en de longues bandes ... Il enleva le bandage du bras de Khenella et prit sur lui pour ne pas lécher le sang qui coulait sur son bras. Il prit un morceau de sa chemise avec un peu d'eau d'une outre qu'il portait à sa ceinture pour nettoyer la blessure de Khenella avec attention afin de ne pas lui faire de mal......

Ensuite, il utilisa un autre morceau de sa chemise découpée pour lui faire un autre bandage un peu plus serré afin que le sang arrête de couler...

« Voilà c'est fait, un tout nouveau bandage...

Mais dis-moi qui a osé te blesser de la sorte ? afin que je lui fasse regretter son geste ! »

Elle lui répondit en montrant un des ongles de sa main gauche qui était particulièrement grand : « Celui-ci... »

Elle tourna la tête vers le vampire, le regarda dans les yeux puis tourna le regard vers la mer en disant : « Merci… »

Elle prit une inspiration et se laissa tomber sur le dos avec ses bras croisés derrière la tête et elle regarda les étoiles… Elle pensait aux personnes qui lui manquaient…

Le vampire la regarda tout en se disant qu'elle était vraiment étrange : « Mais pourquoi te blesser ? cela ne rime à rien de faire ce genre de chose ! Sauf si tu veux te prouver quelque chose ! Est-ce le cas ? »

Allongée sur le dos elle répondit toujours avec sa voix sans intonation tout en regardant le ciel : « Celui-ci n'a pas fait exprès… Disons que c'était de l'inattention… ou peut-être étais-je déconcentrée… »

Le vampire était torse nu et il se mit à parler avec une voix d'outre-tombe… et quelques minutes plus tard, une chauve-souris arriva devant lui avec un petit panier à la patte… Le vampire le prit et se retourna vers Khenella :

-   Un petit verre de vin, pour reprendre des forces ?
-   Oui je veux bien un peu de vin… mais pas trop, merci…

Le vampire servit deux verres de vin… Il en tendit un à Khenella et garda le deuxième pour lui : « Santé jeune dame ! »

Après avoir bu une gorgée de son verre, il demanda, intrigué : « De l'inattention ? »

L'homme-aigle était toujours à distance à les observer. Il était prêt à l'action comme son code de chevalerie l'ordonnait.

Aucun mal ne serait fait à la jeune femme sans qu'il ne se mette en travers.

Il était surpris que le vampire montre une si grande maîtrise, surtout quand il avait refait le bandage. A ce moment-là, ses doigts avaient blanchi sur le pommeau de son épée, mais, il s'était quelque peu détendu depuis.

Khenella se releva et prit le verre de vin. Elle en but une gorgée qui passa dans ses veines et la réchauffa. Elle regarda un instant le vampire dans les yeux et expliqua : « Je regardais quelqu'un et j'avais froid et c'est en passant ma main sur mon bras que je me suis fait cette petite blessure... Rien de bien grave... »

Elle but une gorgée de vin et passa une main dans ses cheveux roux. Elle allait dire quelque chose quand soudain elle se mordit la lèvre sans faire exprès et une goutte de sang coula sur sa lèvre. Elle approcha sa main et épongea la goutte qui resta sur sa main...

Le vampire avec une célérité extraordinaire prit la main de Khenella et lui fit un baise-main pour signifier son départ mais en réalité, ce fut pour lui lécher cette goutte de sang. Il se surprit à aimer ce sang si chaud, gorgé de senteurs exotiques : « Chère demoiselle, puis-je vous servir un autre verre avant que je prenne congé de vous ? »

Elle le remercia : « Volontiers encore un verre. »

Elle le regarda dans les yeux et demanda sans tact car elle avait décidé de ne plus se faire avoir avec ses sentiments si souvent confus : « Pourquoi m'aidez-vous ? »

Le vampire répondit : « Pourquoi cette envie de vous aider ? Comment te le dire sans froisser ton intégrité de mortelle ...

Et maintenant que je viens de gouter ton sang, je suis lié à toi d'une certaine mesure et je me dois de te lier à moi par tous les moyens possibles… » Il commença à se pencher vers son cou afin de la croquer.

L'homme-aigle, Nnay Elroc, bondit et posa sa lame sur le cou du vampire dans un même mouvement : « Ne m'y obligez pas, je n'ôte la vie que si l'on m'y pousse, et même un vampire ne supporte pas la décapitation. »

Le vampire tourna la tête vers l'homme, mais ne bougea pas d'un pouce le reste de son corps pour éviter d'offenser ou de surprendre cet homme...

« Et bien salutations Sire », fit le vampire d'un voix ironique.

« Je pense que vous avez un petit souci avec votre lame , non ? et moi qui voulait croquer ce si joli cou...Tant pis… »

Nnay Elroc, l'homme-aigle répondit : « Vous êtes plutôt bien élevé pour un de votre race, vous avoir vu résister si longtemps force mon admiration pour votre maitrise, mais je vous demanderais de vous écarter légèrement s'il vous plaît. »

Khenella regarda les deux hommes. Elle recula pour se mettre derrière l'homme-aigle. Elle souffla : « Merci… »

Elle tourna un regard noir sur le vampire. Décidément, elle était naïve et avait failli passer un sale quart d'heure. Heureusement que Nnay Elroc était là.

Le vampire se releva et recula d'un pas de ce couple que formaient Khenella dans le rôle de la victime et de l'homme-aigle dans celui du preux chevalier...

« Je suis un vampire qui a du savoir vivre mais qui ne peut s'empêcher de remarquer les belles femmes de vouloir en faire de belles servantes ! » dit-il en éclatant de rire.

« Et c'est pas la peine de me regarder comme ça jeune femme, je reste tout de même un vampire avec toutes ses faiblesses ! »

L'homme-aigle reprit : « Oui, toutes ses faiblesses, mais toutes ses forces également. je sais votre puissance, et je ne baisserais pas ma garde, vous êtes bien trop dangereux. »

Khenella regarda le vampire sans mot dire... Elle regarda à sa droite et vit un rocher... Elle s'assit sur ce dernier et regarda les deux hommes face à face.

Le vampire répondit : « Merci de ces compliments sire, je ne m'attendais pas à en avoir de votre part ! »

Le vampire désarmé fit face à l'homme mais ne fit aucun mouvement. Il regardait ces deux mortels... « que faire maintenant ? » se demanda-t-il.

L'homme-aigle dit : « Je sais reconnaître la valeur d'un adversaire et tente d'évaluer à leur juste mesure ses qualités et ses défauts. Si vos qualités sont la puissance et la vitesse, votre principal défaut malgré votre âge et votre expérience est votre trop grande impulsivité. Si vous reculiez encore un peu, je pourrais ranger ma lame, ce serait plus pratique pour discuter. »

Le vampire recula encore un peu ....

« Pour ce soir, je vais rester indulgent, mais je dois vous quitter, en effet quelques graves affaires m'appellent à la

Légion ! Et attention à toi jeune dame ! mes crocs sont toujours là pour toi ! Messire... à la prochaine ! »

Il disparut en une brume grisâtre qui tomba vers l'océan pour disparaître aux yeux des deux mortels.

L'homme-aigle rangea sa lame d'un air songeur. « Voilà un ennemi qui ne nous lâchera plus, mais je ne pouvais le tuer. » Se tournant vers Khenella : « Voilà, il ne vous ennuiera plus, en tout cas pour cette nuit. Puis je vous accompagner quelques temps ? »

Elle répondit doucement : « Oui, je ne me sens pas le courage de rentrer seule à mes quartiers... » Elle lui sourit et s'accrocha à son bras. Le chevalier à la tête d'aigle la ramena chez elle.

***

Pendant plusieurs semaines, on n'entendit plus parler de Khenella. Elle avait comme disparu des arènes. En fait, elle avait commencé à regrouper les hauts faits de ses camarades gardes noirs du Warfo. Du coup, il ne lui restait que le temps de dormir et de manger entre deux écrits. Mais un jour, elle décida d'aller à la Tour de Garde. Elle aimait beaucoup retrouver les postulants pour les dissuader ou les jauger. Puis, elle discutait avec eux et cela lui permettait de savoir si ils étaient motivés et si ils étaient intéressants pour l'alliance. Les gardes avaient vite compris qu'ils pouvaient lui faire confiance et ils lui laissaient cette opportunité.

Elle était donc montée dans la Tour de Garde et elle parlait assise avec un postulant. Un autre garde, appelé le forgeron des âmes entra dans la tour. Il vint directement à sa table. Il salua le postulant « Bonjour à vous, je me présente je suis le forgeron des âmes. »

Le forgeron des âmes remarqua que Khenella n'était pas comme d'habitude. Elle avait changée mais en quoi... N'osant demander devant tant de monde comment elle allait, il commanda un lait fraise avant de continuer à discuter, le temps de prendre l'atmosphère.

Khenella tourna la tête vers le forgeron... Elle lui demanda d'une voix neutre avec le regard vide : « Bonjour... Comment allez-vous ? »

Un instant une lumière apparut dans ses yeux mais elle partit rapidement... Elle souffrait intérieurement mais elle le cachait. Elle ne voulait pas qu'on le voit sauf si elle y était obligée.

Le ton qu'elle employait fit mal au coeur au forgeron. Il n'aimait pas voir les gardes souffrir ni les autres d'ailleurs et là on sentait que tout n'allait pas bien. Mais pour essayer de détendre l'atmosphère il répondit simplement à sa question : « Je vais très bien je suis de retour de voyage, il me fallait différents métaux pour essayer de nouvelles fabrications et celui-ci a été assez heureux. Et vous comment allez-vous ? »

Le ton du forgeron se voulait jovial pour faire oublier les ennuis à Khenella si elle en avait, mais sa dernière question laissait une porte ouverte à des confidences actuelles ou ultérieures.

Elle hésita à se confier mais elle répondit sobrement sans sourire même si elle aurait voulu pour le rassurer un peu : « ça pourrait aller mieux... »

Elle murmura : « Pourquoi ça arrive toujours à moi... »

Elle but son hydromel en une fois, appela un des serveurs, des péruviens qui travaillaient pour le tavernier, et lui demanda un verre de lait fraise qu'il apporta rapidement... Elle l'amena à ses lèvres et ferma un instant les yeux pour mieux apprécier l'odeur sucrée. Puis elle rouvrit les paupières. Son regard était plus assuré et déterminé.

Le forgeron répondit : « Je me disais bien que vous n'alliez pas tout à fait, c'est rare chez vous. Vous êtes si radieuse d'habitude, qu'est ce qui vous rend si triste ? »

« Hé bien… » Khenella prit une inspiration, lorsqu'elle expira son visage exprimait sa souffrance un instant puis redevint impassible : « Je n'apporte que malheur... Tous ceux qui m'approche de trop près trépassent… »

Le forgeron répondit sur un ton taquin : « Allons, allons, n'exagérons rien, je ne suis pas mort ni Dwar..., heu si iil est mort mais ce n'est pas de votre faute, et puis son fantôme est toujours au cast... heu non en fait il n'y est plus mais bon bref tous ne trépassent pas, enfin j'espère car je ne voudrai pas que la Garde s'appelle : Les warfistes d'outre-tombe. »

Plus sérieusement et d'un air attentionné, il reprit : « Je sais qu'un être vous manque et tous vous manquent ... Je ne crois pas au malheur, ne vous tournez pas ma tête. Racontez-moi vos mésaventures et je vous montrerai que malgré le chagrin vous pouvez continuer à vivre pleinement car nulle personne à son destin tout tracé. »

En chuchotant : « A part l'Oracle[2] mais c'est autre chose ... »

---

[2] L'Oracle est une personne qui dirige la Cité Éternelle. Plus d'informations dans le futur livre sur les origines de la Cité Éternelle.

Elle lui expliqua alors : « Je vais vous dire qui est mort ou disparu à cause de moi...

Tout commença avec Elmure et Khenel III, soit mon amour de toujours et mon père...

Puis ce fut Khenel IV, le tueur des deux premiers qui m'avait épousé sans mon avis...

Puis Elmure... le fils de Khenel IV et moi... alors qu'il venait de naître... » Sa voix avait de la mélancolie et de la tristesse... Elle continua à énumérer : « Ensuite, ce fut indirectement Kamahl qui mourut... puis même si je ne l'ai pas tué alors que je le voulais ce fut Manwë/Voronwë... »

Elle baissa la tête et finit par dire : « Darhaines... » Elle regarda le forgeron dans les yeux : « Vous me croyiez maintenant ?! »

Le forgeron des âmes l'écouta énumérer les "morts" puis lui répondit lentement : « Les deux premiers sont morts à cause de la folie d'une personne que vous avez châtiée après, personne qui a eu l'outrecuidance de disposer de vous comme bon lui semblait. Mes gladiateurs sont libres et non des esclaves, je n'aime pas que l'on utilise des êtres comme si ils étaient des objets.

Pour votre enfant, je ne sais ce qui est arrivé et la perte d'un enfant est toujours très douloureux. Mais pour Manwë pensez-vous vraiment qu'un Dieu meurt, non, il est parti sur un autre plan, pensant certainement qu'il trouverait mieux chaussure à son pied, excusez-moi de l'expression mais j'ai toujours en travers la gorge une ancienne querelle entre nous.

Darhaines mort, bien sûr que non il a été remercié par Wolkmar, vous le savez bien... »

Le forgeron ajouta avec un sourire : « Non, certaines vies sont pleines de malheurs mais il ne faut pas croire que l'on est un catalyseur de celui-ci. Pour tous les morts, relevez-vous et pensez au présent. Si vous ne faites que vous attrister sur votre passé, c'est que vous êtes déjà morte vous-même et je vous plains dans ce cas-là. Mais je pense qu'une Garde de votre trempe n'est pas de ce genre-là. »

Elle regarda le forgeron et répondit : « Je ne veux plus souffrir alors je suis condamnée à avoir mon coeur seul avec lui-même... Avec une carapace autour... Au moins personne ne me blessera en me quittant...

Quant à Elmure... Mon fils... Hé bien, tout d'abord Khenel IV se fit tuer par un roi, Fingolfin, mais il jugea bon de m'emprisonner alors que j'étais enceinte... Il ne me manquait plus que quelques jours et j'accouchais dans ma cellule... J'essayais de réchauffer Elmure mais malheureusement, il prit froid pendant la nuit et c'est la raison pour laquelle il mourut dans mes bras… »

Elle soupira : « Je sais bien que je ne devrais pas penser au passé mais il me rejoint toujours à un moment… »

Le forgeron rétorqua : « Je suis d'un autre avis : un petit bonheur vaut toujours un grand chagrin. Ne plus aimer ou simplement se refermer est un chagrin continu. Certes il n'est pas très grand ct supportable mais il vous détruit le reste de vie que vous aviez en vous.

Faites votre futur pour que le futur du futur soit rattrapé par un passé agréable. N'oubliez pas le passé car il fait partie de vous. Jamais je n'oublierai Histraam mais maintenant je suis Garde avant tout.

Regardez les gardes autour de vous, la plupart ont de sombres histoires à vous raconter mais aucun ne le ressasse en permanence. Une belle flamme comme vous n'a pas le droit de s'éteindre ou de n'être plus qu'un souffle… » Le forgeron avait marqué un temps épiant la réaction de Khenella.

Ces derniers mots résonnèrent en elle. Et un sourire apparut sur ses lèvres. Elle dit : « Il est vrai que peu de personnes racontent leur histoire... mais il est vrai aussi que je n'en parle pas souvent... justement parce que cette souffrance monte en moi rapidement... Je ne peux pas oublier ce passé si dramatique même si je le voulais ou tout du moins le prendre avec du recul... Comme si mon passé était sur un tableau que je pouvais voir lorsque je le voudrais...

Le problème est que ma venue dans cette cité est intimement liée avec mon passé... Je suis venue ici pour retrouver le commanditaire du meurtre de mon père et de Elmure... Puis aussi de me faire de l'argent pour reconquérir mon royaume ». Elle regarda les autres gardes qui restaient silencieux et elle perçut dans leur respiration et leurs attitudes leur tristesse. Soudain, elle eut honte de s'apitoyer sur elle-même... Elle se leva brusquement et demanda au forgeron : « Je crois que j'ai besoin de sortir au grand air, pourquoi pas, là-bas, où il y a les sentinelles. Le tour de garde ? Voulez-vous m'accompagner ? »

« Avec grand plaisir », répondit le forgeron en se levant et suivi Khenella sur le haut de la tour, d'autant plus qu'il aimait regarder la cité d'en haut. Il cassa en premier le silence : « Vous savez j'étais venu dans les arènes éternelles pour monter une armée et écraser la contrée dont faisait partie Histraam. Mais une fois sur place nos objectifs, à nous les quatre âmes et moi changèrent. Deux âmes préférèrent changer de maître d'armes afin d'oublier le passé, deux autres, la brute enragée et l'ombre des forêts, elfe qui est au coeur de cette histoire ont préféré rester auprès de moi pour servir le Warfo. N'est-il pas mieux de sauvegarder une autre contrée que d'essayer de détruire sa patrie même si on renie sa philosophie sur les races. »

Elle regarda la cité qui était à leurs pieds. Elle murmura alors : « Khenelrok… »

Elle se tourna vers le forgeron et reprit d'une voix normale : « Je devais être reine d'une ville, Khenelrok... Mon père Khenel III en était le roi et je devais épouser Elmure...

Lorsque Fingolfin prit possession de la ville, il tua toutes les personnes qui y vivaient... même les enfants et les femmes... Il ne restait que moi et il me mit en exil... Là, j'ai rencontré une femme Tante Pol qui m'a encouragé à continuer à vivre et elle m'a dit que je trouverais certainement l'énergie pour retrouver le commanditaire du meurtre de mes parents...

J'ignore si je le trouverais mais je pense que lorsque je quitterais cette cité, je chercherais à reconquérir ma ville pour y vivre une vie « normale » ... avec des enfants… »

Elle regarda le forgeron dans les yeux et ajouta : « En y réfléchissant, je n'aurais pas voulu que le début de ma vie change... Elle me permet d'encaisser facilement les maux mais comme vous l'avez vu il faut bien que cela ressorte une fois... » Elle esquissa un sourire alors qu'une légère brise faisait voleter ses cheveux roux. L'air la purifiait...Enfin !

Le forgeron écoutait attentivement Khenella, Son souhait dans la vie était une vie de famille. C'était un souhait simple et surprenant à la fois de la part d'un Garde. Lui, voulait protéger le Warfo pour que la paix continue mais jamais il s'était imaginé autrement qu'en portant les armes. Comment pourrait-il prendre dans les bras une femme alors qu'il a tué tant d'hommes et de femmes et de choses tout aussi bizarre que des rattling ou ces boîtes de conserves que l'on appelle nains.

Il la comprenait tout de même. Il lui rendit son sourire et dit avec un ton apaisant : « J'espère que vos voeux seront exaucés. »

Il regardait ces cheveux virevolter dans le vent et se dit que vraiment elle était à part dans la Garde mais était si proche aussi. Il ajouta avec un grand sourire.

« N'hésitez pas à demander de l'aide que ce soit à moi ou à la Garde, nous serons toujours là pour vous. »

Elle le regarda et sourit : « Merci de votre assistance... Vous avez réussi à me faire sourire... Je pensais que je ne sourirai plus jamais... »

Elle poussa un petit soupir et dit : « Bon, hé bien, Je vais aller rentrer dans mes quartiers... Je dois encore accueillir le mercenaire elfe noir... »

Le vent la faisait doucement frissonner, elle regarda les nuages qui venaient de cacher le soleil : « Derrière les nuages aussi sombres soient-ils se trouve toujours le soleil... Le soleil, source de vie et réparateur ! »

Elle ajouta un simple mot. « Merci ! »

Puis elle le salua et descendit dans la grande salle. Elle salua les autres gardes puis elle sortit de la tour après avoir descendu les escaliers puis elle se dirigea vers ses quartiers.

***

100

Quelques temps plus tard, un grand événement fut organisé dans les arènes éternelles, la Malédiction de Lloth. Il y eut des duels. Khenella avait dû choisir parmi ses gladiateurs qui pourrait concourir. Elle n'hésita pas et demanda à Grundsbil d'y participer. Il y eut plusieurs étapes dans ce concours. L'un des gladiateurs du Forgeron des âmes aida largement Grundsbil ce qui lui permit de gagner.

Lors de la dernière étape, Grundsbil était face à un gladiateur qu'il fallait assommer. Il réussit avec brio.

Le soir même, la nuit était déjà bien avancée, Khenella affublée d'une cape avançait d'un pas rapide en direction de la tour de garde. Les dirigeants de la Garde Noire du Warfo, le Conseil de la Garde, avait mis deux gardes en faction devant la porte pour empêcher qu'un jour une nouvelle attaque n'intervienne comme lorsque Tante Pol avait été tuée. Khenella, telle une ombre arriva enfin devant la porte de la grande tour. L'un des deux gardes étant allé dormir, le second regarda Khenella sans savoir que c'était elle. Un rayon de lune éclaira le visage de cette dernière et le garde se détendit en reconnaissant le large sourire de Khenella. Il comprenait qu'elle revenait avec une victoire.

Il ouvrit la porte et l'archiviste le remercia de quelques pièces d'or. Khenella monta les nombreuses marches de l'escalier avec entrain. Les dernières furent bien sûr pénibles, mais aujourd'hui, rien n'avait d'importance.

Elle reprit son souffle et ouvrit avec fracas la porte. Elle arborait un grand sourire et était habillée de son armure de cuir qu'elle n'aimait guère enlever ainsi que d'une cape. Elle dit alors : « Camarades ! Tournée générale ! »

Un des nombreux péruviens, les petits serveurs de la Tour de Garde, vint vers Khenella lui demander sa boisson mais elle répondit qu'elle prendrait une boisson plus tard.

Elle décrocha sa cape et s'assit à la grande table. Elle annonça alors : « La raison de ma tournée générale est que mon brave Grundsbil a gagné son duel pour la Malédiction de Lloth ! Dès lors, plus de souci sur nos épaules ! » Elle regarda le forgeron qui l'avait aidé et elle lui offrit un grand sourire comme marque de rétablissement.

Le forgeron des âmes prit du lait fraise, pour changer, et leva son verre à la santé de Khenella. Elle était vraiment plus belle avec un sourire qu'avec des traits tristes sur son visage. Quand elle vint vers la table des quatres gardes.

« Ravi de votre victoire, vous rayonnez. On se demandait entre nous si vous pourriez nous faire une bonne tarte, heu pas à la rose, on pourrait changer pour une fois pourquoi pas à la fraise. Nous sommes bien entendu à votre disposition pour les ingrédients.

Et prenez donc un verre que diable, quand on offre une tournée on boit avec ses invités. »

Elle sourit à nouveau au forgeron et dit tout en levant la main pour appeler un des péruvien : « D'accord... Une tarte à la fraise, je suppose... En somme, Une Bonne Tarte ! » Elle éclata de rire. Le petit péruvien arriva à côté d'elle : « Un lait fraise ! »

Il hocha la tête et clopinant il alla chercher la boisson et la rapporta rapidement. Elle prit le verre en main et en but une gorgée.

Elle regarda le forgeron et expliqua : « Je suis heureuse que Grundsbil ait gagné ! En fait, il a réussi à battre le narrateur grâce à sa nouvelle arme qu'il apprécie de plus en plus... le marteau à deux mains ! »

Elle se gratta la tête : « Pour la tarte, je pensais que vous pourriez commencer à aller chercher les fraises disons à la fin de cette semaine »

Quelques minutes plus tard, une dame distinguée entra lentement dans la tour. Après avoir salué les personnes présentes, elle s'approcha du groupe de gardes, prit un verre au hasard, l'effleura de ses lèvres, en but une gorgée et fit la grimace. Elle avait oublié qu'elle n'aimait pas l'alcool.

« Bonjour à tous », sa voix était un murmure, elle se demanda si quelqu'un l'avait entendue. Elle avait le regard vague, comme si elle était plongée dans ses pensées.

Khenella sourit à la nouvelle arrivée qui n'était autre que Dame Zagora, une autre garde qu'elle avait déjà côtoyée. Elle semblait triste ou plutôt perdue dans ses pensées... À quoi songeait-elle ?! Un petit péruvien s'approcha d'elle avec un petit calepin pour prendre note de sa boisson.

Khenella lui dit : « Bonjour, gente dame ! Heureuse de vous voir, venez trinquer avec nous pour la victoire de Grundsbil ! » Elle leva son verre de lait fraise en guise d'invitation.

« Vous avez gagné une épreuve ? Bravo, j'en suis heureuse. », répondit Dame Zagora avec un doux sourire, derrière lequel on sentait que son esprit était toujours ailleurs, quelque part, dans un monde à part, un monde parallèle peut-être… Elle se tourna vers le petit péruvien, elle réfléchit toujours aussi indécise quand il s'agissait de faire un choix : « Un jus de framboise s'il vous plaît. »

Se tournant vers dame Khenella : « Racontez donc les exploits de votre gladiateur. Il y a bien longtemps qu'aucun des miens n'en a réalisé … »

Le petit péruvien se dirigea vers les cuisines et apporta un jus de framboise à la belle dame. Khenella expliqua alors : « Hé bien... J'étais inscrite dans la Malédiction de Lloth... Un grand tournoi. Une épreuve qui consistait à faire se battre un de nos gladiateurs contre un autre en duel singulier... Grundsbil s'est porté volontaire et portait son armure à bande avec son marteau à deux mains, infatigable comme toujours...

De l'autre côté il y avait Le Narrateur, un homme en armure à bande avec deux cimeterres comme armes... par contre il n'était que résistant...

Le combat commença dans la nuit... Mais après s'être battu à grands coups de marteaux à deux mains, ils durent attendre de récupérer de leurs forces, ils étaient trop épuisés. À force de patience, Grundsbil l'attaqua... malheureusement il loupait tous ses coups puissants après tant d'entraînements ! Mais une attaque simple réussit et blessa l'adversaire... Lui également n'arrivait point à blesser Grundsbil... sauf au dernier coup !

Puis, je revins le voir dans la soirée et il avait réussi à blesser gravement Le Narrateur... je l'encourageais avec les cris de la foule et Grundsbil réussit ses deux attaques suivantes ! Et enfin, le Narrateur s'écroula à terre ! »

Elle sourit à la dame, heureuse d'avoir gagné : « Si je perdais les manches suivantes... hé bien... j'aurais été exilée pendant cinq jours et la garde n'aurait pas pu gagner un elfe noir pour le tirage au sort... car il y a en effet un tirage au sort pour avoir des elfes noirs ! » Elle but de son lait fraise se faisait deux petites moustaches qu'elle enleva avec une serviette...

« Ainsi, tous les gardes ont réussi à passer ce cap ! »

Le forgeron plongea dans ses pensées dès que Dame Zagora vint à la table. Il avait décidé d'être un vrai Garde avec un air aussi dur que l'étaient la plupart. Il se voulait être un Garde ténébreux comme l'était son passé, aussi sombre que les personnes de la cité le craindraient rien qu'en le voyant marcher dans les ruelles de la ville.

Le lait fraise était un problème majeur à son image de marque mais hélas il ne pouvait laisser sa boisson préférée sinon son équilibre mental déjà complètement instable craquerait.

Le deuxième problème était les amis de la Garde et autres, il était heureux quand ils étaient là. Mais il devait jouer le Garde distant pour son image de marque, c'est comme ça que les filles tomberont à tes pieds lui avait dit OniJ, un garde séducteur.

Le problème était là, une fois de plus Dame Zagora était revenue et rester détaché lui était difficile.

S'en suit le dialogue intérieur

- Bonjour Dame Zagora ravi de vous voir ici
- ça fait un peu trop non?
- Bonjour, dame Zagora, j'espère que vous allez bien
- Trop classique
- Alors Zag ça va ?
- Tu ne l'as jamais appelé comme ça tu risques de faire tache
- ...

Ainsi de suite jusqu'à la conclusion

« Bonjour, Dame Zag, j'espère que vous allez bien, ravi de vous voir ici. » Phrase tombant bien à plat, les deux Gardes ayant évoluées dans leur conversation. Lorsqu'il entendit la phrase de Khenella : « Et enfin, le Narrateur s'écroula à terre! », il répondit : « Quoi vous me tuez les candidats du concours de contes qui sont déjà peu nombreux, c'est vil! »

Décidément il en avait à faire pour être aussi noir que Khenella.

Khenella regarda le forgeron, un peu étonnée, et elle s'écria : « Mais nonnn ! Ce n'est point de CE Narrateur dont je parle !

Mon Grundsbil s'est battu face à un gladiateur qui s'appelait Le Narrateur et qui était d'ailleurs un compagnon du maître d'arme "Le Narrateur"... C'est un maître qui appartient à l'alliance Menzoberranzan ! Vous connaissez cette alliance ? »

La question resta sans réponse. Les gardes qui étaient autour d'elle commencèrent à se parler entre eux. Elle commença à perdre le fil des conversations. Elle but à nouveau de son lait frais, puis elle se leva en bâillant : « Je vais aller me ballader un peu dans la cité, mes amis !

Je reviendrais un peu plus tard... »

Elle sourit à ses camarades et elle se leva. Elle remit sa cape sur ses épaules, paya son dû aux petits péruviens. Elle dit juste avant de descendre les escaliers : « N'oubliez pas, c'est ma tournée ! »

Puis elle se retourna et descendit les escaliers interminables puis arrivée dehors elle se dirigea vers la cité. À mi-chemin, elle eut l'inspiration d'aller à la forêt du Rohirrim. Elle regarda le ciel à travers les lourdes branches des feuillus. Elle marchait d'un pas lent essayant de ne pas tomber à cause des grosses racines sur le sol... soudain, son regard fut attiré par une chose blanche sur le sol. Elle s'y approcha et prit l'objet. Il s'agissait d'une feuille de papier. Un poème y était inscrit d'une écriture lisse, presque calligraphiée :

> « L'automne, odeur d'humus et de feuilles mortes,
> Temps des flambées dans la cheminée
> D'un bon dessert chaleureux
> Pommes cuites, épice boisée et sucrée.
>
> Cannelle »

Elle regarda autour d'elle et en déduisit que le poème avait été soufflé par le vent. Elle se demanda qui avait pu écrire un poème si joli. Elle regarda le dernier mot « cannelle » et ne put s'empêcher de penser à son prénom Khenella... Cela ressemblait beaucoup et elle pensa un instant qu'elle avait un admirateur anonyme... Elle avança un peu plus dans la forêt avec le poème en main et s'assit sur les pierres qui étaient proche de la tombe de Tante Pol et de Kamahl. Elle regardait alors à nouveau le poème avec un sourire qui exprimait de la douceur.

Lorsqu'elle sortit de sa rêverie, elle retourna à ses quartiers pour aller se coucher.

***

Le lendemain soir, la nuit tombée, Khenella décida de se rendre aux falaises du bord mer. Un rayon de lune éclairait doucement son visage clair et ses cheveux roux ondulants qui tombaient en cascade sur ses épaules.

Elle marchait lentement ayant besoin de paix intérieure. Ses bottines caressaient le bout de prairie qui finissait puis ce fut les rochers. Elle s'assit sur un des rochers et laissa se promener son esprit dans ses souvenirs...

Du liquide... Elle se souvenait les larmes qui avaient coulées le long de ses joues une soirée comme celle-ci, le vampire avait voulu la croquer... Puis... Oui... Un chevalier était venu la protéger et lui avait promis de la protéger...

Elle se demanda s'il allait réapparaître une nouvelle fois... Elle passa ses mains devant ses poches et ressentit une épaisseur... Elle passa la main dedans la poche et prit l'objet... C'était la feuille de papier qu'elle avait trouvé au sol dans la forêt du Rohirrim... Malgré la nuit, elle put lire la papier grâce aux jeux de lumière de la lune qui était pleine.

Elle regarda l'écriture du message et passa lentement sa main dessus essayant d'y trouver probablement un message secret dans ce poème... Une brusque bourrasque et le papier lui échappa des mains, elle se pencha rapidement et le rattrapa avant qu'il ne tombe dans la mer.

Elle le contempla encore se demandant qui pouvait bien l'avoir écrit... Le vent s'accentua à nouveau et fit voleter ses cheveux.

Quelques goélands survolaient le site, planant dans les airs comme se jouant des bourrasques. Khenella entendait leurs criaillements aigus, inséparables de la musique du ressac. L'eau s'écoulait sur et entre les galets, et les petits galets qui se heurtaient, provoquaient un tintement.

Elle se laissa porter par le chant des oiseaux si mélodieux par moment en fermant les yeux. L'odeur de la mer passant dans ses narines lui rappelant les voyages qu'elle avait fait et particulièrement celui qui l'avait amené dans la Cité Éternelle.

Soudain, un nom lui vint aux lèvres : Nnay Elroc...

Elle avait vu ce nom sur le pilier des annonceurs. Il lui semblait bien que le chevalier portait ce nom... Nnay Elroc...

Elle rouvrit les yeux se rendant compte que les oiseaux avaient cessé de chanter... Elle regarda autour d'elle et vit les oiseaux autour d'elle...

Elle secoua la tête se demandant si elle rêvait puis un goéland assez imposant se posa à côté d'elle sur le rocher... Elle le regarda, étonnée, et elle murmura : « Nnay... Où est-il ?!... »

Elle fixa l'oiseau et celui-ci prit son envol accompagné des autres... Le plus grand partit en direction de la cité alors que les autres continuaient de chanter...

Elle resta un instant, silencieuse, les yeux fixés sur le sol se demandant ce qu'il se passait... Elle leva la tête et vit à nouveau les oiseaux voler au-dessus d'elle puis d'autres vers la mer...

Le poème toujours entre ses doigts, elle crispa sa main et le remit dans sa poche. Elle écouta le curieux mélange entre le chant des oiseaux et la mélodie des vagues qui se rompaient sur les falaises.

Une vague silhouette apparue au loin, à peine visible, s'était arrêtée humant l'air salin, chargé des effluves d'iode et varech. L'être n'osait approcher semblait-il et restait à distance. Toute son attitude réclamait la solitude.

Elle se laissa doucement choir contre le rocher sur lequel elle était assise et tout en entendant le chant des oiseaux marins, elle regarda la lune et murmura :

> « Douce pâleur hivernale
> Embaume mon cœur
> Senteur automnale
> Caresse les fleurs »

Puis, elle ferma les yeux et sombra doucement dans le sommeil, ré-ajustant son manteau autour de ses épaules frêles.

Une lumière au fond d'un tunnel.... Elle s'endormit et dans un souffle à peine audible dit : « Nnay... »

La silhouette s'était enfin approchée, et il avait déposé sa cape sur Khenella pour qu'elle ne prenne pas froid, il s'était installé à quelques pas pour surveiller l'horizon et qu'elle n'ait point de mauvaises surprises à son réveil.

Les derniers rayons de la lune étaient partis depuis quelques heures lorsque Khenella se réveilla lentement... S'étirant puis elle se redressa partiellement et se rendit compte qu'une cape était posée sur elle. Un peu ensommeillée, elle regarda autour d'elle et aperçut une silhouette, quelqu'un était dos à elle...

Elle se leva doucement et s'approcha de lui... Puis elle le reconnut et un sourire apparut sur ses lèvres : « Nnay... Elroc... » Prononça-t-elle à mi-voix... Puis elle parla plus fort : « Messire... Ne serait-ce pas votre cape ?! »

Elle tendit la cape qui la recouvrait peu avant. Elle le regarda soudainement en sécurité... Son chevalier était revenu près d'elle...

Il se retourna, si de dos, il n'avait point changé, de face, il avait pris l'apparence d'un de ses très rares chevaliers griffons. Toute son attitude dénotait une puissance qu'il ne possédait pas auparavant. Même ses yeux désormais dorés flamboyaient de cette force.

Elle sursauta un peu en voyant sa nouvelle apparence... Elle regarda ses yeux perçants, il avait une tête d'oiseau mais cela collait tout à fait au personnage...

Son sourire ré-apparut aussi vite qu'il était parti, elle lui tendit à nouveau la cape et demanda, curieuse du changement : « Comment êtes-vous devenu ainsi... ? »

Un silence s'installa, elle ajouta le regardant dans les yeux : « ça fait longtemps que je ne vous ai point vu … »

Il répondit : « Ma nouvelle apparence ?

Oh ! un essai alchimique tel que peut en concocter Maître Arlekyn, une variation sur le lait fraise pour le rendre pétillant, j'ai testé la boisson, mais lui, avait oublié de me parler des effets secondaires.

Sinon, effectivement, cela faisait un moment que je n'étais paru devant vous, c'est votre désarroi qui m'a décidé à me montrer. »

Elle regarda le griffon et murmura : « Je ne suis pas désespérée.... Je voulais juste vous voir… »

Elle baissa la tête et lorsqu'elle la releva, ses joues rougies, elle lui dit : « Je pensais à vous… »

Elle passa ses mains dans ses poches et en sortit le poème qu'elle avait trouvé dans la forêt... Elle regarda un instant le bout de papier et, regardant le griffon, elle murmura : « C'est un très joli poème... Je me demande qui a pu bien l'écrire... certainement, une âme pure... ou tout du moins un chevalier... »

Elle lui tendit le bout de papier avec le sourire.

Les plumes empêchaient de voir la coloration de la peau cachée dessous, mais alors que le chevalier attrapait le papier, il commença à réciter le poème sans même porter les yeux dessus.

Elle le regarda réciter le poème par coeur et dit "Cannelle" en même temps que lui. Puis, elle dit dans un souffle : « C'est de vous ?!... »

Elle savait au fond d'elle que c'était bien de lui mais elle était étonnée... Elle murmura : « Pourquoi cela termine par Cannelle ?! »

Elle rougit soudainement, elle venait de penser à la ressemblance entre ce mot et son prénom. Et un instant, elle crut tomber sous son charme... Bien qu'il n'eût encore rien dit.

Elle lui dit enfin comme pour se rattraper :

- C'est une épice que j'aime beaucoup... Ne seriez-vous point fatigué ? Pour ma part, je le suis... Peut-être pourriez-vous m'accompagniez sur le chemin du sommeil ?
- Cannelle ? c'est l'épice de l'automne, celle qui convient à la pomme, le fruit du jardin d'éden. Une épice sucrée et parfumée, telle une femme. Une épice qui ne se laisse approcher que délicatement.

Puis songeur, « il en existe deux autres pour former la trilogie parfaite de l'amour, mais, c'est la cannelle qui fait le lien.

Vous voulez que je vous raccompagne ? Mais ce sera avec le plus grand plaisir. »

Nnay Elroc offrit son bras. C'est alors qu'ils entendirent disparaître au loin le bruit d'une cavalcade, mais elle ne fut jamais assez proche pour que les uns ou les autres s'aperçoivent à un moment quelconque.

« De quels parfums parlez-vous, messire chevalier ? » lui demanda-t-elle d'une voix chaleureuse...

Elle sourit à Nnay puis se laissa prendre le bras, posant doucement innocemment sa tête sur son épaule, se sentant protégée des probables dangers extérieurs...

Elle se laissa emporter par ce chevalier au grand cœur qui avait réussi à l'émouvoir avec ses mots.

***

Quelques temps plus tard, pour donner suite à l'évènement "la Malédiction de Lloth", l'Administration des arènes offrit des gladiateurs à ceux qui avaient participé et qui avaient fait preuve de force et de courage. Auparavant seules les races de Minotaures, Humains, Elfes, Nains, Ratling, Reptants étaient autorisées à se battre dans les arènes éternelles. L'Administration autorisa alors une nouvelle race à participer aux combats, les elfes noirs. Ils ressemblaient comme deux gouttes d'eau aux elfes à l'exception de la couleur de la peau.

Grâce à Grundsbil, Khenella reçut une jeune elfe noire qu'elle nomma Mirmidia. Le forgeron des âmes quant à lui accueillit une elfe noire qu'il appela La drow du warfo.

***

Un beau matin, Khenella V était dans ses quartiers avec tout ces amis gladiateurs. Ils parlaient, comme chaque matin, de ce qui s'était passé la veille, de voir les pièces d'or qu'ils avaient touché. Puis elle s'occupait de faire rénover les différentes armes.

Elle reçut ce matin-là une missive. Elle s'assit à sa table, tout en se demandant qui pouvait lui écrire.

Elle commença à dérouler le papier tout en buvant un peu de café pour bien se réveiller.

Elle s'arrêta brusquement, les pupilles bougeant rapidement de gauche à droite. Elle devait absolument rentrer à Khenelrok... C'était le jour où elle devait découvrir si ce qui était écrit était juste ou faux.

Elle expliqua brièvement à ses gladiateurs qu'elle venait d'avoir une information capitale si elle s'avérait juste. Elle se leva rapidement, prit sa cape et marcha en direction des écuries. Elle s'élança en direction de Khenelrok au galop sur son fidèle destrier Eclair laissant ses amis gladiateurs seuls.

Partie II - Dame Alista

La reine de coeur

Quelques jours après être partie précipitamment pour Khenelrok, alors que la lune se dressait au-dessus de la cité éternelle, Khenella accompagnée d'un autre cavalier s'approcha de la tour de Garde. Elle était de retour, le sourire aux lèvres. L'autre cavalier posa soigneusement son pied sur le sol également. À peu près du même âge que Khenella, ses yeux verts étaient dirigés sur la porte de la Tour de Garde. Il prit la parole : « C'est ainsi ici que tu vis maintenant… »

Elle lui sourit doucement, puis elle répondit : « Oui, depuis quelques temps… »

Il s'approcha d'elle et la serre tendrement contre lui. Il dit : « Voyons ce qu'il y a là-haut… »

Elle hocha la tête et frappa à la porte. Les deux gardes la reconnurent immédiatement. Mais lorsque leurs yeux tombèrent sur le jeune homme, ils lui demandèrent son nom par simple mesure de précaution. Khenella les fixa un instant puis après avoir vu le jeune homme mal à l'aise, elle dit : « C'est un ami... il ne vous fera aucun mal… »

La discussion s'arrêta ainsi et les deux jeunes personnes montèrent les marches pour aller à la salle principale. Ils entrèrent ensemble, laissant un silence tomber sur eux. Khenella lui montra un siège où s'asseoir puis alla commander une boisson. Le jeune homme aux yeux verts et aux cheveux d'or regarda intrigués les autres gardes. Tous semblaient demander son identité. Il dit doucement à Khenella :

- Alista... Dois-je dire mon nom ?...
- Oui, ils risquent d'être étonnés c'est tout…

Le jeune homme se présenta alors : « Bonjour... Je m'appelle... Elmure Greeneye, pour vous servir... »

Il se souvint alors de la raison du silence de la pièce... Après tout, il était censé être mort depuis longtemps... Enfin, il espérait que ce ne serait pas une raison pour en faire tout un plat.

Il était toujours le même... Si on pouvait dire....

 Khenella regarda Elmure et lui suggéra : « Peut-être pourrais-tu nous expliquer ce qui s'est passé... »

Elle lui sourit et marmonna à voix basse : « Peut-être devrais-je reprendre mon prénom d'antan... »

Dame Alista, tel était son vrai nom d'antan... Elle avait troqué son vrai prénom par Khenella V en hommage à son père et à son royaume. Le regard de Khenella revint sur Elmure... Etait-ce un rêve ou il était vraiment de retour ?

Elmure regarda sa belle, puis son regard se tourna vers les différents gardes présents. Il expliqua alors ce qui s'était passé.

« Lorsque j'ai disparu, je n'ai pas été emmuré, mais je me suis retrouvé dans un monde parallèle... J'étais dans un monde démoniaque... ou alors c'était peut-être un monde de sorciers... C'était un endroit en tout point étrange, le ciel était d'un violet, même en plein jour !

Puis, le temps sembla devenir éternité. Je devais me battre pour trouver de quoi me nourrir.

Un jour un peu plus bleu que violet, je sentis une poussée, comme une aspiration et je me retrouvais à nouveau à

Khenelrok. Je crus que j'avais rêvé. Un mage était en face de moi et il m'expliqua que tu avais disparu avant la terrible attaque de Fingolfin.

Je me suis présenté au nouveau roi de Khenelrok, qui portait le nom de Zarel I... Ils ont renommé la cité en Zarelrok. Zarel m'a expliqué tous les événements et je me suis mis à son service... Après quelques mois, je suis devenu son général... Puis après avoir fait des recherches, j'ai retrouvé ton lieu de vie et j'ai décidé de t'envoyer une missive... » Il tourna la tête vers Khenella et la gratifia d'un sourire qui en valait mille.

Il lui dit doucement : « Oui, j'aimerais bien que tu reprennes ton ancien nom... Par exemple Dame Alista... Comme au bon vieux temps... »

Un silence s'installa lentement dans la salle. Elmure héla un péruvien et demanda de laisser le vin couler à flot... Il payerait tout...

Pendant ce temps, en bas de la tour, un homme s'approchait de la Tour. Au moment où il toqua, la porte s'ouvrit. L'un des deux gardes leva le sourcil un peu étonné de l'arrivée du jeune homme. L'autre garde leva lui aussi un de ses sourcils broussailleux. Le premier dit alors solennellement : « Par ordre du conseil de Garde, aucune arme n'est autorisé dans la tour.. Vous pouvez les laisser ici en attendant. »

Le second ajouta d'un ton un peu agacé : « Veuillez nous donner votre nom et la raison de votre visite... »

Il répondit : « Je me prénomme Kotaro. Je viens en ces lieux car j'ai ouï dire qu'une alliance recrutait des Maîtres d'Armes assez vaillants pour braver tous les défis de cette tour. »

Dame Alista ayant entendu du bruit, descendit les escaliers rapidement. Elle vit les deux gardes qui n'avaient pas l'air très cordiaux. Elle demanda au sieur de laisser ses armes en bas puis elle le pria de la suivre dans la salle principale.

Elle lui expliqua que tout le monde était accepté dans la tour, même ceux qui n'allaient pas poser leur candidature. D'autre part, cela permettait aux gardes de mieux connaîtres les futurs miliciens...

Elle lui sourit et l'invita à sa table où Elmure Greeneye buvait doucement du miellat. Elle appela un petit péruvien et le pria de rapporter à l'hôte de la boisson puis elle lui demanda : « Qu'est-ce qui vous amène ici ? »

Le nouvel arrivant lui répondit : « Je viens car j'ai à nombreuses reprises entendu parler de cette tour. » Il s'arrêta un instant puis reprit : « Je désire principalement combattre à vos côtés et un vieil homme m'a conseillé de passer l'épreuve de la Tour. »

Dame Alista écouta attentivement sa réponse puis demanda : « Puis-je connaître votre histoire, messire ? »

Il lui répondit : « Au début de ma maturité, mon père m'avait fait, comme touts mes autres frères, guerrier d'une guilde de mercenaires. Lors d'une guerre, dans les forêts du Nord, nous avions dû combattre contre des créatures, dangereuses. Ce jour fut probablement le pire de ma vie car je vis sous mes yeux mourir mes frères … »

Il prit une profonde inspiration, puis continua : « C'est depuis ce jour que j'ai erré seul, durant moultes années.

On m'a dit qu'une tour réputée pour redonner courage avait été créée, je partis en sa direction... » Il regarda patiemment Alista semblant attendre d'autres questions.

Sortant de derrière une table renversée un nouveau membre de la Garde Noire du Warfo, Bastos, vit Alista et décida de s'approcher de sa table. Il s'assit sur l'un des tabourets puis appela un des péruviens du tavernier pour qu'il lui serve un bon café. « Hé bien Dame Khenella, aurais-je l'honneur d'être présenté à vos deux chevaliers servants ? »

Elmure Greeneye ne laissa guère le temps à Alista de parler et dit : « Bonjour, je m'appelle Elmure Greeneye... Je viens de Khenelrok, tout comme Khenella... Enfin, Dame Alista... Je suis... euh... son fiancé qui était censé avoir été tué par un puissant sorcier... »

Il esquissa un sourire puis se tournant vers la belle, il aperçut une nouvelle personne qu'il salua distraitement de la main. Il regarda ensuite celui à qui il avait parlé et lui demanda : « Et vous ? Puis-je avoir l'honneur de connaître votre nom ? »

Puis, il demanda au nouveau : « et quel est votre nom, vous ? »

Il prit un peu de miellat que Khenella avait commandé et en but tranquillement.

Bastos reprit « Moi, j'suis Bastos, surnommé le Blaireau de la Garde, rapport à mon totem, le blaireau... Donc, vous disiez que vous étiez sensé être mort, mais que finalement vous l'êtes plus ? Eh ben, et moi qui pensait avoir été raisonnable sur la boisson hier soir ! »

Puis il partit d'un grand éclat de rire rocailleux qui firent se tourner quelques têtes, avant d'être pris d'une vilaine quinte de toux. Lorsqu'il fut calmé, Bastos dit :

« Saleté de tabac ! Bon, et sinon, t'es qui toi ? », dit-il à l'attention de l'autre nouveau venu.

Dame Alista écouta patiemment l'histoire de Kotaro, puis elle lui demanda : « Auriez-vous tendance à faire des gaffes sans le vouloir, c'est un critère déterminant dans notre alliance ? »

Un large sourire apparut et elle ajouta à la limite de rire : « Il nous faut toujours plus de boulets... On les enchaîne à la tour puis on les lance contre les autres alliances... Parfois ça marche... quelquefois non... »

Son regard se tourna vers Elmure et elle lui sourit doucement. Elle était si heureuse de le voir de retour vers elle ! Allait-il la laisser à nouveau ?!

Elle finit par faire un geste et demanda à un des péruviens de servir ce que Kotaro désirait boire...

Elmure Greeneye observa Kotaro un instant, il semblait être intéressé à entrer dans la garde mais quelque chose ne marchait pas. Elmure avait une mauvaise impression sur le candidat.

Il demanda : « Pourquoi êtes-vous encore dans votre alliance, si vous voulez venir à la Garde ? »

Son regard innocent, il tourna la tête vers Khenella qu'il commença à reluquer... Cela faisait maintenant quelques années qu'il ne l'avait pas vu...

Etant donné qu'elle était à côté de lui, il prit doucement sa main dans les siennes et très tendrement, il les caressa.

Tout en faisant cela, il regarda Bastos et demanda : « Depuis combien de temps êtes-vous dans la Garde au côté de ma belle ? »

Il lui offrit un sourire et offrit une tournée à tous les gardes présents ainsi qu'au candidat.

Bastos observa Elmure attentivement. *Sa belle* ? Il réfléchit quelques instants avant de répondre :

« Hé bien, je suis entré à la Garde tout récemment, d'ailleurs hier soir nous avons fêté ça avec force boisson, ce qui fait que peu de Gardes sont frais aujourd'hui, si vous voyez ce que je veux dire. Mais je connaissais votre aimée avant de faire partie de cette compagnie de mercenaires, sa réputation n'est plus à faire dans la Cité Éternelle. »

Un profond sentiment de fierté parcouru Elmure. Porté par cet élan et des larmes montant à ses yeux, il se leva, et se posta devant la fenêtre... Il resta tranquillement, contemplant en bas de la tour, mais surtout regardait dehors pour qu'on ne voit pas ses possibles larmes.

Peu de temps après, Kotaro suivi de Bastos s'éclipsèrent de la Tour de Garde. Seul restait Alista et Elmure. Ce dernier prit une profonde inspiration. Il se remémorait son retour à Zarelrok... Comment Zarel lui avait raconté l'histoire qui s'était passée durant son absence...

Puis, il redevint lucide lorsqu'il vit une nouvelle silhouette par la fenêtre... Ce devait être une jeune femme, mais, elle n'osa monter à la tour...

Qui sait ?! Elle allait peut-être venir un jour…

Un homme entra dans la tour avec fracas. Alista leva la tête et l'entendit se présenter sous le nom de Diakonov. Elle regarda un instant la salle et se rendit compte qu'Elmure s'était posté contre la fenêtre regardant distraitement dehors.

Elmure leva la tête et le détailla. Cela faisait encore peu de temps qu'il était là et pourtant sa longue absence lui avait appris à observer. Quitte à se tenir à l'écart pour pouvoir mieux parler, mieux comprendre ce qui se passait aussi...

Alista se leva et s'approcha du nouveau venu : « Voulez-vous boire quelque chose, messire ? »

À ce dernier mot, elle sentit un regard posé sur elle... Elle se retourna vers Elmure, mais il observait toujours les allers et les venues...

Elle fit un signe de la main et un péruvien arriva, elle commanda un verre d'hydromel... Le péruvien attendit que le sieur commande quelque chose...

Diakonov ne réfléchit pas longtemps avant de demander un concentré d'efferalgan sucré. Une question parmi tant d'autres trottait dans sa tête, il demanda d'une voix caverneuse :

« Comment les gardes du Warfo peuvent rester fonctionnels s'ils sont constamment plongés dans un état d'éthylisme avancé ? »

Dame Alista resta pensive à cette question. Il était vrai que peu de gardes restaient longtemps sobres... Elle était d'ailleurs probablement, une des seules à ne pas abuser de la boisson.

Son regard émeraude se posa sur le « nouveau » et elle lui répondit doucement : « Il semblerait que ce soit le mélange entre éthylisme et nourriture peu recommandable qui aident ainsi les Gardes à être maîtres de leurs pensées... et de leurs décisions... »

Le péruvien apporta la boisson à l'homme, puis Alista lui demanda un peu maladroitement : « Qu'est-ce que c'est que cette boisson ? »

Diakonov but d'une traite son cocktail :

« Cette boisson est un cocktail qui m'a été recommandé par un ami rencontré dans un des derniers rêves du Grand Draconnique. Je ne suis pas un fanatique, et cet être n'est ni mon gourou ni mon dieu. Je ne suis en fait qu'une projection des rêves d'une créature qui s'est endormie à une distance inestimable. Ainsi, lorsqu'elle se réveillera, je disparaîtrai. Je ne vis que pendant le sommeil du Grand Draconnique. Toujours est-il qu'en ce moment, la créature est plongée dans un profond coma, et je suis susceptible de rester dans la cité pour un bon bout de temps. »

Alors qu'il allait répondre, son esprit s'envola pour un léger souvenir. Elle ne se souvenait pas avoir vu un garde sobre de sa vie... Elle se souvint de dérapage alcoolique... de sol à laver... Puis soudain, son esprit revint à sa place laissant un léger froncement de sourcils.

Elle demanda encore : « Pourquoi voulez-vous nous rejoindre ? » Puis : « Parlez-moi un peu de vous... de votre histoire... »

Elle prit doucement le verre d'hydromel que le péruvien avait apporté et en but doucement à petite gorgée, l'alcool coulant dans sa gorge et la réchauffant.

Diakonov lui répondit : « Ce qui me motive à intégrer la Garde Noire du Warfo? La renommée de la guilde, qui s'étend au-delà de la portée du regard quand on est en haut de la tour, l'expérience qu'elle peut m'apporter pour la durée du rêve. Et avant tout, les archives de la Tour, qui élucideront peut-être mes questions quant à la bête qui me rêve. »

Elmure quant à lui était pensif... Que se passait-il à Zarelrok ?! Qu'advenait-il à Zarel, lui-même ? Pourquoi ne lui avait-on pas donné de nouvelles ?

Il regardait à travers la vitre, perdu... Il fallait qu'il se renseigne... Il tourna la tête vers Alista qui était occupée à parler, puis lentement, Il s'approcha d'elle, se pencha à son oreille et lui murmura : « Je vais aller voir à Zarelrok... J'ai un mauvais pressentiment... »

Elle tourna la tête vers lui, puis son regard vert dans le sien, il étouffa un mot d'amour, puis, il s'excusa et descendit les escaliers en direction de ses quartiers pour partir...

Le regard d'Alista sembla troublé lorsque Elmure partit, elle murmura pour elle en regardant par la fenêtre : « J'espère qu'il ne lui arrivera rien... » Puis elle regarda Diakonov, redevenant de plus en plus attentive en cette étrange personne.

Elle dit dans un souffle, un peu confuse : « Je vous prie de m'excuser pour cette légère « absence » ... Ne craignez rien, je vous ai écouté et c'était fort intéressant ! Et je trouve que c'est une bonne raison pour entrer à la garde ! »

La discussion avec ce potentiel membre de la garde se termina ainsi. Diakonov remercia les gardes et repartit pour des affaires personnelles.

Elle appela un péruvien et lui dit : « Tu serviras ce que tout ces gens souhaitent... c'est moi qui paye ! Tournée générale ! »

Elle tourna son regard vers les autres, puis lorsqu'ils eurent tous une boisson, elle leva son verre d'hydromel et dit : « à la vôtre ! Santé ! »

Puis, lorsqu'ils eurent fait le même geste, elle se délecta encore du nectar, sentant l'alcool montant doucement à ses joues. Après avoir passé quelques temps à leurs côtés et sentant la fatigue et l'ivresse qui commençait à lui monter à la tête, elle préféra rentrer dans ses quartiers.

***

Quelques semaines plus tard, Alista était chez elle lorsqu'elle entendit frapper à la porte. Elle se leva pour ouvrir la porte et découvrit Elmure qui était revenu de voyage. Elle l'invita à entrer et ils s'assirent devant un bol de tisane. Elle l'observa un instant, silencieuse, puis doucement elle murmura : « Que t'est-il arrivé ? »

Il prit une profonde inspiration et commença à expliquer : « Arrivé à Zarelrok, je suis allé rapidement auprès de mon souverain, Zarel Ier... Mon intuition était bonne, il allait mourir... Sur son lit de mort, il m'a dit qu'il ne lui restait qu'à choisir son successeur... Il m'a demandé ce que je voulais et après quelques heures de réflexion, il m'a nommé Ambassadeur de Zarelrok ! Mais il a précisé que si je revenais m'installer dans la ville, je serais le roi Zarel ! »

Son regard semblait soudain enjoué. Doucement, il prit une des mains de Alista et il lui murmura : « Tu pourrais être ma reine, ma douce... »

Elle sourit à ses paroles puis plus sérieusement elle répondit :
« Je ne veux pas partir maintenant, j'ai encore tant de choses
à faire ici... Puis, comme tu le sais je suis l'archiviste de la
Garde de Noire du Warfo... Ils ont besoin de moi... »

Son regard se fit distant, ses pensées tourbillonnaient dans sa
tête.

Il soupira et expliqua : « Faut-il que je reste ici ou faut-il que
je parte... Je me sens dépassé par tout ça... Pourquoi est-ce que
je reste... Il n'y a aucune raison, car ici il n'y a pas d'activité...
Il me manque quelque chose... Peut-être l'aventure, ou alors
des responsabilités... »

Alista murmura : « Tu me laisserais donc de nouveau seule...
»

Elmure ne répondit rien. Il l'observa un moment en silence.
Les pensées de départ tournaient dans sa tête comme un
ouragan. Son regard se brouilla en pensant à ce qu'il louperait
en partant et en restant. Il avait pourtant le choix, il devait
savoir au fond de lui que s'il partait, Alista resterait, elle était
attachée à cette ville plus qu'à la sienne.

Elmure Greeneye prit les mains d'Alista dans les siennes. Il la
regarda dans les yeux et lui dit : « J'ai pris ma décision... Je
vais retourner dans notre ville... Je ne sais plus quoi faire ici...
Je ne me sens pas à ma place... »

Il lut de la tristesse dans les yeux d'Alista. Il ajouta alors : «
Ne pleure pas pour moi... Maintenant que je suis de retour, tu
sais qu'il te suffira de venir me retrouver dans notre ville pour
passer un peu de temps avec moi... Et je te ferais reine... »

Un sourire se dessina sur les lèvres du roi. Il passa doucement
sa main sur sa joue et l'embrassa tendrement. Une main passa

dans ses cheveux rouges et ses lèvres quittèrent les siennes. Il se leva de sa chaise et commença à se diriger vers la porte d'entrée.

Dame Alista n'empêcha point Elmure de partir. Malgré sa tristesse, elle se disait que malgré qu'il parte, elle pourrait toujours le retrouver dans son ancienne ville. Elle ne voulait pas partir de la Cité Éternelle tout de suite. Elle avait encore des choses à faire, elle le sentait au fond de sa chair.

Il aurait fait un très bon garde malgré tout... Elmure Greeneye, futur grand roi de Zarelrok s'en alla alors sur son destrier en direction de la cité de Zarelrok.

***

Dans les arènes éternelles, les gladiateurs d'Alista se battaient avec fougue et lui apportaient de nombreuses pièces d'or qui lui servaient d'une part à réparer le matériel mais également à payer sa vie de tous les jours.

Mais surtout, Alista avait pu engager de nouveaux gladiateurs. Il y avait Junpour, un homme de fière allure qui se battait avec une épée et un bouclier, deux autres minotaures, Millekka et Thélama qui furent bien rapidement les muses de Grundsbil. Elle avait aussi engagé un nouveau reptant pour tenir compagnie à Salhassri, il s'appelait Silvelin.

***

Un nouvel événement fut créé dans les arènes éternelles, "La Lutte contre LUI". Il y avait plusieurs étapes, la première consista à regrouper un gladiateur de chaque race autour d'un sceau. Elmure, le gladiateur d'Alista arriva le premier sur le sceau. Certes, il était déjà blessé, s'étant fait attaquer par de nombreux gladiateurs.

Quelques heures plus tard, Elmure était toujours en place et lorsque le dernier gladiateur posa son pied sur le sol, ce fut un cri de joie. Ils avaient réussi la première étape ! Elmure voyait Millekka un peu plus loin…

Il regarda autour de lui ses compagnons qui avaient le sourire. Il éclata de rire puis leva son nodashi en guise de victoire... Il fit un grand sourire à ses compagnons... Puis, il s'écarta du groupe et réfléchit un instant dans le silence... malgré la joie environnante, il s'inquiétait sur les prochaines étapes... Il était le premier à être arrivé... Mais sera-t-il le dernier à quitter le champ de bataille ?

Pourquoi voulait-IL prendre le pouvoir ? Quel était CE sombre personnage... ?!

Junpour de son côté avait succombé depuis bien quelques heures et se reposait dans l'hôpital... Heureusement, Alista vint lui apprendre la bonne nouvelle et il comprit que leur but était juste. Peut-être était-il un peu naïf au fond de lui, un homme d'une trentaine d'année, mais jeune et innocent...

Millekka était, elle, toujours en train de taper un étranger et lorsqu'elle vit la frénésie et surtout la victoire de Elmure, elle ne cacha pas sa joie ! Elle avait perdu plus d'un duel dans les arènes et voilà qu'elle était dans une équipe de vainqueurs ! Elle décida de rejoindre son ami Elmure au plus vite...

Il est vrai que les événements s'étaient succédés à une vitesse fulgurante. Entre les assauts des gladiateurs d'un maître d'arme appelé Maître Pino et de ceux qui s'étaient invités et qui profitaient de cibles faciles... Grundsbil avait succombé peu avant la victoire.... Sahlassri un peu avant en tentant de les aider... Silvelin était bien au Sud et avait préféré faire de la place pour les compagnons d'armes... Il restait à présent que Thélama de la lignée des vétérans... Elle n'avait plus vraiment le choix mais après tout... Pourquoi réfléchir ?

C'est ainsi que s'acheva l'épreuve du sceau des dieux pour les compagnons d'Alista...

Alista était tellement heureuse de voir qu'Elmure, son gladiateur avait survécu pendant toute l'épreuve qu'elle décida de l'appeler désormais Elmure "Le Béni". Elle savait désormais qu'il pouvait faire de grande chose.

***

Après le départ d'Elmure Greeneye, Alista commença à s'investir au maximum pour la Garde Noire du Warfo. Elle passait le plus clair de son temps dans la Tour de Garde attendant que des personnes ayant posé candidature passent...

Un jour, alors qu'elle était assise à une table, une dame très belle entra et s'assit au bar. Peu de temps plus tard un homme entra, un sourire jovial aux lèvres. Rapidement il commença à boire d'un fût de bière.

Alista se leva doucement de sa chaise et s'approcha du bar. À ses côtés, elle remarqua Kâstor, un garde considéré comme désaxé, mais que malgré tout elle appréciait et qui buvait joyeusement. Elle s'assit à côté de la belle femme et lui dit : « Bonjour... Puis-je commander quelque chose pour vous ? » Elle fit un geste de la main et un petit péruvien, un des serveurs, apparut rapidement.

Elle regarda la femme commander ce qu'elle voulait puis ajouta : « Et moi, ce sera un verre d'hydromel bien frais... » Puis un instant de silence, elle continua et demanda à la dame

: « C'est la deuxième fois que je vous vois ici, vous m'en voyez ravie... Cet endroit vous plait-il ? Cherchez-vous quelque chose de particulier ? »

Elle la regarda avec un sourire pour l'encourager à se confier.

La femme se tourna vers Dame Alista, un peu mal à l'aise qu'une étrangère s'adresse à elle, mais soulagée à la fois de constater que cette personne ne semblait pas sous l'effet de l'alcool qui coulait à flot.

Elle observa un moment, intriguée, le péruvien qui s'était approché, puis, après un moment, elle se décida à commander quelque chose. Elle n'avait pas parlé, mais pourtant le serveur s'était tourné vers la garde pour prendre sa commande. Le péruvien s'éclipsa pour aller chercher les breuvages.

Elle plongea alors son regard dans celui de celle qui s'était joint à elle. Ses pupilles blanches sur fond noir percèrent le voile de la conscience de la dame pour lui transmettre ses pensées.

« Madame », dit-elle, faisant entendre sa voix caverneuse dans l'esprit de celle-ci, « je me nomme Ténébreuse, je suis l'héritière des silences. Je vous prie d'abord de m'excuser de ne pas m'adresser à vous à voix haute, mais je ne le puis. »

Elle fit une pause alors que le péruvien apportait les deux verres d'hydromel. Portant le verre à ses lèvres, elle attendit un instant, laissant à Dame Alista le temps de se faire à l'idée qu'elle lui parlait par la pensée. Après un bref instant, elle reprit.

« Je ne cherche rien, si ce n'est un endroit pour prendre un verre. On m'a largement vanté la qualité de l'hydromel de cet endroit, et la réputation de la Garde Noire la précède. La curiosité a d'abord mené mes pieds ici, puis, après avoir fait une charmante rencontre… » elle tourna son regard vers Kâstor qui cuvait doucement à ses côtés… « j'ai décidé de revenir. »

Elle but à nouveau à son verre, laissant le goût voluptueux de l'hydromel se répandre sur ses papilles. Le liquide était frais et sucré, mais procurait pourtant une douce chaleur. C'étaient les joies de l'alcool.

« Mais dites-moi, vous qui semblez si noble, quel destin vous a mené sur les routes tortueuses du combat ? »

« Hé bien… », commença Alista. L'homme qui était entré après Ténébreuse s'appelait Kurt Bremen et était à présent ivre mort. Il se cramponnait à ce qui semblait être une chaise… A moins que… Cette chevelure… Cette couleur !

« Oh merde ! Mille… Excu.ses… Je suis… confus… Dame Alisto...a… Alista », il lâcha l'archiviste et ne put retenir un cri de surprise.

« Qui m'a enlevé le sol » ! Gueula-t-il dans un grognement porcin, ses mains agrippant le tonneau… Presque plein…

Alista posa ses yeux verts sur l'homme qui la rendait honteuse en cet instant. Elle dit sèchement au nouveau milicien : « Je crois que vous seriez mieux dans vos appartements… Et si par malheur, vous refaites ce que vous venez de faire aller voir Dame Theodora, je suis sûre qu'elle saura vous empêcher de trop boire… »

Son regard froid se posa ensuite sur le verre d'hydromel qu'elle avait commandé et petit à petit son regard s'adoucit pour redevenir normal. Elle regarda alors la Ténébreuse dame et dit doucement : « Cela ne me gêne aucunement… tant que vous pouvez me comprendre ! » Un sourire embellit alors la dame aux cheveux de feu. Puis elle ajouta comme une évidence : « Vous pouvez venir ici comme bon vous semble, Ma dame... Si j'y suis, je me ferais bien sûr un plaisir de discuter de tout et de rien ! »

Un instant de réflexion, elle pensa aux raisons de sa venue à la Garde... Elle lui expliqua doucement : « Il y a bien longtemps, j'étais une princesse... Malheureusement, tout changea et je fus exilée de ma patrie d'origine... Lorsque j'arrivai dans la cité éternelle, je voulais venger ceux qui étaient morts... Ma famille... Et je m'engageai à la Garde pour trouver le coupable... Lorsque je le vis mourir, je me rendis compte que ma famille était là et que plus jamais je retournerais dans ma ville... à moins d'avoir une bonne raison... »

La gorge sèche, elle but un peu d'hydromel qui lui donna le courage de continuer à raconter son récit : « Depuis que je suis ici, voilà de cela plus d'un an, je me suis fait des amis et pour rien au monde je ne désirerais m'en séparer ! Je suis devenue l'Archiviste de la Garde Noire du Warfo et je suis depuis peu dans le Conseil de la Garde, les dirigeants… »

Elle sourit à nouveau et ajouta : « Et comme vous pouvez le voir, je ne suis pas mécontente de ma place » ! Son regard émeraude resta scotché à celui de la dame et la question qui lui brûlait les lèvres se prononça : « Mais, parlez-moi de vous... Comment cela se fait-il que vous ne puissiez point parler ? »

Elle l'encouragea d'un sourire et lui resservit de l'hydromel.

Un garde s'éclipsa l'espace d'un instant pour avertir Dame Théodora, la responsable des miliciens, du comportement de

Kurt. Quelques minutes plus tard, la belle Dame aux cheveux d'argent arriva en criant à Kurt : « KUUUUUUUUUURT !

J'attends tes explications sur ces manières. Tu as manqué de respect à Dame Alista et fait honte à toute la Garde ! Et tu te prétends chevalier ?

Va dessouler ailleurs et dès demain présente-toi propre et tout en excuses à Dame Alista et attèles-toi à nous prouver ta valeur ! Peut-être ainsi regagneras-tu le respect de la Garde… »

Elle repartit aussi vite qu'elle était entrée.

Ténébreuse écouta attentivement le récit de la Dame, sans porter plus d'attention à celui qui s'était nonchalamment accroché à elle. Et si elle lui révélait quelque chose sur LUI? Mais non, le récit de la Dame ne contenait aucune révélation. Son esprit peut-être, mais il n'était pas encore temps de se permettre une telle familiarité. Plus tard, elle fouillerait dans les méandres de l'inconscient de la Princesse, et peut-être y trouverait-elle quelque chose.

« Vous semblez avoir beaucoup souffert, et j'en suis désolée », finit-elle par répondre après un long silence. « Je me doutais bien qu'un passé funeste avait mené vos pas jusqu'ici. Je me réjouis néanmoins que vous ayez accompli votre mission et que vous ayez trouvé par la même occasion une nouvelle famille. J'espère qu'il en sera de même pour moi, mais l'avenir seul me le dira. »

La peau de Ténébreuse luisait légèrement, comme si elle avait été faite de nacre, et ses index étaient particulièrement longs en comparaison aux autres doigts. Ses ongles paraissaient plus durs que la pierre et d'un gris sombre et inquiétant. Ses pupilles blanches étaient comme des trous sans fond au milieu de son visage si sérieux. Elle porta sa main à son verre tout en se demandant si elle devait ou non révéler à cette étrangère la raison de son silence. Devait-elle mentir ? C'était la première fois qu'elle était confrontée à cette question et elle ne savait trop comment réagir. Le malaise pouvait se lire sur son visage. Elle prit finalement sa décision.

« J'ai le don de clairvoyance », dit-elle enfin. « Pour le conserver, je devais perdre ou la voix, ou la vue, ou l'ouïe. À ma naissance, le Grand-Prêtre de la lune rouge a décidé de me laisser l'ouïe et la vue et de m'enlever le don de la parole. Chaque choix comportait son lot de désavantages, mais il est plus facile de remédier à l'absence de voix qu'à l'absence de vue ou d'ouïe. Mon maître m'a toujours parlé par la pensée et c'est par la pensée que j'ai appris à parler également. Je pourrais parler à voix haute, j'ai les organes nécessaires pour ce genre de chose, mais si je devais le faire, je perdrais le don à jamais, et je ne puis me le permettre, pas encore. »

Elle s'arrêta là. C'était la première fois qu'elle parlait de son don à une personne étrangère à son peuple, et elle ne se sentait pas prête encore à dévoiler sa mission à qui que ce soit. Était-elle digne de confiance ? L'avenir le lui dirait. Elle savait que la Dame avait une âme pure, elle l'avait lu dans son coeur, mais mêmes les meilleures personnes peuvent commettre des erreurs.

Kurt Bremen se redressa, le teint rouge... Plus par la honte que par la boisson.

« Je présente à l'assemblée mes plus sincères excuses. Je vous prie de bien vouloir pardonner ce comportement indigne de mon rang et de ma garde. Ceci ne se reproduira plus. J'en fais le serment. Pas une goutte de cette boisson ne franchira mes lèvres. »

Dame Alista l'excusa prestement de la main. Le chevalier, l'air fier malgré une démarche chaloupée gagna la porte dans une sortie digne d'un chevalier de son rang. Le bruit de ferraille dans l'escalier et la bordée de jurons vinrent tout gâcher...

« Armure de noix ! C'est décidé je l'enlève ! »

Le chevalier se dirigea vers le castel, bien décidé à tenir sa promesse ainsi que pour revêtir des vêtements plus adéquats à sa vie citadine.

Dame Alista avait écouté le récit de la Ténébreuse et elle comprit alors le malaise qu'elle pouvait sentir dans les yeux de la belle. Elle murmura : « Vous avez bien fait de choisir la voix car si cela était la vue, nous n'aurions pas eu la chance de voir votre regard... »

Elle lui sourit doucement, but encore de l'hydromel, boisson des dieux... Elle garda le silence un moment, laissant un temps de repos à l'héritière des silences.

Puis, elle reprit la parole et parla de ses différents exploits dans la cité. La Lutte contre LUI, puis les différentes actions qu'avait faites la Garde : retrouver la Dame alors qu'elle était perdue, conquérir les Ruines, se battre fièrement pour trouver le Monastère Maudit ou encore battre Isis et ainsi gagner un louveteau !

Alista laissa un instant son esprit voguer et sans vraiment s'en rendre compte elle dit par la pensée : « Que me réserve mon futur ? »

Elle ne savait pas si la ténébreuse avait pu entendre son esprit, mais elle avait essayé comme cela, la seule question qui lui venait à l'esprit et qui la terrorisait...

***

Loin de la tour de garde dans le castel, la chambre du milicien Kurt Bremen était dans un désordre faramineux. Au milieu du capharnaüm, une silhouette nue se jeta pêle-mêle pièce d'armure et souvenirs de campagnes.

« Pas assez d'exploits ! Et la défense d'Erengrad, la reprise de Middenheim, la bataille de la gorge des alizées... J'en ai fais des tonnes... Ma bannière a flotté sur toutes les batailles de ces 30 dernières années et on ose me dire que je n'ai pas assez d'exploits ! Ça va changer ! Ah oui ! »

Plus tard.

Des immenses sacs en toile de jute remplis à ras bord de toutes sortes de bibelots étaient entreposés devant la porte du milicien. Lui était tranquillement assis sur le lit spartiate, sa chambre vide de tout ornement, mise à part son armure contre un mur et sa lance accroché au-dessus de la cheminée.

Kurt Bremen portait un uniforme flambant neuf.

« Bon c'est pas le tout mais au boulot... Mes gars s'entraînent pourquoi pas moi... »

***

Les récits et aventures d'Alista avait passionné Ténébreuse. Elle ne pouvait se vanter d'avoir vécu autant de choses, elle gardait donc le silence, laissant la Princesse énumérer toutes ces choses, bonnes et mauvaises, qu'elle avait vécu.

Un long silence accompagna la fin des aventures de Dame Alista, puis, une voix mélodieuse retentit dans son esprit. La voix manquait certes d'assurance, mais c'était un début. La sibylle était surprise de constater que son interlocutrice pouvait s'exprimer par la pensée avec tant de facilité. Sa question la troubla, et elle hésita un moment. Elle ne voulait pas blesser cette Dame qui bien qu'elle pût paraître forte, apparaissait à ses yeux comme une femme fragile et pourvue d'une impressionnante sensibilité. Après une brève hésitation, elle lui répondit enfin.

« J'aimerais vous répondre Ma dame, mais je ne le puis. Je ne fouillerai pas vos songes à la recherche d'un quelconque indice pouvant me révéler votre avenir, du moins pas maintenant. Il vous appartient de le découvrir, au fil du temps. Et croyez-moi, pour avoir la force d'affronter son destin, il vaut souvent mieux en ignorer les différents obstacles. »

La Ténébreuse posa ses yeux sur son verre qui était maintenant vide. Elle le regardait avec intérêt quand ses mains se crispèrent sur le comptoir, ses ongles laissant leur marque dans le bar. Son visage qui semblait normalement si posé affichait maintenant une inquiétante moue, un pli sombre s'installant sur son front. Elle se leva soudain et plongea son regard dans celui de la princesse. Ce dernier était livide, elle semblait effrayée ou en prise d'un mal indescriptible.

« Pardonnez-moi Ma dame, je dois partir sur le champ. »

Sans même laisser la chance à Dame Alista de répliquer, elle quitta les lieux.

Alista ne put lui répondre que lorsque la dame était déjà dehors... Elle pensa fort à un : « À bientôt, j'espère ». Elle avait posé sa question comme si elle avait peur de son futur... Au fond, elle savait qu'un jour elle reviendrait dans sa ville, mais quand ?

Après son départ, elle finit son verre d'hydromel qui s'était réchauffé et qui maintenant avait un goût rance puis elle se leva et se dirigea vers la fenêtre. Elle parcourut du regard la Cité Éternelle d'un côté et les vastes terres désertes. Puis son regard se déplaça vers le ciel qui était tourné au gris... Elle vit un oiseau arriver à l'horizon... Elle ouvrit la fenêtre et le faucon délivrant une missive se posa sur son bras tendu.

Elle lut la missive, un trait se marqua sur son front. Elle soupira puis doucement, elle s'excusa et partit en direction de ses quartiers...

***

La nuit passée, Alista revint à la tour de garde avec les bras remplies de travail, de dossiers... Elle monta les marches puis entra assez rapidement dans la pièce principale.

Elle fut fort étonnée de voir autant de personne présentes mais toujours aussi discrète, elle se plaça un peu l'écart sur son fauteuil fétiche. Puis, silencieusement, elle feuilleta les dossiers et armée d'une plume, elle souligna des mots...

Elle se demanda pourquoi elle n'était pas aussi joyeuse que d'habitude et elle repensa à la missive qu'on lui avait envoyé... Elmure Greeneye... Son fier chevalier... Elle savait que c'était contre sa volonté mais il était Zarel II maintenant et... « Il vaut mieux que je n'y pense pas... », se dit-elle en reprenant sa lecture.

Kurt Bremen était endormi dans un coin de la pièce. Il fut réveillé par un garde vidant un seau d'eau sur sa tête...

« L'orc prend sa douche annuelle... » sourit Kurt en se tournant vers la tablée. Kurt maintenant parfaitement réveillé se leva pour faire quelques pas...

« Je reviens si vous le permettez mes seigneurs ! »

Il fit quelques pas et vint s'accouder à un fauteuil, sa surprise fut totale lorsque le chevalier découvrit son occupante. « Dame Alista ! Pardonnez-moi... Je ne vous avais point vu... Deux fois que je manque à mes devoirs envers vous... J'en suis confus... Puissiez-vous un jour me pardonner... »

Alista qui s'était un peu endormie à force de regarder ses dossiers se réveilla en sursaut... Ainsi Kurt venait de faire des siennes encore !

Son regard émeraude se fixèrent sur le chevalier, elle paraissait stricte mais elle dit d'une voix très calme et douce : « Ce n'est rien... La vie est ainsi faite... Allez en paix, Kurt Bremen ! »

Elle esquissa un sourire. Ce n'était pas trop son habitude d'être aussi "gentille" et d'être aussi détachée... Quiconque la connaissait bien devait se poser des questions... D'habitude, elle aurait hurlé mais là, quelque chose avait changé... Un infime détail qui faisait qu'elle prenait les choses plus légèrement, comme une fatalité...

Son regard se détacha de Kurt et se déplaça sur l'assemblée. Une bonne joyeuse équipe, au fond...

Le chevalier fut surpris de la réaction de l'archiviste... Elle paraissait absente, il se permit de tirer un fauteuil et s'assit en face d'elle, posant ses yeux gris sur elle.

« Tout va bien Ma dame ? Vous semblez absente... Puis-je vous être utile en quelque chose... Mes hommes sont en arène et je me sens désoeuvré... Et j'avoue que vous venir en aide ne sera pas le bagne. Et peut-être pourrions-nous faire connaissance plus approfondie que dans le carcan de nos rôles à la Garde. »

Kurt Bremen regardait la jeune femme aux cheveux de feu, un air légèrement condescendant. Et soudain... Il prit conscience de ses paroles. Rougissant jusqu'aux oreilles il bafouilla.

« En tout bien tout honneur ! Je suis une nouvelle fois confus... Mes mots se sont embrouillés... Je ne parlais qu'en tant que camarade ! Aucunement de relation purement charnelle... »

Et Kurt continua de s'enfoncer en bafouillant quelques mots incompréhensibles tant il était rouge de honte et confus.

Il commanda un cognac à un péruvien de passage... Mieux valait se cacher dans son verre pour masquer sa honte.

« Vous me troublez Ma dame... Je ne fais qu'erreur sur erreur avec vous... Oh merde j'ai dit que vous me troublez... Je suis vraiment... Mais alors vraiment confus... Je ne sais plus où me mettre... »

Kurt se levait déjà... Plus rouge que la chevelure de l'archiviste. Lui habituellement si pâle.

Elle posa doucement ses mains douces sur la sienne qui suivait le mouvement du corps vers le haut et murmura : « Voyons, calmez-vous, messire... »

La confusion du sieur fit sourire puis rire Alista plus qu'autre chose... Il en devenait même touchant... Elle dit doucement : « Je me porte bien, malgré les apparences. Pour dire vrai... Elmure Greeneye est devenu roi de Zarelrok... L'ancienne ville d'où je viens... où j'étais princesse... il a dû prendre pour épouse la fille de celui qui avait attaqué ma ville avant mon départ... »

Son sourire disparaissait au fur et à mesure qu'elle relatait ce qui se passait. Une onde de mélancolie s'emparait doucement d'elle. Elmure Greeneye... Il avait été son premier amour... Le premier à avoir fait battre son coeur... Et maintenant, il la laissait à nouveau seule... Mais la douleur était pire que dans le passé, car la première fois qu'il l'avait laissée il avait disparu sous ses yeux... Là, c'était à distance qu'il la laissait... Son regard se tourna vers les yeux gris qui la fixaient et sa douleur s'apaisa. Elle se dit que finalement, Elmure n'avait jamais vraiment été là pour elle... Ce n'était que des paroles en l'air...

Kurt ne put s'empêcher de frissonner quand la douce main de l'archiviste la retint. Il rougit et un sourire gêné naquit sur son visage toujours empourpré.

« Ah... » Il ne savait que dire, malgré ses paroles la jeune femme avait l'air touché, mélancolique... émue... Kurt n'avait guère l'habitude de parler à une femme et encore moins si celle-ci était troublée.

« Je ne suis point homme de lettres et je n'ai guère l'habitude de m'adresser à votre gente ainsi veuillez excuser mes paroles si elles ne sont point correctes. Mais peut être pourriez-vous prendre la Garde Noire pour envahir ce royaume et faire payer à cet homme son affront...

Enfin... Je ne sais pas... J'ignore qu'elle a pu être votre vie avant. »

Kurt rougit à nouveau... « Je n'entends pas par là que je désire que vous m'en parliez... Cela serait indécent... Enfin il vous appartient de tourner la page ou de la contempler encore longtemps...

Je ne suis que milicien mais je pense que si vous en ressentez le désir il y aura toujours quelqu'un à la garde pour vous tenir le bras...

Moi ou un autre. »

Un silence...

« Tenir le bras est une expression bien entendu... »

Kurt n'en finissait plus de se maudire... Tout ce qu'il disait pouvait être déformer....

Le cognac lui sauva la mise et il cacha son faciés empourprés dans le verre. L'alcool lui brûla le gosier... Et comble de la honte il toussa, les yeux embués...

« Je crois que je vais vous raconter ma vie... ce sera peut-être plus simple... » dit-elle avec un sourire. Elle prit une grande inspiration et commença :

« Je suis née à Khenelrok, fille du roi Khenel III. Vers l'âge de me marier, il organisa un tournoi pour me trouver un mari... Il y eut Elmure Greeneye, mon premier amour qui participa... Mais un puissant magicien, Messire Charmalin, fut très doué aux armes... Il y eut une bagarre entre Elmure et Charmalin et là... » Elle revivait la scène en direct, les deux hommes face à face dans sa chambre, puis... : « Charmalin a utilisé ses pouvoirs magiques et a fait disparaître Elmure... Dans une dimension parallèle, ... » En aparté : « Je ne le sus qu'à son retour. » Puis continuant le récit : « Ensuite j'étais si choquée que je ne me souviens que quelques mois plus tard... Charmalin me dit qu'il avait agi ainsi pour m'empêcher de mettre au monde le meilleur roi qu'on ait jamais connu et qu'il

146

allait créer le tyran... Je me rendis compte alors que j'étais enceinte...

Là, un roi voisin, un elfe, nous déclara la guerre... Il m'emprisonna alors que Charmalin, rebaptisé Khenel IV, se fit tuer. Je donnai naissance à un fils, ... Mais quelques jours plus tard, dans la nuit, il mourut... de la fièvre. En voyant ma détresse, le roi elfe me fit exiler et c'est ainsi que j'arrivai dans la cité éternelle sous le nom de Khenella V en hommage à ma lignée. »

Essoufflée par son monologue, elle demanda un verre d'eau à un péruvien... Elle se rafraîchit la gorge et reprit d'une voix plus douce : « Elmure Greeneye revint quelques années plus tard ici et me raconta qu'il était tombé dans une autre dimension. Il reçut une lettre du nouveau dirigeant de Khenelrok, renommé Zarelrok... le roi, Zarel I était sur le point de mourir, alors Elmure le rejoignit puis revint ici... Puis, lorsqu'il vit que la vie d'ici ne lui plaisait pas, il retourna à Zarelrok pour prendre son trône... Et j'ai reçu une missive il y a quelques jours qui me disait qu'il avait pris une femme pour épouse et qu'il était devenu roi Zarel II... »

Elle resta silencieuse un long moment, se délectant d'eau. Puis elle reprit la parole : « Vous pouvez me prendre le bras, si vous le voulez... En ce qui concerne le fait d'attaquer Zarel II, je pense qu'il ne faut pas entreprendre cette action, car même si cela me fait souffrir, un coin de mon coeur refuse de lui faire du mal... »

Kurt Bremen durant tout le long du récit resta le verre levé, entre la table et sa bouche. Passionné n'était pas le mot... Surpris... Intéressé... Ainsi la jeune archiviste était une princesse... Héritière du trône même...

« Je suis désolé... J'ignorais à qui je parlais... J'ai manqué de respect à une princesse... Puisse Sigmar me le faire payer... »

Kurt reposa enfin son verre sur la table, perturbé par les révélations le verre se brisa, le cognac se répandit sur le sol et un éclat de verre vint entailler la main du chevalier.

« Oups ! » Dit-il en serrant son doigt coupé. « Votre histoire n'est guère joyeuse... Je n'aurais jamais pu l'imaginer... Vous paraissez si.... Vivante... Je comprends que la nouvelle du mariage de ce sire... Elmut... Enfin ce roi, vous fasse replonger dans un passé peu heureux... Peut-être voulez-vous vous y rendre... À ce mariage ? »

Elle répondit à sa question : « Je préfère ne pas aller au mariage... cela me briserait le coeur plus qu'autre chose... Je préfère encore rester avec ma nouvelle famille... Les Gardes... »

Elle réfléchit un moment à la phrase de Kurt sur les grades et le fait qu'il était milicien, elle lui dit : « Vous savez, ce n'est point le grade qui est important mais les choses que la personne dit... Ne vous inquiétez pas, ce ne sont pas des gaffes que de dire des phrases à double sens... Je comprends le sens que vous vouliez ». Rassuré Kurt sourit. A la fin de la phrase, elle lui lança un clin d'oeil puis elle but encore une rasade d'eau.

Le sourire de Kurt s'évanouit au clin d'oeil qu'elle lui fit... Une princesse venait de lui faire un clin d'oeil... Il porta le verre à ses lèvres... et s'interrompit avant que le verre brisé ne lui entaille ses ourlets pourpres...

Elle vit la méchante écorchure qu'il venait de se faire à la main et sortit d'un repli de son habit un mouchoir. Elle murmura : « Donnez-moi votre doigt... »

Kurt tendit, presque malgré lui, son doigt. Montrer ses faiblesses et blessures à une femme... Depuis son entrée dans la Garde, toutes ses habitudes étaient remises en doutes... Et ô surprise... Kurt adorait ça... A moins que ce ne soit les yeux verts de l'archiviste qui le fassent aimer ça... Qui sait...

Elle rougit à son tour imaginant les doubles sens de la phrase et prit le doigt du chevalier qu'elle entoura du mouchoir. Après avoir fait un noeud avec les bouts du tissu, elle appela un péruvien. Elle lui demanda un verre de cognac pour le chevalier.

Elle but encore de son verre d'eau et commanda une carafe entière... Puis elle regarda le chevalier et demanda doucement : « Et vous, pourquoi êtes-vous gêné de vos phrases à double sens ? N'ayez crainte, vous ne m'avez pas manqué de respect... Je fus princesse mais je ne le suis plus... ou alors seulement dans le sang... »

A cet instant elle se redressa et elle parut plus belle que d'habitude, son attitude ressemblait plus à sa lignée. Ses gestes se firent plus délicats lorsqu'elle but l'eau...

Kurt murmura de sa voix rauque : « Je n'ai point l'habitude de parler de choses de ce genre avec personne... Encore moins avec une femme... Ne voyez point de caractère discriminatoire dans cette appellation... »

Un péruvien tendit son verre à Kurt mais celui-ci ne le prit... Ses yeux gris plantés dans ceux de l'archiviste... Sa bouche soudaine sèche... Ses mains moites...

Il prit distraitement le verre... et le porta à ses lèvres... Il but... Du moins il crut boire... De sa bouche ouverte comme une carpe, le liquide ne pouvait que sortir...

Ploc... La dernière goutte de cognac tomba sur le marbre de la tour dans un bruit mat... Kurt Bremen toujours aussi hagard fixait un point dans la chevelure rousse de l'archiviste...

Le péruvien un sourire en coin épongea le cognac sur le sol et s'en fut... Les yeux gris papillonnèrent et Kurt sortit lentement de sa stupeur... La gorge sèche il voulut boire....

« ça s'évapore vite le cognac par ici... », dit-il inconscient de son uniforme trempé...

« Hum… » Un large sourire s'inscrit sur les lèvres d'Alista. Elle se leva et dit : « Peut-être qu'aller dehors au calme, vous aidera… »

Elle se tourna vers un péruvien et demanda deux bières en petite bouteille... Puis, elle se dirigea vers le tour de garde, au fond de la salle... Elle ouvrit la porte avec grande peine, alors que Kurt Bremen, en mode sourire niais et Q.I d'huitres la suivait sans se poser de question... Là, ils étaient au calme et l'air frais pourraient refroidir les joues rouges du chevalier.

Alista regardait les différents gardes qui patrouillaient. Elle tendit l'une des bières et effleura sans le vouloir la main du chevalier… Kurt fit tomber sa bière au contact de la peau d'Alista. Encore de la boisson gâchée… Kurt n'avait pas vraiment soif, il voulait juste rester là avec Alista...

Kurt fixait les lèvres pourpres de la jeune femme...

« Oui » Il ne savait pas ce qu'elle avait dit... Il n'avait rien entendu.... Mais qu'importe... Il voulait encore voir ces lèvres s'entrouvrir pour parler... Il voulait voir ses dents blanches... Il voulait entendre sa voix...

Kurt sursauta lorsqu'un garde passa entre eux deux... Reprenant un instant ses esprits il vit dans quoi il était tombé... Rouge de honte il ne put rien faire... Déjà la belle princesse aux cheveux de feu était à nouveau en face de lui... Le vent soulevant doucement ses boucles folles... Aussi rouge que ses lèvres...

Ses yeux gris semblaient vouloir tout regarder en même temps...

Le chevalier avait vraiment l'air malin... Debout, les bras ballants... Une bouteille de bière explosée à ses pieds... Un doigt dans un mouchoir... Plein de sang... Et sa bouche, lègérement ouverte....

« Je... Euh... » Il ne savait que dire... Que penser... « Je suis Kurt Bremen... », dit-il... Et en même temps que les paroles sortirent de sa bouche il s'entendit... Se présenter... Mais elle savait qui il était... A cette pensée son coeur fit un bond... Ils se connaissaient... Ses joues s'empourprèrent... Ou du moins devinrent encore plus rouge... Et un parfait sourire apparut sur ses lèvres fines... Mais sèches, si sèches...

« Enfin vous le savez... Comment.... Euh... Je me.... No....Mme... » Réussit-il à articuler enfin.

Alista resta un instant, silencieuse, après que la bière fut tombée et encore plus longtemps lorsqu'elle vit à quel point Kurt Bremen était perturbé par sa présence... Elle tourna la tête vers la plaine qu'on pouvait voir derrière les grandes murailles. Elle murmura : « Venez voir... »

Kurt Bremen s'approcha... Lentement... Savourant chaque pas qui le rapprochait de la jeune femme.

Lorsqu'il se mit à côté d'elle, ils contemplèrent ensemble la plaine. Elle s'imaginait faire des promenades dans la campagne... des cueillettes de fleurs des champs... des pensées qui ne lui avaient au fond jamais passé par l'esprit. Elle avait dû grandir rapidement et n'avait pas eu beaucoup de temps pour vivre vraiment et goûter au soleil...

Elle se dit que si Kurt était timide, peut-être un peu gaffeur, il fallait le laisser reprendre ses esprits en parlant de choses « normales » ... ne pas l'intimider. Alors elle lui demanda : « Comment en êtes-vous venu à poser votre candidature à la Garde ? »

Kurt sourit à la question... L'archiviste avait vu juste, il était maintenant apte à tenir une conversation normale, excepté les genoux qui tremblaient et les mains moites mais c'était secondaire lors d'une conversation... A moins bien sûr que les genoux ne se mettent à faire un charmant petit bruit mais ça n'était pas encore au programme...

« Je viens de l'empire... Le monde d'où sont originaires les premiers gardes. J'ignorais qu'il y avait autant de mondes... Là-bas j'étais militaire de carrière...

Un jour j'ai quitté l'armée... Je voulais avoir une vie paisible... J'ai acheté une grande ferme, pris sous mes ordres des fermiers et j'ai voulu refaire ma vie.

Six mois...

J'ai tenu six mois... Un matin je me suis réveillé... J'ai vu mon épée au-dessus de la cheminée... Mes champs étaient recouverts de rosée translucide... J'ai entendu une petite voix qui disait : « La clé des champs... La clé des champs ». Mon cheval a henni... J'ai repris mon barda, donné la clé de la ferme et de mes coffres à l'intendant et j'ai quitté mes terres.

J'ai constitué une troupe de mercenaires et c'était parti pour une nouvelle vie d'aventures...

La Cité Éternelle... J'en avais entendu parler dans des soirées mondaines ou des veillées... Après quelques années de maraudes, mes hommes et moi avons eu envie d'aller voir ailleurs. Le nouveau monde ne nous attirait pas particulièrement pour y avoir déjà mis les pieds et on s'est souvenus de la légende des Dunkel wappen... Alors on s'est embarqué... Et nous voilà…

Après avoir bu une gorgée de bière, elle posa la bouteille sur le rebord assez large de la mini muraille et l'invita à se servir s'il avait soif...

Une légère brise fit s'envoler ses cheveux et la fit frissonner... Elle referma sa cape noire contre elle pour la tenir au chaud alors que le soleil descendait à l'horizon...

Kurt Bremen s'étira... Pour s'éveiller du songe de ses souvenirs... Il accepta l'invitation à boire la bière de la jeune femme et s'en empara... Il la porta à ses lèvres... Mais c'est à ce moment-là qu'il se souvint que la jeune femme l'avait mises à ses lèvres elle aussi... Le choc ou les mains moites le firent tressaillir... Et une nouvelle fois la bouteille tomba... En bas... Au pied de la tour... Dans un joli bruit de verre brisé...

Kurt toussota pour reprendre contenance et en se redressant vit que la dame Alista avait froid... La maigre cape ne suffirait point à la couvrir. Alors instinctivement il détacha sa cape en peau de panthères et en couvrit les épaules de la jeune femme.

Elle frémit sous le contact, ses larges mains de guerrier frôlant ses joues.

L'une des mains de Kurt était sur la muraille et elle posa l'une des siennes dessus alors que l'autre tenait fermement la cape contre elle. Elle n'osait bouger de peur de décontenancer le guerrier. Elle fixa alors l'horizon, silencieuse.

Elle rougissait et un instant elle se plut à se dire qu'il ne pouvait pas voir son visage aussi coloré que ses cheveux.

« Et vous n'avez jamais rencontré de dames ? »

Pourquoi posait-elle une question si intime... « Il va encore être perturbé », se dit-elle.

Et la pile de dossiers qui l'attendaient... était-ce une bonne idée de s'embarquer dans une histoire compliquée ?!...

Le chevalier frémit... Faiblement... L'obscurité l'empêchait d'être plus gêné... Il sentait la petite main sur la sienne... La finesse des doigts... La douceur du toucher... Le chevalier n'était plus rouge... Il respirait faiblement... Comme si ainsi il retenait l'instant présent... Il était bien là sur ces remparts... La chaleur humaine sur sa main...

« Non... Ma mère... Et à mes débuts dans l'armées quelques cantinières qui me prenaient dans leur cuisine quand harassé et choqué par la guerre je venais me réfugier au-dessus de leurs fourneaux... Je devais avoir 13 ans... 14 peut-être... Je me souviens encore de l'odeur du potage... Il arrivait froid au baraquement mais moi j'avais toujours le fond, bien chaud avec encore du lard et des légumes... C'était dérisoire mais quand on est môme et qu'on vient de tuer un homme ça à son importance... »

Le crépuscule naissant empêchait Kurt Bremen d'être gêné et il avait parlé à bâtons rompus... Sans le vouloir il avait avoué ce que tout le monde ignorait... En tant d'années de vie il n'avait jamais éprouvé le désir d'aller voir la gente féminine... Quand les filles de joies débarquaient dans le campement et que les chevaliers d'habitudes si fiers se transformaient en bêtes, il allait se promener... Avec les cadets... Les tout jeunes... Tambours ou coursiers... Il leur montrait comment manier la lame ou comment chevaucher sans tomber...

« Non jamais... Aucune... Je n'ai pas eu le temps... Je crois que je n'ai eu le temps que de tuer... Quelques semaines que je suis ici... j'ai pris ma première cuite... ma première honte... Mes premiers fous rires... Mes premiers émois...

Est-ce ça la vie ? »

Kurt tout en parlant n'avait point bougé... Il restait immobile... Ses yeux gris fixant ses souvenirs... Cherchant une parcelle de bonheur...

Ainsi, il n'avait jamais connu de femme... Alista ne put s'empêcher de trouver cela touchant... Elle se demanda alors quel âge il avait et elle le lui demanda timidement.

Kurt soupira.

« J'ai quarante-deux ans... et trente ans passés sous les drapeaux... »

-       Et moi... 23 ans... », murmura-t-elle.

Les hommes avaient souvent le don de la transformer en grande timide alors qu'au début, elle était si "farfelue".

Elle lui répondit doucement s'appuyant contre lui : « La vie est ainsi faite qu'il faut des nouveautés partout... Il faut apprendre à connaître chaque chose... Vivez votre vie et goûtez-y comme à un fruit mûr, elle ne dure pas si longtemps... »

Le chevalier avait fermé les yeux, pour mieux savourer l'instant de vie qui s'offrait à lui. Mais lorsque la jeune femme s'appuya sur lui il les ouvrit. Son regard sonda la pénombre et vint cueillir les reflet pourpres des cheveux d'Alista.

« Vous avez raison, il est temps d'aller de l'avant, et de découvrir de nouvelles choses... »

Elle murmura : « J'aurais bien voulu connaître la sensation du vent sur le visage en pleine chasse à l'homme ou la douceur d'un mari... » Elle s'interrompit et ajouta dans un souffle : « ça peut toujours m'arriver... Qui sait... ?! »

Elle lui dit doucement : « Vous voyez, vous n'êtes pas si timide et vous pouvez parler avec assurance... Même avec une princesse... » Elle sourit dans la pénombre qui tombait sur eux. Quelle ironie du sort...

Kurt dit doucement : « Un mari... Une femme... Je ne sais même pas ce que ça veut dire... Je ne sais même pas ce que veut dire tenir quelqu'un par la main... La seule chose que j'ai tenu c'est ma lame... »

Kurt doucement... Très doucement... retourna sa main... Ses doigts bourrus apprivoisant peu à peu la paume fine de la princesse...

« Jusqu'à présent... »

Malgré lui, malgré la pénombre, Kurt tremblait... Et ce n'était pas de froid... Ses yeux contemplant toujours la chevelure rousse de la jeune femme...

Elle resta silencieuse alors qu'il prenait sa main dans la sienne et respira plus doucement... Elle était triste d'avoir perdu Elmure mais à cet instant elle avait besoin de tendresse... De quelqu'un auprès d'elle... Même si ce n'était pas pour toujours... Malheureusement, le sommeil tombait sur elle aussi vite que la nuit... Elle dit à voix basse qu'elle se sentait fatiguée et qu'elle allait redescendre à ses quartiers...

Elle lui demanda s'il voulait la raccompagner... Le chemin étant le même... En espérant qu'il ne se perde pas pour revenir dans ses quartiers, auquel cas, elle serait obligée de l'héberger... Mais avant de revenir dans la salle principale, elle se tourna vers lui, son visage à quelques centimètres du sien...

Elle rougit, un reflet de lune dévoilant leurs deux visages...

Ils étaient proches... Trop proches... Kurt avait déjà assisté aux ébats de certains de ses hommes... Mais aux souvenirs de ces bêtes ivres, il ne se reconnut pas... Il se sentit un instant perdu... Un court instant il eut envie de fuir... Et puis il tomba... Dans le gouffre d'émeraude des yeux de la princesse... Ses yeux gris chavirèrent en même temps que son coeur... Et obéissant à son coeur il s'approcha encore... Ils étaient vraiment très proches... La lune brillait dans ses yeux... La lune brillait dans leurs yeux... Doucement... Encore plus doucement que la chute d'une feuille en automne il avança son visage... Sa main effleura la joue de la jeune femme et il posa un court instant ses lèvres sur celle de la jeune femme. Un court instant... Quelques secondes durant lesquels il se sentit un homme... Un sentiment bien plus puissant que lorsque l'on tue... Une véritable impression de puissance...

Alista quant à elle avait eu un frisson qui avait parcouru son dos entier. Elle se sentait légère.

Il recula un peu... L'avait-il véritablement fait... Apparement oui... Il sourit... presque timidement... et ce sourire illumina son visage.

Sans passer par la salle de garde ils prirent la route du castel, main dans la main. Le chemin passait par des couloirs étroits, des enchevêtrements d'escaliers... Ils finirent par arriver aux quartiers d'Alista... Là, elle déverrouilla la porte, puis y entra, Kurt encore devant la porte...

Là, les deux visages aussi proches qu'auparavant, elle n'hésita pas... Son visage s'approcha du sien et elle l'embrassa légèrement pendant quelques secondes... Le chevalier répondit au baiser de la jeune femme avec tout autant de tendresse. Après ce baiser, elle passa doucement sa main sur sa joue et lui souhaita une bonne nuit en lui disant que s'il ne trouvait pas son chemin, il pouvait revenir... Un lit libre pouvait l'attendre au cas où...

Le sourire d'Alista fit place alors à la porte qui se refermait sur le guerrier... Il hésita à toquer pour la rejoindre mais s'en fut enfin… Elle alla alors au lit en espérant n'avoir pas été trop vite pour le quitter... Puis, elle s'endormit paisiblement....

Pendant ce temps, Kurt Bremen fit trois fois le tour du castel... Dans tous les sens... Il ne trouva jamais sa chambre et était bien incapable de repérer celle de Dame Alista...

Enfin après une heure d'errance, un vague sourire flottant sur son visage, il s'assit devant une porte et s'endormit... Ignorant à qui elle appartenait.

Il y passa une fort bonne nuit... Malgré la position... Et lorsque les gardes qui patrouillaient le croisaient, ils souriaient en découvrant un visage jeune illuminé par un sourire béat...

***

Lorsque Alista s'était réveillée, elle avait senti comme un profond désarroi... Elle s'était étirée et s'était demandé si elle avait rêvé qu'un chevalier l'avait embrassé ou si tout cela s'était vraiment passé. Elle était montée à la bibliothèque et soudain elle s'était rendu compte qu'elle avait oublié ses dossiers à la Tour de Garde. Elle était passé par les couloirs et était arrivée à l'endroit où elle était ou pensait avoir passé la soirée précédente.

Elle resta un long moment à observer l'endroit, ignorant si elle avait rêvé ou si c'était la réalité. Des bruits dans la salle principale révélaient une bagarre assez importante. Elle se prit à penser que c'était encore des gardes saouls, puis elle se dit que ce n'était pas si important que cela et qu'elle pouvait rester à admirer le soleil qui se couchait déjà.

Une journée entière à ne rien faire si ce n'est réfléchir... Bien sûr, elle savait que ses compagnons de voyage s'étaient très bien battus mais elle se demandait si c'était bien nécessaire... Pourquoi se battaient-ils tous ? Pour un oui ou pour un non... Et est-ce que le chevalier de ses rêves allait venir balayer le souvenir douloureux d'Elmure ?

Kurt Bremen ouvrit les yeux au troisième passage d'un garde. La torche qu'il portait le réveilla. « Où, suis-je... » Se demanda-t-il... Ah oui il avait erré dans les couloirs et n'avait pas retrouvé sa chambre... Sauf que sa chambre... C'était la porte devant lequel il était...

L'ouvrir... Impossible... Plus de clés... Valadhaas qui les portaient... Or le chevalier (bûcheron à ses heures) était en arène... Que faire...

Attendre ? Guère instructif...

Kurt Bremen rougit soudainement... Il venait de se souvenir de sa soirée... Dans quoi s'était-il embarqué... Il fallait faire machine arrière... Kurt recula donc... Et se cogna contre le chambranle de sa porte... Le souvenir des yeux verts de l'archiviste (ou alors le choc) le fit rapidement changer d'avis. Il happa la torche d'un garde qui passait. « Hé ma torche ! » Et s'en fut vers la tour de garde... Un brin de nostalgie lui donnait l'envie de revivre cette soirée...

Alors que le chevalier marchait vers la tour de garde il se souvint avoir révélé à la jeune archiviste son lourd secret.

Et c'est un Kurt Bremen embarrassé, perdu dans ses pensées et bien entendu rouge qui monta les marches de la tour... Il n'aurait pas entendu le vacarme si un garde de faction ne lui était pas rentré dedans.

Kurt arriva donc sur le chemin de ronde... Il se souvint de l'endroit où il était lorsque ses bottes écrasèrent des débris de verres...

« On dirait une bouteille de bièr... C'est une bouteille de bière... » Dit-il un brin rieur...

D'un coup, il se rendit compte qu'il n'était pas seul : « Hé... » Puis il s'aperçut que c'était Alista : « Ho ! ». D'un coup il devint rouge à la manière de la chevelure de la princesse mais plus vif, entre le rouge-banane et l'orange sanguine.

Alista entendit quelqu'un derrière elle. Elle se retourna doucement et reconnut le chevalier de ses rêves... Etait-ce un rêve ? Ses yeux se posèrent sur les yeux gris de l'homme, elle rougit, se demandant si elle avait rêvé.

Elle vit alors que lui aussi était rouge... Elle s'approcha très doucement de lui pour ne pas le brusquer et murmura : « Bonsoir... » Elle marcha sur des briques de verre et elle baissa la tête... Un large sourire se dessina sur ses lèvres rouges. Elle demanda pour être sûr que c'était la réalité : « Avez-vous bien trouvé votre chambre, hier soir ? »

« Heu... » Bien que Alista avait parlé clairement et lentement, Kurt semblait submergé par ses émotions... Il regardait la jeune femme de ses yeux gris... Un instant son regard hésita entre la honte et la tendresse mais la seconde l'emporta... Il bafouilla quelques mots : « Bonsoirj'aibientrouvémachambremaispasdormidedans... » Il s'arrêta, peinant à reprendre son souffle... La jeune femme ne devait rien avoir compris... Alors doucement il se calma et reprit d'une voix moins rapide et plus claire, en somme normale.

« Bonsoir... J'ai, disons, eu un ennui de parcours... L'alcool m'a fait perdre mon chemin... J'ai fait... Trois tours du castel et je me suis endormi contre une porte... Qui à mon réveil... C'est révélée être celle de mon voisin... » En réalité c'était la sienne, mais c'était clairement la honte de n'avoir pas reconnu sa porte d'autant qu'il avait oublié ses clés...

Alista hocha la tête puis sortit de la pénombre la peau de panthère qu'ils avaient oubliée sur la muraille en la tendant : « C'est à vous, il me semble... »

Kurt regarda la peau de panthère.

« Oui c'est à moi... Mais je n'en ai guère l'utilité immédiate, vous pouvez la garder... »

En vérité, Kurt trouvait juste que cette peau de panthère allait bien à l'archiviste, la fourrure noire détonnait parfaitement avec les yeux et la chevelure de la jeune femme.

Elle reprit la peau de panthère et la posa à côté d'elle. Elle se tut un court instant et lui demanda : « Avez-vous bien dormi ? »

Il posa son doux regard sur la jeune femme et prit la parole : « Etvousmêmeavezvousbiendormi. Heu pardon... Je recommence... Avez-vous bien dormi ? »

Doucement alors qu'il parlait Kurt tout en se tordant les doigts, symboles manifeste d'une gêne grandissante, il s'était légèrement rapproché de la jeune femme.

« Mhhh… » dit-elle en réfléchissant. Elle murmura : « J'ai très bien dormi… » même si en fait, elle aurait bien voulu qu'il retrouve sa chambre... Enfin, ça, elle évita de le dire... Le chevalier s'était sensiblement rapproché d'elle. Il souriait avec un regard tendre.

Alista s'avança alors et posa ses mains sur les siennes. Le sourire de Kurt s'élargit. Elle sourit et elle s'appuya contre lui très doucement.

Malheureusement, ce moment romantique qui aurait pu être magique s'effaça rapidement lorsque Kurt se sentit chavirer... Il bascula. Ils basculèrent. Kurt tomba donc, sur le dos, et bien entendu il n'avait pas lâché les mains de Dame Alista... Alista était donc sur lui...

Une position fort gênante pour le chevalier qui se sentit encore un peu rougir... Ce qui équivalait à une couleur entre l'écarlate et le rouge vif...

La chute ne fut pas trop douloureuse pour Alista car le chevalier avait amorti le choc... L'archiviste se demanda si Kurt allait faire encore beaucoup de gaffe.

« Veuillezm'excusezj'aiperd... Ah... Décidément ce soir... Veuillez m'excusez j'ai perdu l'équilibre... Je suis troublé... Je ne sais que dire... Vraiment... Je ne comprends pas... ». Même éloigné du torse du chevalier on pouvait entendre le vacarme de son coeur... Qui battait la chamade... Kurt entre honte et bonheur voulut se relever mais...

Ses mains étaient prises... Dans celle de Alista et malgré le poids plume de la jeune femme il n'avait aucune possibilité de prendre appui...

Son dos en feu et ses joues tout aussi enflammé Kurt regardait l'air gêné tout ayant au fond du regard une pointe de bonheur. Il murmura : « Le comble serait que l'on nous surprenne. »

Un garde passa à côté d'eux, continuant sa ronde sans un mot. « Je n'ai rien dit... », soupira-t-il.

Le regard émeraude était toujours accroché aux yeux gris, elle regarda autour d'eux que personne ne les regarde et elle se laissa aller... Ses lèvres rouges s'approchèrent de celui de chevalier...

Un contact doux lèvres contre lèvres... Elle ferma les yeux pour mieux apprécier le baiser...

Dans cette douceur, elle se vit dans les plaines en train de chevaucher Éclair, son cheval noir qu'elle avait pu s'acheter après sa fuite de Khenelrok... Alors qu'elle l'embrassait, une larme coula le long de sa joue et tomba sur Kurt...

Kurt encore sous le coup de la chute mit quelques secondes à comprendre ce qu'il se passait mais cela ne dura point heureusement. Il répondit au baiser de la princesse avec une douceur qui changeait de la maladresse dont il avait souvent fait montre...

Longtemps... Les yeux gris se refermèrent... Savourant pleinement sa chance. Il lâcha les mains de la jeune femme... Et au lieu de se relever, ses grandes mains calleuses, vinrent avec délicatesse serrer la taille fine de l'archiviste puis les mains remontèrent et effleurèrent les boucles folles.

Une goutte tomba sur son visage... Il n'avait pourtant rien renversé... Il ouvrit les yeux... C'était la jeune femme qui pleurait.

« Dame Alista... ça ne va pas ? J'ai fait quelque chose de mal ? »

Maintenant Kurt n'osait plus bouger du tout. Bien que ces mains ne semblaient point vouloir lâcher les boucles rousses de la jeune femme.

Lorsqu'elle rouvrit les yeux, ceux de Kurt la regardait presque inquiet... Elle murmura : « Non, ce n'est pas vous... Je suis juste... Heureuse... »

« Ah... Bien... J'en... Suis... Ravi... », murmura Kurt en la serrant, doucement... presque trop doucement... Juste le fait de se savoir serré en vérité... Une simple pression des paumes pour retenir encore un peu la jeune femme contre lui... Une pression discrète...

Elle se mit contre Kurt et resta silencieuse. Une seule larme avait coulé, l'unique qui disait au revoir à Elmure Greeneye et ouvrait son coeur à Kurt Bremen... Il ne lui restait alors qu'à aimer ce chevalier qui semblait si gaffeur mais qui en devenait touchant tant ses gaffes étaient dues à sa timidité.

Elle murmura encore : « Vous êtes parfait... Ne vous inquiétez pas... Ma vie a encore changé... Pour le meilleur… »

« Je suis parfait... Moi ! » Kurt ne put retenir un petit rire... « Rapide... Mais je ne suis pas parfait... Vous êtes sûre que vous ne vous êtes pas fait mal en tomb… » Kurt s'interrompit... Un sourire se gravait sur les lèvres d'Alista, le bonheur pouvait enfin se lire sur son visage lisse comme de la porcelaine. Kurt serait retombé sous le charme s'il ne l'était pas déjà complètement. Elle était si belle, l'amour fleurissait dans son coeur de guerrier. Il guérissait les épreuves qu'il avait endurées. Il lui rendit son sourire.

Elle posa une main à côté de sa tête au niveau de son torse, comme si elle allait s'endormir contre lui... Elle murmura : « Vous ne vous êtes pas fait mal, j'espère… »

Le coeur de Kurt s'ouvrit encore un peu plus lorsqu'Alista posa sa tête contre lui. Il lui répondit : « Non non… ». Kurt avait un mal de chien... même une dague plantée il n'aurait pas bouger d'un pouce… Pour deux raisons... Premièrement il ne voulait pas déranger la jeune femme qui était bien, et deuxièmement lui aussi était parfaitement bien...

Sa main droite effleura la chair nue dans le cou de la jeune femme. Et ce contact froid le fit frémir.

Il frissonna... Mais ça n'était pas de froid... La gorge sèche, mais pas de soif... La bouche tremblante... Et là encore ce n'était pas le froid...

« Je... » Commença-t-il avant de se rendre compte que les mots étaient devenus inutiles.

Alors que Alista était encore sur Kurt, elle entendit des grognements dessous la lourde porte. Elle se releva doucement de l'étreinte du chevalier même si elle n'avait pas trop envie. Elle l'aida à se mettre assis et le regarda, le couvant du regard, puis elle demanda doucement : « N'est-ce pas inquiétant ces bruits ?... Ne faudrait-il pas aller voir si l'on peut aider ? »

Bien sûr, elle ne le voulait pas mais il aurait fallu aller voir, car cela ne semblait pas se passer bien... Elle ajouta : « De plus, je dois aller chercher mes dossiers que j'ai oublié de prendre, hier... J'étais un peu perturbée... Euh... Perdue, oui... » Elle resta alors silencieuse, une chaleur passant dans ses joues et les tintant de la même couleur de ses cheveux...

Kurt se rassit lui aussi. Il passa la main sur son dos meurtri... Quelques gouttes de sang perlaient... Une simple éraflure...

« J'ai pensé en venant que c'était un candidat qui est furieux d'avoir été refusé... L'espèce de vantard... Venceslas ou quelque chose dans le genre... Un parfait impudent sur de lui et imbuvable... Il y a pas mal de gardes dans la taverne... Et tous sont à même de venir à bout d'un tel maraud... Enfin si vous tenez à... »

Elle s'appuya alors contre le bout de muraille, n'osant plus bouger... Elle remit la peau de panthère autour de ses épaules sentant du vent frais qui passait sur elle... Elle commença sensiblement à frémir de froid... Kurt s'interrompit, retira sa veste. La tendit à la jeune femme.

« Vous êtes transie. Levez vous, faites quelques pas. Je vais chercher vos dossiers et je vous ramène ». Kurt mit lui même sur les épaules de la jeune femme sa veste, effleurant au passage les joues rouges de la jeune femme. Au contact du manteau, elle sentit enfin la chaleur se propager en elle.

Kurt commença à se diriger vers la porte de la salle. Sa main effleurant déjà le pommeau de son épée.

Alista vit des gouttelettes de sang tomber à terre... Elle se leva alors assez rapidement et posa sa main sur la blessure du chevalier, elle regarda sa main et comprit... Elle passa doucement son bras autour du sien. Puis elle vola un baiser avant de pousser la lourde porte...

La vision qui s'offrit alors aux deux tourtereaux fut des plus étranges... D'un côté un Barlog, en face Kâstor, Hinotori et Lorgar puis une boule de poil noir et blanche.. Ils semblaient se battre. Elle resta choquée par la vision... puis elle vit aussi Gudruk, l'orc de la Garde Noire du Warfo qui semblait avoir un sommeil bien bien mérité... Elle murmura quelques mots incompréhensibles, puis elle fit signe à un péruvien de venir et de servir du lait fraise à Gudruk...

Elle s'approcha de la table pour prendre ses dossiers... Elle regarda hagarde la scène... Puis elle toucha le pommeau de son épée bien cachée entre les pans de sa robe noire...

« Le candidat a dû être sacrément remué... » Dit Kurt en regardant la scène. Il aurait bien aimé tirer sa lame... Enfin... Non... Pour la première fois de sa vie il n'avait pas envie... Il regarda la jeune femme. Elle avait ses dossiers... Il l'interrogea du regard.

Devant sa réponse tout deux s'en allèrent vers le castel.

Main dans la main... La nuit posant sur eux son manteau d'obscurité...

En vérité ils étaient dans des couloirs éclairé par des torches qui se consumaient doucement. Ils entrèrent au castel par le même chemin que la dernière fois... Et devant la porte la même scène se reproduisit...

Ils étaient de nouveaux très proches... Kurt leva doucement sa main et écarta une mèche de devant les yeux de la jeune femme... Moment de suspens...

Après les méandres des couloirs, les décisions... Elle venait de déverrouiller la porte de ses quartiers... Elle se tourna vers lui...

La jeune femme hésita certes un moment pour prendre sa décision, puis elle se souvint qu'il n'avait jamais eu de femme... Qu'à cela ne tienne ! Il fallait bien commencer quelque part...

Elle regarda ses yeux gris, puis, elle comprit... Il fallait qu'elle agisse... Elle s'avança vers lui et l'embrassa tendrement... Puis alors qu'ils faisaient communion, elle prit sa main doucement, puis se séparant de lui, elle l'emmena dans ses quartiers...

Personne ne put entendre quelque chose, mais quelque chose était sûr... Kurt Bremen, Chevalier de quarante-deux ans était à présent un souverain... Celui du coeur d'Alista !

Peu importe les moqueries que devraient supporter les deux amants, ils pouvaient maintenant se faire confiance... Ils se suivraient et seraient fidèles à l'un à l'autre !

***

« Si on oublie... »

Kurt se réveilla relativement tôt... Enfin même très tôt... Il avait dû dormir quelques heures... Si dormir était le terme - les ronflements de l'archiviste avait quelque peu écourté son sommeil.

Il récupéra le plus doucement possible ces affaires. S'habilla tout aussi doucement. Il alla pour ouvrir la porte et se retint. Il sortit un parchemin et écrit dans le noir :

« Je suis à la tour de gar d e... je t'y at
tends...
Mer ci

K. »

Et cette fois, il ouvrit la porte relativement sans bruit... aucun milicien n'avait dû la graisser depuis un moment... Il partit et se dirigea dans la tour de garde. Kurt commanda un cognac.

Au début de journée, Alista avait été réveillée par le départ de Kurt. Elle ne lui avait rien dit et s'était rendormie... Mais quelques heures plus tard elle s'était décidée à se lever. Elle avait pris un bon bain puis elle avait lu le message du chevalier. Elle avait fait une grimace en essayant de déchiffrer la plume de l'Apollon puis elle en avait déduit qu'il était revenu à la taverne de la Garde Noire du Warfo.

Elle ne se sentait pas d'aller dès le matin boire là-bas. Elle préféra faire une petite promenade en forêt sur son destrier noir. Ensuite, elle se décida enfin à aller à la tour de Garde.

Elle monta les marches de la tour sans oublier de poser son arme en bas. Elle salua toutes les personnes présentes et s'assit bien sûr à la table de Kurt Bremen. Elle commanda un verre de lait fraise spéciale Warfo et malgré les quelques grumeaux commença à en boire par petites gorgées alors qu'elle lançait des regards au sieur.

Kurt Bremen se tourna vers Alista... Et il rougit légèrement... Quel comportement adopter devant les autres gardes... Il ne savait guère... Il ne voulait point gêner l'archiviste mais ne voulait point non plus vivre cacher...

« Bien dormi ? » Une question anodine... Satisfait Kurt Bremen posa son regard gris bleu sur la jeune femme. Il pétillait légèrement... il formula avec les lèvres un « Bonjour… »

Les yeux émeraudes posés sur le chevalier, elle murmura : « Bien, mais peu… » Elle rougit sensiblement puis elle détourna le regard un moment pour que les joues se calment... puis elle se glissa doucement vers lui, à ses côtés. Elle le regarda avec des yeux amoureux. Kurt rougit également quand il vit le regard de la jeune femme sur lui.

Puis une main timide d'Alista trouva l'une de ses mains sur la table... Une main légèrement froide qui retrouvait une plus chaude… Kurt se plongea dans l'étude de son ongle de l'annulaire gauche pour masquer sa gêne et toussota... Visiblement surpris de la liberté que prenait la jeune femme.

Elle regarda le garde avec qui Kurt Bremen devait parler précédemment et rougit en pensant qu'il avait vu ce geste des plus éloquents. Elle demanda tout bas à Kurt : « Et vous-même ? Bien dormi ? »

Puis avec un petit rire : « Au moins maintenant vous pouvez vous vanter d'avoir connu une femme… » « Certes... J'ai dormi tout aussi peu que vous, j'imagine… » Dit-il avec un chat dans la gorge et en murmurant doucement... Et se rendant compte qu'il ignorait totalement le garde qui lui tenait compagnie jusqu'alors. il se tourna vers lui.

Ce geste n'aurait eu aucune conséquence si plusieurs facteur n'était pas réuni. Tout d'abord la main de Kurt était maintenue sur la table. Deuxièmement le geste brusque avec du cognac dans le nez et peu de sommeil et troisièmement une phrase gênante et un regard appuyé de sa reine...

Pour une personne normale ça aurait été dur de rester de marbre... Avec Kurt ce fut un feu d'artifices... La première conséquence fut que sa chaise ripa et qu'il se retrouva par terre, une main toujours posée sur la table. La deuxième conséquence fut qu'il devint plus rouge que la chevelure de sa dame et troisièmement ce fut la quinte de toux qui le prit...

Quand il fut calmé il se releva tant bien que mal.

« Il faut vraiment que j'arrête le cognac... Ou alors que j'en prenne plus… » Dit-il un sourire gêné… Il se rassit après avoir épousseté son uniforme.

Un gémissement provint de dessous la table autour de laquelle deux tourtereaux se contaient fleurette. Ces gémissements furent suivis d'une flopée de grognements, reniflements, et autres gargarismes inhumains.

Eh oui ! Oublié de tous, considéré comme faisant partie intégrante du mobilier - certains s'en servant comme repose pied, d'autres comme paillasson - Guède, un garde ressemblant à un gnome, venait de sortir d'un coma éthylique de plusieurs jours !

Ses cheveux puis le reste de la tête de la Chose surgirent soudain à une extrémité de la table. Voyant Kurt et Alista, il tenta d'aligner quelques mots pour qu'elles forment des phrases quelque peu compréhensibles pour le commun des mortels.

« Gnêêêêh... Malalatête... Gnêrf ! Qu'est-ce c'est c'vacarme ? Gnourf ! ... Oulah ... M'sens pas ... gn'bien là … »

La couleur de sa peau, déjà peu enviable au quotidien, passa au grisâtre légèrement teinté de vert, et il vomit bruyamment, laissant une création toute personnelle, très néo-postmoderne aux couleurs chamarrées, pile entre l'archiviste et le milicien.

Il observa un instant son chef-d'oeuvre et en sembla extrêmement satisfait, si l'on en juge par l'immense sourire aux dents jaunies qui « illumina » son visage.

Il voulut ensuite se diriger vers le bar, mais se prit les pieds dans un tabouret qui traînait et s'étala de tout son long, laissant par la même la trace de son passage ici-bas, à savoir : son empreinte dentaire dans le parquet de la Grand' Salle.

Après le choc visuel de la chute du chevalier, ce fut le choc « Guèdien »... Alista n'avait pas vu le pauvre Guède et voilà que celui-ci éjectait du liquide vert flasque juste au moment où elle retirait sa main de celle de son Kurt... Son teint qui était rouge jusqu'alors vira lentement mais sûrement au vert...

Kurt fut surpris et recula brutalement lorsque la créature sortit de dessous la table...

Elle murmura, presque inaudible : « M'sens pô ben... » Elle se leva précipitamment, fonça vers l'endroit de la rencontre où il y avait encore les briques de verre sur le sol et laissa s'échapper à son tour des trucs verts, jaunes et autres couleurs peu appétissants qui bien sûr... Tombèrent sur l'une des sentinelles de la cour intérieure ce qui enclencha un : « Non mais ça ne va pas ! » Qui se fit entendre même à l'intérieur...

Quelques minutes plus tard, Alista revint le visage pâle, la mine déconfite... Elle demanda à un des nombreux péruviens de nettoyer la tâche « verte »... Puis, elle se rassit à côté de Kurt, pas vraiment fraîche...

Elle resta silencieuse un long moment, presque interminable, puis elle appela un autre péruvien, un chauve celui-là et lui demanda une tisane verveine/menthe pour calmer son estomac...

Là, par contre, elle n'osait plus regarder Kurt... Elle avait honte d'elle-même et elle ne sentait pas assez bien... Lorsque le petit chauve lui apporta sa verveine, elle esquissa malgré tout un sourire et tourna la tête un court instant vers Kurt, puis elle porta la boisson chaude à ses lèvres et manquant de se brûler, reposa le tout sur la table...

Rapidement les péruviens sous les ordres de la jeune femme s'activèrent... Et mise part quelques relents plus rien n'aurait pu laisser deviner ce qui venait de se passer... Malgré tout Kurt préféra prendre ces précautions. « Lavez là ! » Ordonna-t-il aux péruviens en désignant Guède... Voyant leur mine horrifiées, ravi Kurt sourit

Puis il se tourna vers Alista et l'autre garde avec qui il conversait. « C'est humain » articula-t-il... Avant d'apercevoir la mine grise d'Alista... Le chevalier s'inquiéta du regard.

« Tout va bien ? » Semblaient vouloir dire ses yeux gris. Il pressa rapidement la main de la jeune femme avant de se concentrer sur la chose. Les péruviens s'approchaient... Un baquet d'eau chaude avec eux...

Guède se releva péniblement. En regardant à ses pieds, il put voir deux jolis morceaux de ses incisives plantées dans le chêne du parquet.

« Ayeuh… »

Puis, voyant arriver des péruviens avec une bassine d'eau chaude, la panique le gagna. Son mal de tête s'évapora soudainement, sous une brûlante montée d'adrénaline. Sa première réaction fut de reculer.

« Ah non hein ! Gnerf ! Fais défa pris mon bain y'a gn'deux mois ! Gnêêêêêh ! »

Puis il analysa mal la réaction de surprise des péruviens, qu'il prit pour de l'agressivité. Instinctivement, il chargea dans les jambes. Tous se retrouvèrent à terre, hormis la bassine d'eau chaude qui voltigea dangereusement en direction de la table des deux inséparables.

Encore pas très en forme, elle vit la bassine se diriger droit vers eux... Malheureusement, elle ne put esquiver suite aux maux de ventre entre autre et elle se ramassa la moitié du contenu sur ses habits... et sur sa chevelure rousse qui commençait déjà à friser.

Elle qui était si calme surtout qu'elle se sentait mal, sentit une immense colère monter en elle. Elle se leva rapidement et se mit en face du gnome les sourcils froncés, les mains sur les hanches.

Elle fixa le gnome et laissa éclater sa colère accumulée depuis si longtemps : « Déjà vous DEGUEULEZ presque sur moi, ensuite vous me balancez une bassine d'EAU sur la tête ! Alors, vous ne croyiez pas que c'est un peu EXAGERE !?!?! HEIN ?! »

Ses yeux lançaient des éclairs de colère. Mais, toute cette colère se transformait en incapacité d'agir et donc frustration qui se transformait en tristesse. Elle ne se sentait pas écouter, alors des larmes apparaissaient au coin des yeux alors qu'elle continuait à crier.

Kurt ne l'avait jamais vu comme ça... Heureusement qu'elle n'était pas en colère contre lui. Il rougit soudain... La robe mouillée prenait des formes insoupçonnées... Si elle l'avait vu elle s'en serait prise à lui... Kurt préféra rester en retrait.

Sauf que... Sauf qu'il vit les larmes... Et ça... Et ça... Kurt s'avança et dégaina une lame qu'il n'avait plus (il l'avait posé avant de monter à la tour de garde).

« Toi! Toi ! File dans ta chambre ! » Finit-il par hurler en désespoir de cause. « Et qu'on ne te revoie plus tant que tu ne seras pas calmé... »

Kurt se planta à côté d'Alista les mains sur les hanches. Et la mine furieuse.

« Venez Ma dame... je vous ramène vous changer... Vous allez attraper froid...

Quant à toi sale môme tu ferais mieux de réfléchir à ce que tu as fait ! » Lança-t-il à Guède... Les événements l'avaient fatigué et il perdait lui aussi pied... L'heure de se coucher pour tout le monde...

Guède prenait toute cette scène comme une danse. Il râla contre Kurt : « Dans ma chambre ?! Quelle chambre ? J'ai pas de chambre. Gnerf ! »

Il réfléchit un moment à la situation, sortit un petit papier de l'une de ses poches, sur laquelle se trouvait une liste de noms.

-   Hmmmm... Kurt. Oui c'est bien ça ! Gnerk gnerk gnerk ! Alors comme ça t'es milicien ?
-   Euh... Oui.
-   **File dans tes douves !** hurla-t-il sur le même ton que Theodora avait employé à son égard.

Lorsqu'elle vit Guède se comporter ainsi avec Kurt, Alista dans un premier temps allait réagir mais elle se retint. Guède étant plus expérimenté que Kurt, il était normal qu'il ait agi ainsi. Alista se calma alors. Elle scruta Guède et ressentit un fort sentiment de pitié pour lui... Celui qu'on appelait aussi « La chose » ... personne ne lui donnait son vrai nom au fond... Elle prit doucement la main de Kurt puis elle regarda le « nabot » et se mit à sa hauteur : « Merci pour la danse... »

Elle esquissa un sourire, puis elle intima : « Pourquoi ne pas aller vous reposer un moment dans la chambre de Shix (un garde nain) ou de Gudruk (un garde orc) ?! ... » Elle n'attendit point la réponse et d'un regard Kurt put comprendre qu'elle voulait aller chez elle... Main dans la main, ils allèrent dans les quartiers de l'archiviste.

Guède ne dit rien quand il vit cet éclair de pitié transparaître dans le vert regard de l'archiviste. Il ne dit toujours rien quand elle se mit à sa hauteur. Et pourtant ! Qu'est-ce qu'il pouvait haïr ce genre d'attitude à son égard. Il conserva encore le silence quand elle le remercia, se voulant paraître charmante... Il ne reprit la parole quand quand elle et son chevalier servant furent hors de vue de la Tour.

« Youhouh les mecs ! Fa y est ! Je les ai fait fuir ! Gnêêêêrk ! On peut oublier les chandelles à tenir, et passer aux bouteilles à vider ! Gniiiiiiiiiiaaaaaaaaaaaark ! »

Il alpagua un péruvien de passage et lui demanda de ramener quelques tonneaux de cette fameuse gnôle pimentée.

Dans les quartiers d'Alista, la princesse put dire à son cher Milicien que sa corvée ne serait pas de nettoyer les douves mais de rester auprès d'elle puis de l'aider à ranger les dossiers en cours...

***

Quelques jours avaient occupé Dame Alista loin de la compagnie de ses amis gardes. Elle revint à la Tour de Garde, la mine joyeuse. Lorsqu'elle ouvrit la porte, elle fut fort surprise de voir des visages presque méconnus d'elle... En effet, les visages qu'elle découvrait lui rappela vaguement des noms dans ses archives...

Ils étaient de retour et malgré qu'elle ne les ai côtoyés que peu de temps, elle fut joyeuse de les voir. Elle s'approcha de la table principale et remarqua son cher Chevalier, Kurt Bremen, sur un fauteuil légèrement à l'écart. Il paraissait plongé dans ses pensées. Un fin sourire s'imprima sur ses lèvres alors qu'elle s'approchait de lui...

Elle murmura quelques mots à son oreille que lui seul put entendre et en sourit d'autant plus. Puis elle se dirigea vers la grande table et salua les candidats ainsi que le fauconnier, Corenléo San. Elle leva la main pour commander à boire. Elle demanda une bouteille d'hydromel et un verre pour chacun des convives assis à sa table. Le liquide sucré coula et elle s'en délecta doucement, la chaleur s'investissant dans ses veines...

C'était un grand jour, elle était heureuse et les gardes, miliciens et candidats semblaient partager sa bonne humeur.

Un nain du nom de Carmor entra dans la Tour de Garde et commença à faire grand bruit. Kurt Bremen s'énerva fortement, il était prêt à en découdre. Mais Alista le retint.

Kurt Bremen sortit de la Tour en colère contre le nain. Alista partit quelques minutes après lui. Il marchait d'un pas vif dans les rues de la cité. Les rues sombres et malodorantes lui rappelaient les rues sinistres de son monde natal... Les hommes ne changeaient guère...

Toujours furieux il alla s'asseoir sur un muret... Sa lame pendant à ses côtés... L'envie d'en découdre avec le premier venu...

Le chevalier ne risquait pas grand-chose des habitants... Trop effrayés par son uniforme de sable et de gueule... A moins que ce ne soit l'impressionnante taille de son palatz...

Qu'importe Kurt trouverait bien quelques marauds sur lesquels il passerait sa haine et sa morgue... Un comportement indigne d'un chevalier certes mais il n'y avait guère que les étoiles pour l'observer...

Kurt attendait... Une visite... Un ennemi... Un cadavre en devenir...

Des bruits de pas se rapprochèrent de Kurt... Qui pouvait être la personne qui osait enfreindre la paix qui émanait de la nature... Soudain un éclat de lune permit à un reflet de lame de se faire voir... Qui allait en découdre ?

Doucement, les pas se rapprochèrent plus lentement, puis enfin la forme de la dame ainsi que sa rougeoyante chevelure firent leur apparition... Un léger rictus montrait son appréhension, elle s'approcha de son cher chevalier à une allure plus chaloupée, le temps qu'il la remarque...

Elle regarda Kurt puis, elle dit doucement : « Le silence de la nuit est délicieux, n'est-ce pas ?!... »

Elle arriva enfin à environ cinq mètres de lui et remit son épée dans son fourreau. Elle essaya de deviner sa réaction...

Il lui tournait le dos... Les pas étaient dans son dos... Il avait capté dans un carreau brisé un reflet. Une lame... Un détrousseur aveugle ou inconscient... Parfait c'est ce qu'il fallait... Qu'il ne résiste pas longtemps...

Le bruit de la lame qui rentre dans un fourreau ressemblait à s'y méprendre à une lame qui quitte un fourreau. Kurt se retourna et bondit. Rapide et précis... Impressionnant vu son âge... Mais surtout impressionnant vu la taille de son arme. Lame qui d'ailleurs se dirigea vers la gorge exposée de l'archiviste.

Le milicien un rictus mauvais à la bouche exultait. Une proie facile... Un éclat de sang ? Non une chevelure... Rousse ! La lame s'arrêta à quelques millimètres de la gorge de l'archiviste. Alista prit peur et se mit sur le muret de dos, légèrement tremblante. Kurt rengaina sa lame rapidement.

« Je suis désolé Ma dame... Je vous ai pris pour un vulgaire détrousseur... Et je suis d'une humeur massacrante... »

Il n'avait pas entendu la question de la jeune femme alors qu'il faisait voler sa lame vers elle.

« Je n'ai point entendu ce que vous avez dit... Auriez-vous l'amabilité de répéter pour le vieil acariâtre que je suis... »

Elle murmura la voix trahissant la peur qui l'avait frappée : « Je disais : « Le silence de la nuit est délicieux, n'est-ce pas ?! » ... »

Kurt était bien trop furieux pour ressentir de la honte de son comportement, mais la présence de la jeune femme calmait peu à peu ses battements de cœur... « C'est ma soirée... Je fais tout ce qui est inimaginable pour paraître stupide, violent et incontrôlable... »

Le regard d'Alista resta fixé sur la nuit, n'osant regarder Kurt... Tant de violence en un homme si doux... Elle ne comprenait pas... Puis, le calme de la nuit commença à anesthésier la dame aux cheveux rouges...

Elle ferma les yeux et essaya de se calmer... Son cœur se ralentissait petit à petit... Le flot d'oxygène emplissait ses poumons, ses cellules fonctionnaient mieux...

Kurt Bremen en oublia sa fureur lorsqu'il vit l'état dans lequel il avait mis la souveraine de son cœur. Il ne rougit point. La honte était trop grande... Non seulement il aurait pu tuer un simple maraud parce qu'il était mal luné mais en plus ce maraud était sa dame... Il avait porté la main sur sa dame.

Cling. La lame dans son fourreau tomba au sol dans un bruit métallique qui résonna dans les ténèbres.

Le chevalier s'approcha de la jeune femme. Son teint toujours aussi blafard. Ces yeux gris étaient légèrement hagards... Trop de boisson, d'émotions, de fatigue, trop de honte. Les yeux perdus, Kurt s'agenouilla devant la jeune femme. La tête baissée.

« Je suis un malotru... J'ai failli tuer la personne qui m'est la plus chère... Jamais je ne pourrais me pardonner un geste brutal envers vous... Je vous supplie d'accepter toutes mes plus humbles excuses... Et j'espère que cet insupportable geste ne portera point ombrage sur notre relation... Je suis vraiment confus... Et encore une fois je vous fais part de mon désarroi... Je suis impardonnable... »

Kurt ne savait plus quoi dire. Il parlait de plus en plus vite sans jamais reprendre son souffle dans une diatribe incompréhensible.

«
Jenesaiscommentmefairepardonnezmadamejevousassurequel àn'étaitpointmonintentiondevouscauserdutordjevousaimetrop poursapuissiezvousunjourmeparodonnezcetteoutrageàtoutesl esrèglesdeconvenances... »

« Pitié », finit-il d'une voix rauque. Relevant ses yeux gris presque sombres dans la nuit sur la jeune femme reine de ses nuits

« Vos désirs sont mes ordres. Je suis votre obligé... »

Et Kurt n'en finissait plus de s'excuser... D'une voix de plus en plus rauque. Vibrant entre l'émotion, la honte et la peur.

Elle écouta son bien aimé parler de plus en plus vite signe qu'il était confus... Puis, les larmes lui montaient aux yeux, mais avant qu'elles ne tombent, elle s'était retournée et prit Kurt dans ses bras...

Elle le serrait fort contre elle, puis elle releva la tête, le regarda dans les yeux et souffla : « Vous êtes tout pardonné... » Puis comme si les mots n'étaient pas nécessaires, elle prononça sans un son « Je vous aime » ...

Là, son visage s'approcha du sien et ses lèvres se scellèrent sur les siennes alors qu'elle le tenait encore plus fort contre elle comme pour qu'il ne lui échappe pas...

Kurt ne disait rien... Les yeux fermés il se calmait du mieux qu'il pouvait. Mais les battements de son cœur ne pouvaient que le trahir... Dans le silence de la nuit ils résonnaient aussi fort qu'un bélier frappant la porte d'une citadelle assiégée.

Cette nuit Kurt avait eu très chaud... Il n'était pas passé loin de la faute suprême... Il fallait vraiment calmer ses ardeurs.

Ses résolutions furent interrompues par le regard profond que la jeune femme posa sur lui. Kurt déglutit péniblement. Il n'était pas sur d'avoir bien lu sur les lèvres d'Alista.

Que voulait-elle dire par : « Je suis bohème... » ? Surement une expression réservée aux amants... L'ignorance de Kurt dans cette matière l'empêchait de bien saisir...

Il répondit le plus tendrement qu'il pût à l'étreinte et aux baiser de la jeune femme. Pour qu'elle comprenne bien qu'il n'était point ce monstre qu'elle avait vu ici même quelques instants auparavant...

Soupirant de bienêtre il prit la parole timidement.

« Je suis confus de vous demander ça... Mais que voulez-vous dire par : Je suis bohème... » Le teint du chevalier n'était plus blafard... Et il prit soudain une couleur toute particulière... Reconnu maintenant... Aussi vives que la chevelure d'Alista. Il venait de comprendre ce qu'elle avait dit...

« Oh » dit-il simplement... Et rougissant toujours un peu plus il murmura de la même manière. « Moi aussi Ma dame... Moi aussi... »

Les larges mains calleuses vinrent délicatement cueillir une larme qui avait, malgré elle, coulé sur la joue de la jeune femme.

Alista posa doucement sa tête contre son épaule, émue et légèrement tremblotante sous le choc de paroles si douces...

La chaleur de son chevalier la rassurait puis la nuit les entourant semblait leur mettre son manteau de velours autour d'eux si bien qu'aucune personne ne les dérangeait...

Mais Alista était tellement fatiguée, qu'elle commença à s'endormir contre lui... Elle murmura : « Il faudrait me ramener dans mes quartiers… »

Puis d'une voix plus douce : « et rester près de moi... pour la nuit… »

Elle entendait ses pulsations si rapides, puis elle entendit la tension redescendre puis sur le rythme enchanteur de l'être-aimé elle commençait à s'endormir tout contre lui...

Kurt eut un rire doux et sans que rien ne le présage il s'empara de la jeune femme qui s'endormait dans ses bras. Il la porta en travers de ses bras musculeux sur tout le long du chemin. Lui murmurant de douces paroles.

Personne ne vint les déranger. Prestige de l'uniforme et de la taille respectable du chevalier et de sa lame.

Il retrouva sans peine le chemin du castel. Et celui plus particulier de la chambre de l'archiviste. La porte se ferma sans un bruit, le verrou claqua.

La lune dorée est discrète... Elle ne parla point de ce qu'elle vit à travers les vitraux d'argent... Mais qui l'en blâmerait...

***

Le chevalier Kurt Bremen, balistère de son état quitta la chambre de sa douce sans la réveiller alors que l'aube pointait ses rayons mordorés à travers les vitraux.

Il descendit dans ses quartiers. Ses hommes vaquaient à leurs occupations. Certains étaient en arènes depuis la journée précédente. Il donna ses instructions à Valadhaas, son lieutenant. Il se rendit ensuite aux écuries où il prit son destrier et partit en direction de la cité. Il assista aux combats de certains de ses hommes dans les gradins puis repartit.

Les pas de sa monture le fit traverser la ville et vers midi il entra dans la majestueuse forêt attenante à la cité éternelle.

Les grandes frondaisons verdoyantes plongeaient leur ombre sur le garde noir. Un instant il pensa faire demi-tour pour ne point déranger la quiétude des lieux, mais un chemin usité de tout temps attira son attention.

Il suivit discrètement le chemin sur son hongre et arriva à une clairière où il ne fit point d'arrêt... Préférant se laisser engloutir par la magnificence des lieux...

Son cheval fit un écart lorsqu'une harde déboula devant eux mais le chevalier eut tôt fait de le calmer... S'il avait eu un épieu il aurait bien pris en chasse le vieux mâle... Mais la paix de la forêt le fit presque rougir de cette pensée sanguine...

Lorsque le soleil eut atteint son zénith Kurt fit une pause... Assis sur la souche d'un arbre il dévora avec appétit une tranche de pain et quelques fruits emportés dans les fontes de son cheval.

Étendu sur l'herbe il s'endormit.

Lorsqu'Alista ouvrit les yeux dans sa chambre, elle vit que Kurt était parti, certainement depuis quelques heures. Elle s'habilla et à l'instar de Kurt rejoignit ses amis gladiateurs pour les encourager et récupérer les pièces d'or qu'ils lui rapporteraient.

Elle demanda à des passants en décrivant brièvement Kurt s'ils l'avaient vu et ils donnèrent la direction de la forêt. Elle se mit en hâte de le retrouver. Lorsqu'elle vit des traces fraîches de cheval sur le sol, elle comprit que Kurt ou quelqu'un d'autre à cheval avait dû passer ici quelques heures plus tôt. Alista marcha encore et encore et finit par trouver une petite clairière… Elle commençait à perdre espoir de retrouver Kurt et la journée avançait inlassablement. Soudain, elle vit au loin une silhouette couchée sur le sol... Endormie...

Elle s'approcha doucement et le reconnut. Les événements de la nuit précédente lui donnaient encore froid dans le dos mais elle préféra ne pas y penser...

Le visage soigné de Kurt l'appelait... Elle s'avança sans faire de bruit, puis elle se mit à genoux à côté de lui, puis déposa un doux baiser sur les lèvres les yeux fermés...

Le chevalier était perdu dans la trame de ses souvenirs… Comme tout homme ayant vu trop de sang coulé et trop d'hommes tombé, ces rêves avaient la saveur des vieilles batailles et le parfum de la mort.

Cette fois Kurt rêvait à une escarmouche en forêt de Loren... Un sylvain lui était tombé dessus alors qu'il dormait. Il avait été l'un des seuls rescapés de l'attaque.

Toutes les sentinelles avaient été tuées. Kurt avait dû son salut au contact froid de la lame sur son visage. Il avait dégainé sa dague et avait réveillé le reste de ses hommes...

Aujourd'hui il faillit en faire de même...Son geste s'arrêta net lorsque, les yeux ouverts, il découvrit Alista au-dessus de lui. Alista avait les yeux fermés et ne vit donc pas le mouvement de Kurt. Elle rouvrit les yeux et prit soudain peur en voyant la dague.

Kurt prétexta un réveil difficile pour ranger discrètement sa dague et prendre le temps de calmer son air violent qui avait fugacement traversé son visage.

« Bonjour. Vous m'avez suivi ou vous m'avez croisé par hasard. » Le ton était, sans le vouloir accusateur. Il était toujours dans les affres de son sommeil troublé et ne s'était pas rendu compte de la manière dont il avait parlé à sa dame.

Elle regarda celui que son cœur avait choisi et son regard courroucé lui brisa le cœur... Elle balbutia : « Je vous cherchais... Vous n'aviez pas donné de nouvelles... »

Il s'assit en face d'elle dans l'herbe... Sans avoir esquisser un mouvement vers elle...

Confuse... Elle ne comprenait pas. Pourquoi ne venait-il pas vers elle ? Pourquoi avait-il des réactions si violentes ?...

Elle se leva brusquement et se tourna. Elle regarda au loin le temps qu'il reprenne son sang-froid... Elle reprenait sa respiration d'une façon bien sonore... On pouvait très bien sentir qu'elle était troublée... Elle passa distraitement sa main dans sa chevelure rousse et enleva la larme qui avait coulé sans s'en rendre compte...

Elle resta droite, le visage bien fermé, toujours dos à Kurt... Qu'allait-il se passer cette fois-ci ?

Elle murmura : « Pourquoi êtes-vous si impulsif ? Ne voyez-vous pas que vous me faites peur ? … »

« Par tous les saints patrons de l'empire ! » Pensa Kurt, « Je les enchaîne en ce moment ! » Il se mit en devoir de retirer son ceinturon. Auquel pendait dague et lame. Il le jeta au loin.

« Je suis une nouvelle fois confus... Les vieux réflexes d'un homme habitué à dormir sous la menace d'une lame. » Il désigna une balafre qui courait derrière son oreille et descendait dans le cou. « Souvenir d'un réveil brutal dans une forêt pas si différente. La fraîcheur sur mon visage n'était point vos lèvres charmantes mais une dague effilée enduite du sang de mes compagnons... »

Un instant muet il reprit.

« Je ne suis guère courtois au réveil... A vrai dire je suis furieux de m'être assoupi... Il aurait pu m'arriver n'importe quoi...

Je vous prie encore une fois de m'excuser... j'espère que cela sera la dernière... Je ne désirerais pour rien au monde qui vous arrive malheur... Et encore plus si c'est de mes mains stupide qu'il vient... »

Le chevalier en parlant s'était levé. Il n'osa point avancer vers elle. Et alors qu'il reprenait la parole il s'assit lourdement. Légèrement dépassé par les événements... N'importe quel soldat de carrière l'aurait félicité de sa vivacité aux réveils. Mais il n'était plus à l'armée.

« Je commence à regretter le temps où je me ridiculisais en tombant de ma chaise... » dit-il piteusement...

Prostré au sol il cherchait vainement à trouver un argumentaire convaincant...

« Mais je n'ai rien à dire de plus si ce n'est que j'ai 42 ans et que jamais je n'ai pu m'endormir aussi profondément que dans vos bras... Et que jamais, je ne me suis séparé de mes lames... »

Encore une fois, elle se retourna vers Kurt... Elle s'approcha et se mit à genoux devant lui. Son regard émeraude se posa sur le regard gris du chevalier. Un délicat sourire très doux s'était inscrit sur ses lèvres rouges. Elle avança doucement et le prit dans ses bras. Elle murmura : « Je vous aime, messire chevalier... Quelles que soient les fautes que vous fassiez, mon cœur vous pardonnera si vous ne le transpercez pas de mille parts... »

Elle posa doucement sa tête contre la sienne et commença à pleurer tout doucement. Elle n'aimait pas être blessée moralement mais la tension qui s'éternisait dans ses veines lui faisait perdre des larmes, comme autant de lames tranchantes.

« Bien joué Kurt ! Maintenant, elle pleure ! Quel final ! », se maudit-il intérieurement.

Elle resta silencieuse et se demanda combien de fois elle avait failli mourir... Cela ne se comptait plus et au fond, cette douce amie ténébreuse pouvait la prendre quand elle le voulait... Qui sait... Même par un être aimé...

« Maintenant, restez contre moi et tout se passera bien... » dit-elle dans un souffle.

Toujours prostré. Laissant Alista contre lui. Lui aussi sentait les larmes monter et la tension qui s'accumulait. Mais il ne pouvait faiblir. Pas lui un chevalier de l'empire ! Même à la retraite.

Kurt avait tellement peur de refaire une gaffe qu'il ne bougea pas... Et ne disait mot...

Il resta là. Tête baissée alors que sa dame était contre lui. Ses bras presque inertes... N'osant faire un mouvement. N'osant la prendre dans ces bras... S'il faisait encore une erreur ? Avait-il bien jeté ses lames au loin ? Enfin, il faudrait les reprendre... Et faire en sorte qu'il ne puisse plus menacer inconsciemment quiconque...

Le chevalier ne bougeait toujours pas. Retenant même sa respiration....

Une unique larme réussie à passer le barrage de volonté... Elle menaça de le faire céder mais Kurt tint bon. La larme tomba sur l'herbe d'émeraude... Aussi vertes que les yeux de sa douce. Une seule et unique larme versée en toute une vie de combat...

Il n'osa pas s'essuyer le visage quand une deuxième força pareillement sa volonté. Lui, Kurt Bremen, chevalier de l'empire, Maître d'armes des panthères, réputé dans tout le vieux monde pleurait...

Une troisième larme... Puis une quatrième... L'herbe se teintait de cette rosée de honte.

Il n'osait toujours pas bouger... Retenant au possible sa respiration. Priant pour qu'elle ne voie rien... Priant pour qu'elle confonde ces propres larmes avec les siennes.

Un sanglot failli le secouer mais il sut le maintenir enfermé dans sa cage thoracique. Ne pas bouger... Ne rien dire... Pour qu'elle ne le voit pas....

Ils restèrent lovés l'un contre l'autre un long moment, une éternité pour le commun des mortels, une fraction de secondes pour les amants. Elle le sentait fragile, elle le sentait enfin humain. Elle sentait sa tristesse ou la tension s'échapper. Elle vit des larmes couler de ses yeux gris mais elle ne le mentionna pas.

Elle caressa doucement sa chevelure puis elle écouta la respiration du bel homme... Oui, il se retenait de pleurer... Elle se dit que ce devait être la première fois qu'il libérait sa tristesse ou sa tension...

Au fond, elle se dit qu'il redevenait le jeune garçon pleurant sur sa maman qu'il n'avait pas été à cause de sa vie bouleversée. Tout comme lui, elle laissa ses larmes couler, ne se retenant que pour mieux épurer son esprit... Elle le serra plus fort contre elle... Petit à petit, elle se calma dans ses bras, ses larmes se tarirent... Puis, les larmes firent place à l'amour et à la tendresse qu'elle éprouvait. Ses mains passèrent sur sa nuque et son dos et essayèrent de le rassurer.

Sa respiration presque bloquée, il se sentait étouffer... Mais s'il lâchait tout il allait le regretter toute sa vie...

Alista passa la main dans ses cheveux. Il put un peu mieux respirer. Ses sanglots retenus ne s'étaient sûrement pas vus. Et ils s'espacèrent... Encore quelques instants et Kurt pourrait relever la tête.

Elle avait pleuré, elle aussi. Évacuant la tension et le stress. Et c'était de sa faute. Kurt déglutit et retint un dernier sanglot. Profitant qu'elle se blottissait contre lui, il changea de position et la cala dans ses bras. De là où elle était elle ne voyait pas son visage.

Ils auraient pu rester longtemps ainsi mais Kurt comprit aux gestes de la jeune femme que celle-ci tentait de le consoler... Qu'avait-elle perçu... Apparemment, il ne s'était pas assez retenu... Le chevalier maudit une nouvelle fois sa faiblesse.

Il leva le visage de la jeune femme pour essuyer ses larmes d'un doux revers de la paume. Oubliant que c'était son propre visage qui était le plus touché. Les yeux rougis et quelques traces de larmes sur les joues.

« Tout va bien, Ma dame... » Lui murmura-t-il à l'oreille avant de se pencher pour l'embrasser. Rapidement. Il ne fallait pas qu'elle sente le goût salé de sa peau encore humide. Il lui fallait trouver de quoi s'essuyer au plus vite. Il ne pouvait se permettre d'être faible.

Il l'avait déjà été assez aujourd'hui. Mais son corps n'était point en accord avec ceci. Et à l'évocation de ses larmes passées un sanglot manqua de le terrasser. Profond et fort. Sans larmes.

Rougissant Kurt anticipa toute réaction en trouvant une excuse : « J'ai le hoquet... »

Elle passa doucement sa main sur sa joue encore humide mais elle ne nota rien et murmura : « Vous êtes si brave... Si fort... » Oui, c'était un mensonge mais pour la première fois, elle pensait que ce mensonge était nécessaire.

Ses yeux verts restèrent scotché un instant sur ceux de Kurt. Les yeux des deux amoureux étaient mouillés, mais au fond cela n'avait peu d'importance pour la Dame.

Elle le regarda et elle lui dit doucement : « Je crois qu'il est temps que nous allions nous coucher... La fatigue... J'ai bien craqué mais que cela ne nous fasse point honte... J'en avais besoin... »

Elle lui sourit tendrement et lui raconta : « Mon père m'a raconté il y a longtemps, que lorsque j'avais dans les 3 ans, j'étais tombée dans la cour où il y avait du gravier. Lorsqu'il apprit la nouvelle, il prit une si grande peur que lorsqu'il me retrouva, des larmes glissèrent de ses yeux... J'ignore si vous avez déjà éprouvé de la tristesse ou de la joie, mais parfois, on ne peut la contenir... »

Elle ajouta avec la voix la plus joyeuse qu'elle pouvait faire : « Je ne vous ai point vu pleurer... Et je pense que si vous pleuriez, c'était pour une bonne raison... Alors lorsque les larmes couleront, n'ayez point honte... Il faut bien évacuer un jour le surplus d'énergie, d'émotions... »

Elle posa doucement ses mains sur les siennes et son regard émeraude se faisait velours envoûtant. Elle espérait qu'il ne comprenne pas tout de travers... Elle savait qu'il était un chevalier mais il ne devait pas avoir honte de pleurer devant elle... C'était la seule qui pouvait le comprendre...

Pour parler ainsi elle devait l'avoir vu... Kurt ignorait si elle dédramatisait pour ne pas l'inquiéter ou si elle avait remarqué ses larmes... Mis à part une inutile et si fausse flatterie ces propos avaient l'air correct... Et s'il ne pouvait pas se fier à elle, à qui le pourrait-il ?

Elle voulait rentrer... Se retrouver seuls en territoire connu... C'était une bonne idée... Avant qu'il n'est pu faire le moindre geste la jeune femme planta son regard dans le sien. Comme un coup de couteau... Mais brûlant comme des braises ardentes... Ces yeux gris se firent plus lumineux. Il l'observa avec toute la douceur qu'il pouvait avoir dans son être.

Ses mains serrèrent brièvement les siennes...

« Hâtons-nous Ma dame... Un bon feu nous attend ainsi qu'un peu de repos. » Lui murmura-t-il à l'oreille alors qu'il s'était penché vers elle. Son souffle chaud vint buter contre sa nuque.

« Quand vous voulez... Ma monture est prête. », continua-t-il sur le même ton et laissant ses cheveux effleurer la joue de la jeune femme.

Elle lui avoua alors très doucement : « J'ai vu vos larmes... Mais, cela ne me choque guère... Je n'en parlerais à personne et je vous confie ma vie... Je sais ce que vous valez au combat et je n'ai point peur de quelques larmes... »

Elle apprécia encore quelques minutes d'être contre lui puis ils se levèrent et prirent le cheval du chevalier pour rentrer au Castel...

Ils trouvèrent facilement les appartements de l'archiviste et après s'être nourri puis changé, ils se retrouvèrent dans le lit, l'un contre l'autre...

Elle se blottit tout contre lui. Kurt Bremen soupira, doucement... Puis se résigna. Chaque homme avait ses faiblesses. Il veillerait à mieux se contrôler à l'avenir. Mais il avait une personne sur lequel compter. Il ne serait plus jamais seul...

Le chevalïer serra la jeune femme. Une envie passa dans son esprit. Dormir pour finir de laver son âme.

Ses yeux gris se fermèrent. Sa respiration s'apaisa et devint régulière avant qu'il ne sombre complètement il ouvrit la bouche et dans un murmure, un souffle...

« Je t'aime Alista... »

Et déjà il s'endormait...Cette fois-ci les rêves seraient tout autre...

***

Le lendemain matin, les deux amants s'étaient quittés en se promettant de se retrouver au bord de mer le soir venu. Alista avait longuement travaillé à éplucher les archives des gardes, à scruter le moindre détail et hauts faits d'armes. Elle n'avait tout simplement pas eu une minute de repos.

Après s'être mise sur Eclair, elle se dirigea près de la mer. Elle arriva la première. Elle mit pied à terre, accrocha la sangle à un arbre puis, elle marcha jusqu'à la falaise, là où on avait une vue imprenable sur la mer et où il était dangereux de plonger.

Elle regarda doucement les remous de la mer et se rappela avoir failli devenir vampire en ces lieux... Dans un autre temps, elle avait été désespérée et un vampire avait essayé de la séduire pour la croquer. Heureusement, Nnay Elroc, un autre chevalier était venu à la rescousse.

Elle resta songeuse et s'assit au bord de la falaise. Un seul faux mouvement et elle pouvait tomber. À cet instant, elle se demandait si elle allait vivre longtemps. C'était sûrement une pensée égoïste mais elle se souvenait qu'elle avait failli mourir une bonne dizaine de fois...

Kurt Bremen de son côté n'avait pas cessé de courir en tous sens. Ses hommes aux quatre coins des arènes « la jungle » ou de « l'amphithéâtre » demandaient des ordres et une attention presque soutenue. Il était allé rendre son devoir de milicien quelques heures et puis il s'était enfin retiré.

Alors qu'il finissait tout juste les tâches qu'on lui avait donné, il vit Alista sur son destrier. Quelques minutes plus tard il se mit en selle sur son hongre et il la prit en chasse... Elle avait trop d'avance et son cheval était taillé pour la course alors que le sien n'était qu'endurance et résistance. Il voulait arriver le plus vite possible pour profiter de sa présence.

Quelques minutes après qu'elle se soit assise il arriva en vue de la falaise. Il sauta lestement de sa monture et s'avança sans bruit. Enfin en essayant de ne pas faire de bruit.

Légèrement inquiet par sa position si proche du vide. Mieux valait ne pas la surprendre...

« Ma dame ! » Lui dit-il arrivé à une dizaine de pas d'elle. « Tout va bien ? Je préférerais que vous reculiez... Au moindre faux pas... Vous plongez... »

Kurt Bremen avait le vertige dès qu'il montait plus haut qu'un cheval... Mais lors d'innombrables sièges et montées d'échelle il ne l'avait jamais avoué... A chaque fois qu'il s'était retrouvé trop haut à son goût il avait failli y laisser la vie... A l'image de ce combat contre les sbires d'une secte sombre au sommet de la grande horloge de Nagenhof... A ce souvenir Kurt frissonna.

Laissant son nouveau ceinturon accroché à la selle de son hongre il s'approcha de deux pas. Espérant qu'elle l'avait entendu et qu'elle ne ferait pas de faux pas. Il était prêt à bondir… Tout ses muscles sous tensions... Le visage à l'air grave...

Elle sursauta très légèrement et faillit perdre l'équilibre, mais sa dextérité lui permit de ne point tomber. Alista tourna la tête vers son chevalier et à voir la tête qu'il faisait, il avait peur pour elle. Elle se leva mais, son épée resta coincée contre le rocher...

Elle fit une légèrement grimace puis elle réussit à détacher l'arme et à la mettre en hauteur. Puis elle se releva, enleva la poussière de ses vêtements. Elle s'adossa alors à un rocher à plus de dix pas de la falaise… Kurt Bremen ne put s'empêcher de pousser un soupir de soulagement.

Elle demanda doucement : « Qu'avez-vous fait de votre journée, messire chevalier ? » La mine de l'archiviste montrait qu'elle avait passé une sale journée à éplucher les archives… Elle semblait fatiguée et exaspérée...

L'obscurité n'était point totale et la lune éclairait ses splendides boucles rousses. La clarté des étoiles donnait à la scène un lyrisme et un charme tout particulier.

Il s'approcha d'elle. Un ou deux pas les séparaient... Kurt n'osait et ne voulait pas en faire plus. Pas encore...

« Des milliers de choses Ma dame... Avec entre autres l'exploration et l'extermination d'une bande de maraudeurs dans une auberge ainsi que les tâches d'un maître d'armes et milicien…

Vous avez l'air épuisée... Et de fort méchante humeur si je puis dire... Voulez-vous qu'on en parle ? », demanda Kurt, posant son regard d'un gris sombre, en cette nuit si lumineuse, sur la jeune femme. Il fit encore un pas vers elle. Infime… Ses yeux brillant dans la nuit...

Alista regarda distraitement la mer au loin puis la lune. Son regard vert se posa ensuite sur les yeux gris qui la fixaient. Elle murmura : « Longue journée, remplie de paperasse… »

Elle baissa les yeux, elle avait honte de se plaindre de si peu… Elle remarqua quelque chose de brillant sur le sol et se pencha pour prendre ce qui ressemblait à un pendentif. Une pierre... Un œil de tigre ainsi qu'une chaînette en or probablement...

Elle passa le collier autour de son cou et ajouta : »Mais, votre présence me rassure déjà... Je me sens déjà mieux… Vous êtes comme un baume à mon cœur... Alors... Prenez-moi contre vous... J'ai besoin de votre présence contre moi… »

Elle parut plaintive... Elle n'était pas au meilleur de sa forme de toute évidence.

Kurt sourit le plus doucement possible à la jeune femme. Elle semblait exténuée et lassée. Obéissant avec plaisir il s'approcha d'elle et la prit dans ses bras. Sans la brusquer il la fit s'asseoir. Serré contre lui. Au creux de ses grands bras puissants.

« Jolie pierre… » Lui murmura-t-il à l'oreille.

« Je vous aurai bien aidé dans votre harassant travail mais j'ai été en mission imprévue toute l'après-midi. Sire Légions et moi-même avons débarrassé une charmante auberge, bien qu'en ruine, se nommant L'auberge d'Emeraude de la racaille qui s'y trouvait. »

Sans le vouloir Alista s'appuya sur la cuisse de Kurt. Le chevalier grimaça fugacement, il avait un bandage autour de la cuisse. Il n'avait pas pris le temps de se soigner comme il fallait. Il reprit contenance, elle avait besoin de lui.

Alista fit un mouvement en le sentant se crisper, elle murmura : « Vous ai-je fait mal ? ». Elle regarda son chevalier et vit des taches de sang... Elle dit : « Vous vous êtes battu ?! Est-ce votre sang ? »

Son regard sembla troublé un instant, elle avait peur qu'il se soit fait mal. Elle se serra contre lui puis elle releva la tête et déposa un charmant baiser sur ses lèvres, empreint de douceur et d'amour... Elle murmura encore dans un souffle : « Puis-je faire quelque chose pour vous ? »

Kurt Bremen lui répondit : « J'ai juste une estafilade à la cuisse. Un mauvais coup de dague tout à l'heure. Ainsi qu'un trou dans le flanc. Un carreau d'arbalète tiré à la va vite... Pour le reste ça ne doit pas être que mon sang... Vous ne pouvez rien faire pour moi si ce n'est ce que vous faites déjà... »

Le regard au loin, il parla d'une voix douce : « Nous irons si vous le souhaitez demain en cette auberge... L'écrin de verdure rend son nom tout particulièrement adapté... Elle est en ruine certes mais les vestiges de sa gloire passée résonnent encore dans son âme. »

De ses larges mains calleuses et dures le chevalier caressait la joue et les épaules de la jeune femme. Un geste saisissant de tendresse par rapport à l'aspect du guerrier... Surtout qu'il avait encore le sang de cet aprè- midi sur l'uniforme...

Sang et tendresse... Une vie bien étrange...

Elle se tut un long moment puis elle ajouta : « Malgré vos batailles, vous savez être doux... J'aime cela... J'aime... Je vous aime, mon chevalier... »

Et elle accompagna la parole par un baiser plus langoureux... Kurt ouvrit la bouche pour répondre à cette déclaration mais la jeune femme l'avait déjà saisi.

Savourant l'étreinte des lèvres fraîches, il ferma les yeux... Le baiser trop court à son goût cessa... Longtemps après le baiser il savourait encore la marque des lèvres sur les siennes.

Kurt la prit à bout de bras et se tût. Il n'avait jamais encore vraiment prononcé ces mots... Du moins jamais parfaitement éveillé... Il y avait juste répondu... Il prit le temps... Laissant ses yeux courir sur la jeune femme... Laissant son regard la bercer et l'aimer.

« Je vous aime aussi Ma dame... » Un murmure... Kurt ne se sentait pas capable de le dire plus fort... Il aurait eu peur qu'une oreille impure s'en saisisse...

Le chevalier serra fort, un peu trop fort peut être, la jeune femme contre lui.... « Les étoiles doivent être jalouses de vous Ma dame... » Il ne savait pas pourquoi il avait dit ça... Ni même d'où venait cette phrase...

Il n'était pas sûr qu'elle soit de lui... Kurt rougit... Où avait-il pu pêcher ça...

Elle se laissa bercer dans ses bras les yeux fermés et sa voix l'emporta dans des doux songes... Elle rouvrit les yeux et les porta sur cet être aimé, elle passa doucement la main sur son torse puis en rougissant elle dit : « Le lever de soleil doit être jaloux de vous également... »

Elle sourit tendrement et lui demanda doucement : « Voulez-vous rentrer au castel ? Il se fait déjà tard...

Demain... Nous irons à cette Auberge... et je prendrais mon épée pour vous protéger... »

Elle murmura : « J'espère que votre blessure sera cicatrisé avec mes baisers... » Et elle déposa un baiser des plus doux alors qu'elle reposait sa tête contre son torse.

« Je doute que nous rencontrions âme qui vive... Nous verrons... » Kurt frissonna, tant aux paroles qu'aux gestes de sa reine.

« Rentrons... » dit-il simplement pour éloigner le trouble qui le prenait. Kurt comme à son habitude saisit Alista dans ses bras. Il récupéra les deux chevaux et tint celui de la jeune femme à la bride. Préférant avoir dans ses bras sa dame. De plus elle dormait presque... Chevaucher en cette état n'aurait guère était prudent.

Ils prirent doucement la route du castel. Arrivés au château, ils se dirigèrent vers le luxueux appartement de la jeune femme et se couchèrent sans tarder.

***

Le lendemain matin, les tourtereaux se quittèrent non sans se donner rendez-vous le soir-même à l'Auberge de l'Emeraude.

Alista passa sa journée dans les archives comme d'habitude alors que ses amis gladiateurs combattaient bravement.

La nuit n'allait pas tarder à tomber. Kurt Bremen monté sur un destrier à la robe brune chevauchait dans la forêt. Le puissant galop de son cheval résonnait entre les arbres qui étendaient déjà leurs ombres impressionnantes sur le chemin de terre.

Après quelques minutes de course rapide Kurt arriva devant la ruine de l'Auberge de l'Emeraude.

Il avait passé la journée entre le castel et les arènes. Ces hommes s'étaient illustrés ou avaient péri mais jamais sans faiblir et faire honte à leur réputation. Il était parti avant le rendez-vous car il voulait sécuriser l'endroit et être sûr que nul ne viendrait troubler leur rencontre.

Il mit pied à terre et attacha son cheval au vieil anneau qui servait à cet usage. Le cheval était encombré de deux fontes sur ces flancs.

Le chevalier sortit de l'une des fontes une puissante torche. De son briquet il l'alluma. La soudaine clarté repoussa les ombres à l'orée de la clairière.

Kurt entra dans l'auberge. La salle n'avait pas changé. Mais les deux verres qu'il avait utilisé la dernière fois avaient disparu ainsi que la bouteille. Le chevalier redoubla de prudence. Son arme dans son fourreau battait son côté senestre. Mais il s'était muni d'une arbalète légère qui portait carreau sur son fût. Une arme redoutable dans les mains du balistere.

Le chevalier explora rapidement la salle. Il y reviendrait plus tard. D'abord descendre... Le chevalier entra dans l'arrière-salle. Aucun changement. Il ouvrit la trappe et descendit avec une prudence extrême l'escalier. La cave était identique. Mais les cadavres avaient disparu, ne subsistait qu'une odeur de charnier... Kurt s'avança avec tout autant de prudence dans le goulet.

Baissant sa torche pour n'éclairer que le sol... La grande salle
était presque déserte... Presque...

Une demi-douzaine de maraud était assise autour d'une
grande table et se restauraient. Ils parlaient fort et aucun d'eux
ne montait la garde. Un jeu d'enfants... Mais d'où venaient-
ils... Le reste de la bande ou une autre bande...

Kurt s'avança dans la pièce... Une demi-heure plus tard il en
sortait. Son épée ruisselante de sang. Quelques carreaux en
moins dans le carquois. Une nouvelle balafre ornait son corps.
Le dos cette fois. Les pillards n'étaient guère braves.

Il remonta rapidement les escaliers et pour ne prendre aucun
risque bloqua la trappe avec des restes d'armoires.

Il revint dans la grande salle. Avisant les escaliers il les gravit
avec toujours autant de précaution. Presque furtif.

Un long couloir donnant sur une vingtaine de portes. Toutes
étaient vides. Enfin Kurt le crut jusqu'à la dernière... Souvent
la dernière porte révélait des surprises. Il avait été discret pour
ouvrir toutes les autres et se permit le luxe de la défoncer d'un
coup de bottes. Le fracas et la poussière se firent dans la pièce.
Deux yeux brillaient dans la pénombre... Kurt sans réfléchir
lâcha son trait. Les yeux grognèrent...

La torche révéla la scène quelques instants plus tard. Trois
hommes-rats. L'un deux au sol agonisant. Le carreau planté
dans son torse velu.

Les deux êtres réagirent avec une vitesse qui fit honneur à leur
race. Kurt eut juste le temps de lâcher son arbalète et de
s'emparer du manche de sa lame. Déjà les deux rats étaient
sur lui. Un moulinet de la torche les fit reculer et le chevalier
put sortir sa lame. Nullement démonté par la taille de cette

dernière les deux ratlings brandissaient d'impressionnantes dagues ciselées.

Le ballet put commencer. Kurt peinait à esquiver les coups et à se protéger. Sa grande lame fermement tenue il se contentait de se défendre. Observant la maîtrise des deux pillards.

Enfin il put placer une attaque. L'un des rats ne dût sa survie qu'à une incroyable chance. Le deuxième coup brisa le bras de l'autre homme-rat. Gémissant et crachant ils repartirent tout de même à l'assaut.

L'un deux, l'indemne put placer une attaque parfaite et sa lame dentelé vint glisser sur l'avant bras du chevalier. Le pied botté s'écrasa sur le nez du rat qui couina avant de se prendre la puissante lame sur la nuque.

Un choc sourd...

Plus qu'un...

Le deuxième blessé était resté en périphérie du combat attendant son heure. A peine son camarade tombait-il que déjà il était sur le chevalier.

Le chevalier eut la vie sauve grâce à un réflexe salvateur qui le fit se reculer d'un pouce. La dague vint tracer un sillon sanglant sur la gorge de Kurt.

La puissante épée désirant se venger eut tôt fait de tuer l'impudent.

Le chevalier redescendit. Il masqua ses blessures après les avoir nettoyés avec une flasque d'alcool sortit de ses fontes.

Il trouva la table en parfait état, ainsi que deux chaises. Et sortant de son sac quelques bougies il eut tôt fait de les allumer de les placer en divers endroit de la pièce.

La salle maintenant éclairée était bien plus chaleureuse... Une légère odeur de charnier... Mais vraiment légère...

Kurt s'assit sur l'une des chaises et d'un mouchoir en tissu essuya le sang qui coulait sur son avant-bras. Puis il épongea aussi son cou qui comportait une fine coupure horizontale. Il avait failli perdre la vie contre ses raclures.

Dehors un galop... Elle arrivait. Kurt prit les verres et les remplit du doux nectar. Tout était prêt…

Elle montait son cheval noir, resplendissante dans une courte jupe noire et un haut bordeaux comme l'uniforme des gardes… Elle avait à son flanc son épée fraîchement forgée puis un petit sac en bandoulière.

Elle accrocha son cheval au même endroit que celui de Kurt, puis elle s'approcha de la porte... Elle caressa doucement la poutre qui faisait la barrière en devanture et se planta une écharde dans le pouce...

Elle hésita un moment à ouvrir la porte puis prit une grande inspiration et s'y lança. Elle aperçut rapidement Kurt qui de toute évidence l'attendait... Kurt eut un sourire rayonnant lorsqu'elle entra. Elle était magnifique dans cette tenue...

Alista s'approcha de lui et dit doucement : « Heureuse de vous voir... Comment avez-vous dormi ? »

Il lui répondit : « Le bonheur est partagé. Bien... Comme toujours lorsque je suis à vos côtés. »

Elle s'assit en face de lui avec le sourire... Elle remarqua une petite gouttelette de sang sur son visage et passa doucement sa main dessus en disant avec un clin d'œil : « J'espère que vous ne vous êtes pas trop blessé... »

Kurt passa sa main sur son avant-bras. Il sentait le sang couler le long de son bras et toucher sa main. « Non... Non rien de grave. » Il sentait aussi le liquide chaud descendre le long de son torse. Pour la suite de la nuit mieux valait qu'il se nettoie sous peine de faire du souci à la jeune femme...

Elle regarda autour d'elle et dit songeuse : « Cette endroit devait être assez animé il y a longtemps... je suis presque sûr que la dirigeante de ce lieu devait être une femme... Vu les décorations totalement féminines ! »

« Possible... Je ne connais de ce lieu que son nom... »

Elle regarda le sol recouvert de poussière et elle se dit que c'était dommage qu'une telle demeure soit tombée en ruines.

Kurt demanda à la dame : « Comment avez-vous occupé votre journée ? »

Kurt poussa le verre de vin vers la jeune femme.

« Goûtez-y, il est divin ». Il leva son verre pour trinquer. La regardant de ses yeux gris, où se reflétaient les lueurs des bougies...

Un sourire éclaira le visage d'Alista et elle trinqua avec lui. Elle but une gorgée qui coula dans sa gorge et la réchauffa... Elle ferma les yeux et sentit des autres saveurs s'éveiller... Framboise, mangue, menthe... Elle rouvrit les yeux et dit : « Mhhh, un délice en effet ! »

Kurt but lui aussi dans son verre. Laissant les effluves se transmettre dans tout son corps. Il soupira d'aise. Ce vin était magique... La gnôle avait été transportée dans sa chambre et il avait oublié de la faire partager. Elle lui aurait bien servi ce soir... Son cou l'élançait.

Elle répondit à sa question sur l'occupation de sa journée : « Hé bien, je suis allée dans les arènes encourager le gros de mes troupes qui était dans Adventus Propter Roma. Puis, je me suis bien sûr occupée des archives... et j'ai fini par aller me promener dans les arènes éternelles... J'ai acheté quelque chose pour vous d'ailleurs... »

Elle prit son sac de cuir et en sortit un petit paquet contenant une dague finement ciselée.

Elle le lui tendit avec un sourire...

Kurt eut l'air surpris lorsqu'elle lui tendit la dague... Il eut un sourire gêné... Il n'avait rien pour elle et cette dague lui rappelait celle qui avait failli lui ôter la vie quelques longues minutes auparavant.

« Merci... Je suis confus... Je n'ai point pensé à vous amener quelque chose... »

Son bras blessé pendait le long de son corps pour éviter qu'elle voie le sang. Il entendit un bruit... Une goutte... Le sang gouttait au sol. « Damnation » pensa-t-il... « Elle va le voir… »

« Votre tenue vous va à ravir… » Dit-il en masquant du mieux possible le bruit de gouttes à gouttes.

Elle lui répondit : « Merci de votre compliment... Je vous trouve aussi très beau dans cet habit. »

« Mon uniforme ? Il n'est guère propre et j'ai peur que le plastron en dessous ne vous fasse lorgner une fausse musculature », répondit Kurt dans un sourire. « L'amphithéâtre et la terrible jungle occupe mes hommes... Ils seront peut encore en état ce soir... »

Un instant elle entendit un bruit de gouttelettes. Mais cela ne venait guère de Kurt mais d'autre part...

Elle se leva et se vit au coin de la pièce une petite flaque de sang... Elle resta devant, sans bouger... Le sang lui avait toujours fait cet effet là...

« Cen'estrienmadamenevousinquiètezpas. » Kurt rougit. « Je voulais dire qu'il ne faut point vous inquiétez... J'ai fait un peu le ménage... Voulez-vous que l'on change de place ? »

Il s'était levé. Portant au-dessus de la table sa main ensanglantée. Il n'avait pas remarqué.

« Je suis vraiment désolé... Quelques gêneurs... Ils ne nous importuneront point... Vu l'état de leur santé », dit Kurt dans une tentative d'humour pour changer de sujet.

Alors qu'elle reprenait confiance, elle se tourna et vit du sang sur la table où il était attablé juste avant... Elle leva la tête... Cela ne venait pas du plafond... Puis, elle regarda la main de Kurt... Et elle comprit qu'il avait été blessé. Elle s'approcha de lui et murmura : « Venez que l'on trouve un lieu à l'abri que je puisse vous soignez... Je crains que vos blessures s'infectent... et cessez de me cacher ces choses... je peux comprendre... »

Elle alla derrière le comptoir et chercha dans les tiroirs... Rien...

Puis, elle alla en direction de la cuisine désaffectée et trouva une vieille bouteille d'alcool. Elle prit un chiffon à peu près propre qu'elle trouva et remplit une bassine d'eau... Elle regarda Kurt et dit avec un ton sans réplique : « Montrez-moi vos blessures que je les soigne. »

Elle ajusta le ton par un sourire encourageant. Kurt eut un sourire mi gêné mi embêté.

« Je vous assure ce n'est rien... » Devant la mine sombre d'Alista il préféra tout de même s'exécuter. « Ne défaillez point Ma dame... Ce ne sont qu'éraflures... »

Il retira sa veste et son plastron. Puis son gilet. Torse nu dans la salle il révéla son avant-bras ensanglanté, sa fine coupure à la gorge ainsi que le bandage des blessures du jour d'avant.

« Trois fois rien... Je vous en prie ne vous inquiétez point... J'ai vu pire... »

Kurt assis avait honte de montrer ses blessures à la jeune femme. Il n'avait combattu que huit hommes... Neuf en comptant l'infortuné rat qui gisait transpercé d'un carreau.

« Vraiment je suis gêné... Ce n'est guère le lieu et le moment. Je peux passer à mon infirmerie en rentrant... »

Kurt n'osait pas regarder Alista... De peur de voir en son regard marque de mépris devant un homme si légèrement blessé.

Le visage d'Alista se crispa très légèrement... Elle avait toujours détesté voir les blessures des autres car elle avait vu tant de fois des personnes mourir qu'elle en avait presque peur... Le chevalier crût un instant que la jeune femme allait s'évanouir mais il n'en fut rien.

Elle prit une grande inspiration et plongea une partie du tissu dans l'eau tiède. Elle posa doucement le tissu sur la plaie sur son bras qui semblait être la plus importante... Elle essuya le sang et les saletés... Puis elle s'occupa de la blessure sous le cou.

Ensuite, elle prit de l'alcool et en imbiba le reste du coton... Elle murmura à Kurt : « ça risque de faire mal, mon seigneur... » Et avant qu'il ne puisse répondre elle se pencha et l'embrassa goulument alors qu'elle posait le coton sur la blessure du bras.... Elle s'arrêta un instant de l'embrasser pour toucher le cou de celui-ci...

Kurt serra les dents dans un premier temps mais ouvrit bien vite la bouche pour répondre au baiser de sa douce. Il se serra doucement contre elle alors qu'elle l'entourait de ses bras fins. Son torse se soulevant de plus en plus vite.

Elle reposa le tissu de côté et prit doucement le milicien dans ses bras... Elle lui dit à l'oreille : « Je vais passer à la dernière blessure... Il va me falloir de l'aide pour enlever le pansement et le remplacer. Je sais que vous serez courageux. »

Elle se baissa et le regarda de plus bas. Elle regarda ses yeux gris... Il semblait si gêné... Ses yeux verts exprimaient de la quiétude, pas une once de mépris, plutôt de la sérénité...

Toujours un peu gêné il retira son bandage d'un geste sec. Le trou dans son flanc s'était refermé mais la blessure était légèrement gonflée et violacée. Elle nettoya ces deux plaies avec délicatesse.

« Juste un carreau d'arbalète. Il n'a pas traversé la chair et n'a pas entrainé de tissu... C'est superficiel... Ne vous inquiétez pas pour moi je vous en prie... », dit-il. Par plaisir autant que pour la rassurer Kurt embrassa Alista. Passant ses bras autour d'elle.

La blessure de son avant-bras mit un peu de sang sur la tenue de la jeune femme...

« Je suis désolé, Ma dame », dit Kurt en voyant la tache pourpre sur l'épaule de la jeune femme.

« Cela s'arrêtera bientôt de saigner... »

Elle profita du peu de temps qu'il prit dans ses bras pour se ressourcer. Puis lorsqu'il la laissa se retirer pour continuer les soins. Elle allait mieux et elle croyait qu'elle supporterait plus la vue du sang.

Lorsqu'elle vit la blessure violette, elle manqua tomber inconsciente mais elle se reprit et pris un nouveau chiffon qu'elle imbiba d'alcool puis qu'elle posa sur sa blessure. Elle lui demanda de ne pas bouger puis lorsqu'elle eut fini, elle retourna en cuisine et apporta un tissu un peu plus long... Elle commença à entourer puis à attacher le tout autour du flanc du chevalier...

Puis, la goutte de sang qui tomba sur son épaule... Toujours professionnellement, elle alla chercher un autre bout de tissu et elle fit un bandage plus conséquent mais surtout pour arrêter l'hémorragie...

Puis alors qu'elle semblait aller bien... Elle se posa contre Kurt, le serrant contre elle... Puis doucement elle serra moins, elle s'évanouit contre lui.

Kurt se souvint de la présence d'un lit à peu près correct en haut... Il éteignit toutes les bougies et reprit sa torche. Pas facile de porter Alista et une torche. Enfin tant bien que mal il réussit à la porter jusqu'en haut. Il ouvrit la première porte... Là où il y avait le lit. Heureusement que c'était la première porte... Il aurait eu du mal à aller plus loin. Entre ces blessures, la torche et Alista évanouie il commençait à perdre légèrement pied.

Il allongea la jeune femme sur le sommier étonnamment intact et la recouvrit de couvertures bien chaudes dénichées dans une armoire de la chambre.

Puis il prit la bouteille d'alcool qui avait nettoyé ces plaies et réussit à en faire humer à la jeune femme.

Il resta là les bras ballants assis sur le lit à ses côtés. « Hum... » Elle bougea légèrement les yeux puis les rouvrit...

Où était-elle ? Elle l'ignorait et cela lui fit peur un instant puis elle remarqua Kurt à ses côtés et elle se souvint de tout...

Elle rougit de honte... Puis, elle remarqua qu'il était tout aussi dans les vapes, alors elle lui demanda de s'allonger à ses côtés... Elle se releva, ferma la porte qui était encore intacte, elle tourna la clef pour qu'ils soient en toute intimité. Elle s'allongea à ses côtés puis elle le prit doucement dans ses bras en lui disant qu'il devait maintenant prendre un peu de repos...

Puis... la nuit baissa son voile sur les deux amoureux...

***

Jour après jour, Alista filait le parfait amour avec son cher Kurt Bremen. L'administration des arènes décida un beau jour de pimenter l'expérience des maîtres d'armes. Il fut décidé que désormais dans certaines arènes spécifiques appelées Ragnarok, les gladiateurs qui mourraient, ne ressusciteraient plus. Ils seraient morts pour toujours.

Dame Alista décida de mener dans l'arène son plus fidèle gladiateur, Elmure « Le Béni ». Elle avait foi en lui même si la peur s'immisçait dans ses veines.

Le gladiateur était dans l'arène... Voilà déjà quelques heures qu'il restait là, sans bouger, haletant... Ce jeune homme avait vécu au côté de la Dame à la chevelure de feu... Il lui avait juré fidélité et malgré toutes les souffrances qu'il avait pu endurer, il restait droit et fier dans la bataille...

Malgré tout, une certitude demeurait dans son coeur... Il savait qu'il allait bientôt quitter le monde des vivants et entrer dans un nouveau monde... Celui de la mort... Ou peut-être était-ce tout simplement le souffle chaud qui l'enveloppait déjà maintenant...

Il regarda autour de lui, ils n'étaient plus que quatres compagnons d'armes... Tous des personnes connues... De la Garde Noire du Warfo... Tous des amis... Ils avaient tous trempés leur sang dans la même bataille... Tous savaient que seul un survivrait... Et que seul un devait survivre. Seul un gladiateur pouvait sortir de l'arène en vie. C'était le jeu.

Elmure... « Le Béni »...

Le jeune homme regarda dans le vide puis sa lame... Son nodashi... Depuis le temps qu'il se battait avec, il ignorait s'il était capable de se battre avec d'autres armes...

Mais en ces temps obscurs, il pensa dans un moment de folie que tout ça n'était pas si important...

Après tout... Non, il ne fallait pas penser à ça.... Et pourtant... N'était-il pas le seul à avoir vécu si longtemps ?!

Il est vrai que peu de personnes savaient qu'Alista lui avait demandé d'aller fièrement accompagné de Millekka pour le défier LUI... C'était il y a longtemps... Et pourtant, il avait réussi à se rendre et à fermer « La taverne de Bobo, le Borgne » ...

Puis quelques jours plus tard, il s'était assis sur le sceau des dieux... Et c'était depuis ce jour-là, depuis qu'il était arrivé premier sur le sceau et présent jusqu'à la validation que Alista lui avait donné la particule "Le Béni"...

Béni entre les dieux, depuis longtemps il avait montré sa valeur... La peine qui inondait Alista en le voyant partir pour cet ultime combat ne pouvait qu'être atroce...

Et pourtant... C'était le seul capable de miracle...

Pourquoi ?! Sûrement parce qu'il en avait accompli tellement...

Malgré tout, Alista et Elmure ne se faisaient pas d'illusions... Ils savaient que la force et la foi n'étaient pas suffisantes et que même en étant cent fois plus chanceux, on pouvait mourir...

Déjà, le sang coulait le long de son flanc... Il regarda désespérément ses compagnons de sang... Il releva la tête, ajusta son nodachi devant lui et se tint droit...

S'il devait mourir, ce serait par la lame d'un ami, un frère... C'était les seuls en qui il avait confiance et il était sûr que même en mourant, la vie de sa dame serait sauf...

Un infime espoir... Voilà ce qu'il lui restait....

Quelques heures passèrent...

Fier combattant, Elmure s'élança alors vers Mikel, un nain au nodashi qui l'attendait prêt à taper...

Il regarda le guerrier et un sentiment de courage et de fierté emplit ses veines...

Oui, il allait mourir mais en héros !

Il attaqua le nodashiste sans s'arrêter, sans hésiter... Il se contenta d'enchaîner les coups jusqu'à ce qu'il soit assez épuisé pour ne plus bouger...

À ce moment, il regarda Mikel et un sourire s'inscrivit sur ses lèvres. Il lui dit doucement : « Prends soin de mes amis... Ma famille... Je ne crains plus de mourir... »

Elmure crut voir un sourire sur les lèvres de Mikel et prit cela pour une affirmative... Il s'agenouilla devant le Grand nain, puis releva la tête vers son frère de sang, vers ce nain qu'il ne connaissait pas autant qu'il l'aurait voulu...

La lame fusa alors...

La douleur envahit son corps puis une douce chaleur qui arrivait... Une jeune femme de noir vêtue se blottissait contre lui... Elle l'embrassa puis le prit doucement vers le paradis...

Mikel put voir alors un sourire serein sur les lèvres de son adversaire alors qu'un esprit venait de prendre l'âme d'Elmure...

***

Alista avait suivi le dernier combat d'Elmure « Le Béni ». Elle était passé du rire aux larmes, de la joie à une profonde tristesse. Elle était tellement fière de lui et de tout ce qu'il avait accompli.

Lorsqu'il mourut, ce fut une déchirure. Son fier gladiateur avait rendu son dernier souffle. Elle retourna alors à la Tour de Garde, sur le tour de garde, là où personne allait... Elle regardait dans le vide, triste.

Elle entendit la porte derrière elle s'ouvrir sur le Forgeron des âmes, son ami garde qui avait décidé de prendre l'air. Il vint à côté d'elle et lui demanda doucement :

- Tu sembles bien triste ce soir... Que s'est-il passé ? »
- Elle tourna la tête vers lui le laissant voir ses yeux bouffis : - « Elmure « Le Béni » est mort en duel à mort... Je ne pensais pas que cela soit possible... Il avait tellement de chance avec lui...

- Je comprends ta détresse, moi aussi un de mes compagnons est mort en duel... » soupira-t-il.

Ils restèrent un long moment silencieux à regarder la campagne au loin. Le Forgeron des âmes rompit le silence en se raclant la gorge puis en proposant : « J'ai un ami qui va me léguer un de ses amis gladiateurs... Serais-tu intéressée à récupérer mon elfe noire « La drow du warfo » ? Je ne me sens pas de la vendre à un étranger à notre alliance. »

Alista réfléchit un instant puis se tourna vers son ami et lui dit : « Ce serait un honneur de récupérer ton elfe noire. D'autant qu'elle tiendra compagnie à merveille avec Mirmidia qui a tendance à s'embêter. »

Elle sauta au cou de son ami : « Oh merci, Forgeron ! J'ai vraiment de la chance de te connaître ! »

***

Quelque temps plus tard, Kurt Bremen s'absenta dix jours...
Il avait dû partir précipitamment de la cité. Il avait eu fort à
faire. Son père était décédé brutalement... Emporté par une
vilaine pneumonie. Sa mère avait été enlevée par des hommes
rats... Et son aîné incapable de réagir... Trop d'événements en
si peu de temps... Lui et ses panthères ne s'étaient pas arrêtés...
D'abord retrouver sa mère et la venger... La pauvre femme
gardait les yeux fixés dans le vague, les images des ravisseurs
au fond de ses prunelles... La guerre avait encore une nouvelle
fois ravagé le vieux monde... Les ravisseurs avaient également
creusé des souterrains qui avaient rencontré les catacombes du
domaine des Bremen... L'aide des panthères n'avait pas été de
trop... Nombreux étaient les gens de la famille à avoir souffert
de la guerre... Mais le domaine était sauf... En ruine et criant
famine mais sauf... Pour combien de temps... Kurt Bremen
avait dû se faire violence pour rentrer à la cité...

Lui et ses hommes étaient repartis... Laissant un domaine
agonisant à l'aîné de la famille... Kaspar Bremen... Un faible
fanfaron plus habile à côtoyer le haut monde qu'à gouverner...

Aujourd'hui, alors que le soleil brillait, Kurt Bremen
marchait... Deux jours qu'il était rentré. Il n'avait point quitté
le castel. Ses hommes avaient redoublé d'efforts pour finir les
épreuves de milicien. Et, lui, exténué, avait dormi plus de
douze heures...

Pas vraiment décrassé de trois jours de voyage... Le visage
encore mal rasé et préoccupé il arpentait le chemin qui menait
à l'auberge de l'Emeraude.

Une fois atteinte il s'allongea sous la tonnelle, prit une bouteille de vin tirée de son sac et but à la régalade...

Il ne tarda point à s'endormir...

Alista avait cru entendre que son doux homme était revenu... Elle voulait en avoir le cœur sûr...

Elle galopa avec son cheval noir jusqu'à l'Auberge... là où ils avaient passé de bons moments.

Elle accrocha la sangle de Eclair à l'anneau. Elle entra dans l'auberge... Toujours en ruine, se dit-elle...

Puis, elle se dirigea vers les chambres, elle poussa la porte entrouverte de la pièce... Personne... Elle se demanda où il était alors elle redescendit et c'est en sortant qu'elle le vit allongé sous la tonnelle... Il était bien là, endormi paisiblement... Elle s'assit en face de lui...

Elle resta silencieuse à regarder ses yeux bouger sous les paupières lourdes.

Kurt Bremen émergea enfin de son profond sommeil. Dans un bâillement digne d'un vieux lion il se releva... Il frotta ses yeux éblouis par le soleil puis gratta son menton si mal rasé. Il devait avoir piètre aspect avec son uniforme encore taché de sang et de la poussière des chemins.

Il s'assit et discerna à travers ses yeux peu habitués à la lumière du jour une personne en face de lui.

« Alista ? », demanda-t-il d'une voix un peu enrouée... Il espérait que cela soit elle et le redoutait... Fatigué et crotté comme il était ce n'était guère une bonne image de lui qu'il donnait.

Il se redressa complètement... Révélant l'étendu des dégâts de son absence. Il avait perdu assez de poids pour paraître maigre, et il n'était pas rasé depuis plusieurs jours. L'uniforme ensanglanté au niveau du torse et des bottes... Et un bras en écharpe... Une lance qui s'était enfoncée dans son épaule... Durant la dernière bataille...

« Alista ? C'est bien vous ? »

Elle posa son regard des plus doux sur son chevalier. Elle s'assit à ses côtés et murmura : « Oui c'est bien moi... Mon bon chevalier... Mon cœur se languissait de vous… »

Elle posa doucement sa main sur la sienne et dit en le regardant de ses yeux vert émeraude : « Cela fait bien longtemps que vous étiez loin. Je m'inquiétais… »

Elle ajouta : « Mais peu importe maintenant que vous êtes là. »

Elle le détailla et vit les blessures. Elle préféra ne pas en parler de suite étant donné l'appréhension qu'elle pouvait lire dans son regard gris. Elle demanda sur le ton de la conversation : « Bien dormi ? Fait bon voyage ? »

Elle le regarda avide de savoir où il était allé.

Kurt commença à lui expliquer : « Je suis parti précipitamment... C'est vrai... Et pour un long et tortueux voyage... J'ai regagné mon monde... Le domaine familial en proie à la guerre et la famine... J'y ai enterré mon père, mort d'une pneumonie... Les hommes rats ont enlevé ma mère... Mes hommes et moi plus les troupes du domaine n'ont pas cessé de combattre... Et ce, jours et nuits...

Le domaine est en ruine... Il n'y a plus de récoltes... Mon frère aîné est un incapable... Ma mère reste couchée toute la journée... Les paysans qui crient famine... Les soldats désertent... Les voleurs sont à nos portes mais la menace skavens est passée... Alors je suis rentré...

Laissant les terres ancestrales mourir... Ma famille est ailleurs maintenant... Rien ne me retient là-bas... »

Kurt sans aucune autre forme de procès se jeta sur elle et l'embrassa à pleine bouche d'un baiser rempli d'émotions.

« J'en rêve depuis des jours... » dit-il pour s'excuser un sourire penaud aux lèvres...

Les lèvres d'Alista tremblant d'émotions, elle murmura doucement : « Moi aussi... »

Elle l'embrassa alors, lui montrant combien il lui avait manqué... Combien cela avait été dur... Combien elle l'aimait... Puis lorsque les lèvres se retirèrent elle dit : « Hum, je comprends... Je ne vous en veux pas... Je suis bien heureuse que vous soyez revenu malgré la peine et la douleur qui vous ont étreint... »

Il lui répondit : « La douleur et la peine sont passagères... Je n'ai jamais été heureux sur mes terres...

Maintenant et ici... Près de vous et des autres gardes je le suis... »

Le regard doux d'Alista resta scotché au sien, puis elle lui demanda : « êtes-vous encore fatigué ?

Kurt la prit dans ses bras... avec douceur... Savourant les doux effluves de son parfum. « Je suis moins fatigué... Un peu las de tant de routes... tant de morts et d'événements... Enfin tout est fini maintenant... »

Elle le couva du regard et ajouta dans un souffle : « Vous n'avez plus besoin d'un royaume... Vous m'avez toute entière pour vous... Et... Puisque je suis encore princesse, vous pourriez être mon roi... Vous l'êtes déjà... de mon cœur... » Elle sourit doucement, rougissante.

Kurt sourit aux paroles de sa reine et d'un grand geste théâtral et humoristiquement, s'agenouilla devant elle.

« Moi, Kurt Bremen, Chevalier de mon état jure obéissance et fidélité au royaume du cœur de Ma dame... Que jamais ne périsse notre amour... »

Puis reprenant un peu de son sérieux, il fit ce qu'il faisait le mieux... s'excuser... : « Excusez-moi... La joie du retour surement... J'ai eu du mal à reprendre pied et à me réveiller... Je dois encore dormir à moitié... Un rêve éveillé... »

Elle sourit et tout aussi théâtralement, elle prit sa fidèle épée qu'elle avait posée à côté d'elle. Elle prit la lame entre ses mains et dit d'un air de cérémonie : « Moi, Alista, Princesse de Khenelrok, fille du grand Khenel III, jure de protéger de toute mon âme et d'aimer de tout mon être ce chevalier au cœur noble... Je le fais Roi de mon cœur et de ma ville... »

Une goutte de sang coula le long de son épée : « Que le sang versé en soit témoin... » Puis tomba sur le sol.

Elle posa la lame sur le sol et regarda le chevalier dans les yeux, presque pleurante : « J'en fais le serment... »

Kurt sans mot dire prit la jeune femme dans ses bras et l'enlaça fortement mais avec tendresse... Noyant ses lèvres dans les siennes et son cœur dans le sien. Il était un peu troublé... Il ne savait pas vraiment quoi dire... Tout allait un peu vite pour lui qui était encore endormi...

« La nuit tombe... Nous pourrions rentrer... »

La seule chose qu'il avait trouvé pour dissimuler son trouble... « Je ne voudrais pas que tu attrapes froid... » Ses paroles étaient trop banales pour ce qui venait d'être dit... Kurt préféra se taire et serra la jeune femme dans son bras.

Elle prit doucement sa main lorsqu'il eut fini de la serrer contre lui, puis, ils allèrent à l'intérieur, dans la chambre du haut... Là, elle l'aida à aller au lit...

Elle le prit contre elle, puis elle lui murmura : « Si cela vous trouble, ne vous inquiétez pas... Demain est un autre jour... Dormez, mon bon chevalier... »

Alors qu'elle disait cela, elle l'entendait s'endormir et sentait Morphée arriver pour les endormir... Un voile de douceur et de tendresse tomba sur le couple alors que la nuit se faisait plus présente...

***

Le lendemain, Alista avait donné rendez-vous à Kurt aux falaises au bord de mer. Elle était arrivée la première sur les lieux. Personne dans les parages, elle s'assit contre un rocher et regarda la mer tout en écoutant les vagues se briser contre les falaises...

Alista craignait que Kurt Bremen ne vienne pas. En effet, ils avaient fait une sorte de cérémonie, et Alista avait fait versé son propre sang comme témoignage de l'engagement qu'elle avait pris… Connaissant Kurt, il pouvait tout à fait se défiler après autant d'émotions.

Elle regardait la mer anxieuse et voyait se refléter ses émotions dans les vagues houleuses... Qu'allait-elle faire maintenant... Attendre encore un moment ou partir ?

Elle choisit la première solution et pensa aux différentes manières de lui demander ce qui l'avait choqué. Son visage trahissait parfaitement ses préoccupations.

Le chevalier avait passé sa journée dans le castel. Dans ses appartements. Avec l'aide de son personnel soignant il avait peu à peu repris une apparence plus présentable. Rasé de près. Propre et surtout soigné... Plus de bras en écharpe et juste quelques cicatrices en plus...

Ses hommes dans la jungle ou dans leurs quartiers, le soir venu, Kurt put honorer les obligations de son cœur. Il marcha d'un pas vif vers les falaises...

Il arriva après quelques instants de marche. Appuyé sur un rocher l'attendait sa reine... Il s'avança doucement... Sans aucun bruit...

Passant derrière elle il s'approcha toujours furtivement...

A quelques centimètres d'elle il se souvint du genre de réactions qu'il pouvait avoir en ce genre de situation... Perdant sa concentration son pied vint faire rouler une petite pierre...

Kurt en équilibre sur une jambe, dans une position sensée être discrète venait de se révéler à Alista… Kurt lui posa sa grande main gantée de fer sur l'épaule.

Elle était plongée dans ses pensées lorsqu'un bruit des plus suspects retentit derrière elle. Elle dégaina son épée et sentit la main gantée de fer... Elle frissonna. Ce pouvait-il que le Messire Charmalin soit encore en vie ?!

Elle allait se retirer puis elle regarda la personne qui la tenait ainsi... Son regard s'adoucit et elle remit doucement son épée dans le fourreau.

Elle sourit doucement et murmura : « Ah... à vous de me faire peur… Mais venez seulement à mes côtés... Il fait froid ce soir et la lune n'est pas pleine… »

En effet, la lune était à son croissant. Elle le regarda entre deux respirations et dit dans un souffle : « Vous souvenez-vous de la nuit dernière ? »

Elle posa doucement sa fragile main sur le gantelet en le regardant.

« Vous souvenez vous de la nuit dernière… », dit-il en un écho...

Il aurait presque souhaité dire non... Pour avoir une excuse convenable à sa pitoyable réaction à un serment fait sur le sang... Mais il ne pouvait lui mentir...

« Oui... Oui... Que dire d'autre... Oui... Oui... Je me souviens de chaque parole... Chaque mots…

Oui... Oui…

Je pourrais prétexter fatigue, blessures, lassitude d'une semaine palpitante et épuisante aussi bien moralement que physiquement... Mais ce ne serait que mensonge...

Vos mots me touchent... Bien plus que je ne saurais le montrer... Bien plus que je ne saurais le mesurer... Bien plus que je ne saurais le dire... J'avais commencé une sorte de cérémonie sous forme humoristique et vous m'avez offert votre coeur. Après ce moment d'émotions, je nous vous ai offert en retour que des mots sans profondeurs... Paroles vides d'intérêts et phrases d'un morne sans nom...

Je ne me suis jamais autant excusé de ma vie depuis que je suis ici... Je me considérais pitoyable de reconnaître ouvertement ses faiblesses... Je le pense toujours... Mais je ne vois d'autre choix que de vous présenter mes plus plates et sincères excuses... J'aimerais dire que ceci ne se reproduira plus mais ma conduite est loin d'être infaillible... »

« Très loin... J'ai été un chevalier modèle... Je suis maintenant un garde noir... La différence me semblait moins importante il y a peu de temps...

Que dire d'autre Ma dame... Que dire de plus que quelques mots... Je suis entré à la Garde par ses mots : je suis un guerrier ainsi ma plume n'est point parfaite... A peu de choses près, je peux en dire autant ce soir... Je suis un guerrier... Je ne suis point habitué à tenir conversation... Mais je peux vous dire qu'il faudrait que je sois vraiment pleutre pour ne pas vous parler ainsi ouvertement... »

Kurt fit une pause... Longue... Il regarda Alista... Profondément... Longuement... Et il prit la parole... Tout son corps se mettant au diapason de ses mots... Ses yeux parlèrent en même terme que sa bouche... Son cœur aussi...

« Je t'aime... »

Le chevalier se tut... Immobile... Il s'était agenouillé... Inconsciemment...

« Trop longtemps je vous ai attendu… », dit-il simplement... Un nuage triste passant dans le ciel gris de ses yeux...

Les yeux humides, elle but à ses paroles... Puis lorsqu'il dit la fatidique phrase et qu'elle ressentit par ses yeux que c'était la vérité, un fin sourire paisible et heureux illuminant son visage...

Il avait su toucher son cœur qui commença à planer de joie. Elle se sentait presque fébrile... Elle regarda ses yeux gris qui semblait un instant triste et elle lui murmura : « Je suis ici, maintenant... Pour vous… »

Elle l'avait dit avec une telle évidence... Pour elle, Elmure n'était plus pour elle. Il fallait qu'elle aille de l'avant. Là, encore, son visage semblait si paisible et heureux.

Ses yeux émeraude restèrent un long moment à scruter ses yeux gris puis comme un écho, elle dit de sa voix chantonnante : « Je t'aime… »

Son visage s'approcha doucement du sien puis les lèvres se scellèrent sur les siennes. Elle le prit doucement dans ses bras puis le serra contre elle alors qu'elle l'embrassait encore...

Kurt se blottit dans ses bras... Savourant cet instant d'éternité... Savourant cette vie qui depuis quelques temps se montrait de plus en plus belle... Malgré les batailles menées récemment... Malgré les morts nombreux quelque soit l'endroit où il allait la vie était belle...

Ses lèvres buvant à la source même d'une fontaine de jouvence… Ses yeux contemplant un sanctuaire dédié à la beauté...

Kurt se rassit normalement... Ses yeux grands ouverts... presque étonnés... Il la regardait... Evoluer dans sa proximité... Savourant le simple fait de la savoir à ses côtés...

« J'aimerais parfois être irréprochable... J'ai peur que mes fautes à répétition vous portent ombrage… » dit-il... Et sans le vouloir brisant l'instant d'éternité par de sombres paroles...

Sa phrase à peine finie que déjà il se maudissait... Elle le couva du regard et lui dit doucement alors qu'elle posa sa tête sur son épaule : « N'ayez crainte, vos fautes à répétition sont des plus touchantes et des plus charmantes...

Que seriez-vous sans toutes ses erreurs... Je vous préfère ainsi… »

Elle prit doucement sa main la caressant, puis elle ne put s'empêcher de bailler. Elle murmura : « Excusez-moi, je crains d'être fatiguée...

Voudriez-vous... rentrer avec moi... dormir à mes côtés ? »

Elle lui sourit alors qu'elle passa distraitement sa main dans ses cheveux pour remettre une mèche rouge rebelle derrière l'oreille.

Elle regarda la lune et dit à voix basse : « J'aime contempler cet astre millénaire... Il est comme notre terre... Si âgée, mais si forte… »

Puis détournant le regard pour voir Kurt : « Je suis heureuse d'être ici avec vo... toi… »

Elle sourit doucement.

« Oui la lune est belle... Je la préfère pleine... Ou absente... De vieilles raison de tactique militaire... Les habitudes ont la vie dure voyez-vous... »

Kurt se releva et aida la jeune femme à se relever...

Il passa sa main dans les cheveux pourpres de la jeune femme et remit une mèche rebelle... Puis ensemble, mains dans la main ils regagnèrent le castel...

Ils traversèrent les couloirs déserts... Eclairés par quelques torches solitaires...

La fatigue aidant ils marchaient lentement...

Le verrou se referma dans un bruit métallique...

« Bonne nuit ma reine... »

***

Quelques jours plus tard, la Garde Noire du Warfo décida de mener une grande quête afin de retrouver un membre du Conseil de la Garde, Corenléo San, qui n'avait plus donné de nouvelles depuis quelques semaines déjà.

Quelques gardes, dont Kurt Bremen, Le forgeron des âmes et Shix se proposèrent de partir à sa recherche. Kurt avait pris avec lui Arakun, son fidèle gladiateur, le forgeron des âmes avait pris son ami Ronnan, un guerrier expérimenté et Shix, un nain, était seul.

Ils montèrent rapidement leurs chevaux et partir vers l'Est de la Cité Eternelle. Au bout de quelques heures, ils croisèrent une caravane qui venait dans leur direction. Ils s'arrêtèrent et demandèrent s'ils avaient eu connaissance de Corenléo San.

Les membres de la caravane expliquèrent qu'ils avaient croisé un homme ressemblant à Corenléo San quelques jours plus tôt. Il était blessé et enfermé dans une cage d'esclaves à quelques kilomètres d'ici.

La compagnie continua sa route et vit assez rapidement un camp de fortune contenant une bonne centaine d'orcs. Au milieu du camp, ils pouvaient distinguer une large cage. Ils attendirent la nuit pour agir.

Lorsqu'il fit noir, ils s'approchèrent discrètement de la cage en contournant les tentes où les orcs dormaient. Ils ouvrirent doucement le cadenas et permirent à Corenléo San de sortir de la cage.

Ils repartirent sans faire de bruits, mais alors qu'ils arrivaient en dehors du camp, un orc s'éveillant vit du coin de l'œil du mouvement et lança l'alerte.

Toute l'équipe de la Garde Noire du Warfo partie le plus vite possible avec les chevaux au galop. Lorsqu'ils furent en sécurité et suffisamment loin pour souffler, ils s'arrêtèrent une heure, le temps que les chevaux se reposent.

Ils repartirent peu après à une allure plus modérée. Arrivés là où ils avaient croisé précédemment la caravane, ils entendirent des cris de toute part. Ils chevauchèrent rapidement en direction de la Cité Éternelle et virent une sorte de château un peu plus au Nord. Ils s'y rendirent pour dormir.

C'était une bâtisse abandonnée depuis bien longtemps mais qui avait l'air assez robuste. Ils organisèrent un tour de garde toutes les deux heures pour ne pas se faire surprendre. Au bout de la deuxième garde, ils entendirent au loin des cris qui se rapprochaient. Shix, qui était le garde de corvées, réveilla tous les gardes pour les avertir du danger imminent.

Kurt Bremen sentant qu'il risquait sa vie, sortit un parchemin de sa besace, réfléchit un peu puis poussant un profond soupir il posa ses premiers mots sur le papier.

« Ma tendre Alista,

Ne m'en veux pas de te laisser ainsi... Il aura fallu que je sois au seuil de la mort pour enfin te tutoyer... Ironie du sort... Ne m'en veux pas disais-je... Tu es une jeune femme, tu as toute la vie devant toi... Le coup du sort a fait que tu m'as rencontré alors que ma vie s'achevait... Tu as illuminé mes jours... Je te demande de m'excuser, j'aurais aimé continuer à tes côtés... Pour toujours…

Si mon ami Arakun te donne cette lettre, cela voudra dire que j'ai péri sous la bannière de la Garde Noire du Warfo. Pardonne-moi mon amour. J'aurais tellement voulu continuer notre histoire… Pardonne-moi... Les mots me manquent... Il reste gravé en moi l'immortelle sensation de puissance de l'amour... Pardonne-moi...

Tu es ma seule réussite malgré toutes mes victoires, hormis le fait d'avoir rejoint la Garde, mon dernier regret et mon premier amour... Pardonne-moi... Et sois heureuse…

Je t'aime,

Ton Kurt… »

Kurt posa sa plume... Des larmes coulaient de ses yeux gris scintillant d'humidité. Il roula le parchemin et le ferma de son sceau. Essuyant ses yeux d'un revers de manche, il prit le parchemin et le donna à Arakun au cas où.

Les gardes se préparèrent à l'assaut des orcs qui commençaient déjà à foncer contre la lourde porte. Au bout d'à peine quelques minutes, la porte vola en milles éclats.

Les gardes noirs du Warfo se battirent avec force, esquivant les attaques répétées des orcs. Quelques éraflures, puis des coupures. La lame tranchante d'une hache atterrit dans le ventre de Kurt le blessant mortellement. Arakun vint à ses côtés et Kurt ne put que murmurer avec une voix rauque : « N'oublie pas Alista… »

Kurt Bremen était mort de cette attaque… Les autres gardes eurent un regain d'énergie en le voyant mourir. De la colère mêlée à de la frénésie. Ils donnèrent l'estocade aux multiples orcs.

Au bout d'une heure, les quelques orcs qui restaient laissèrent tomber et partirent du château abandonné.

Les gardes s'approchèrent de la dépouille de Kurt et l'enveloppèrent d'un drapeau de la Garde. Ils se dirigèrent vers la Cité Éternelle pour annoncer la triste nouvelle à leurs amis et frères d'armes.

***

Quelques heures plus tard, les gardes arrivèrent à la Cité Éternelle. Arakun commença par trouver Alista aux archives. Lorsqu'Alista vit Arakun entrer, elle fut surprise de voir l'homme. Il lui donna le parchemin que Kurt avait écrit et repartit aussitôt.

Alista, assise à son bureau, déroula lentement le papier. Au fur et à mesure du texte, son coeur commença à se briser... Des larmes commencèrent à couler le long de ses joues...

Ainsi le cycle de la vie était encore pareil à la course du soleil... Tout tombait...

Son amour... Lorsqu'elle finit la lettre elle la pressa contre sa poitrine...

Elle s'effondra au sol, la tristesse lui rendant le coeur plus dur que de la roche... Kurt... Ils ne s'étaient jamais tutoyer car au fond ils avaient toujours gardés une certaine distance derrière leur attirance...

Elle l'avait connu si maladroit et si tendre qu'il avait ravi son coeur dès le début... Puis, petit à petit, ils s'étaient rapprochés jusqu'à consommer leur bonheur ensemble...

Désormais, la vie n'aurait plus le même goût... Désormais, son coeur serait sanguinolent... Désormais, un grand n'était plus... Désormais, elle était seule au monde...

Il avait été le seul à remplir son coeur de bonheur et maintenant, un poignard s'y était planté... Laissant s'échapper le bonheur en fines gouttelettes...

Son regard se perdit dans le loin... Sa vie n'était plus... Son amour lui avait été arraché... Elle ne voulait qu'une chose... Le rejoindre... Même s'il disait vouloir la garder en vie et heureuse... Comment être heureuse sans lui... Son soleil...

Elle se dirigea là où ils avaient entreposé la dépouille de Kurt. Les larmes coulaient encore en flot ininterrompu. Elle s'approcha de lui, posa ses mains sur les siennes calleuses.

Elle posa sa tête contre ses mains et pria la grande puissance universelle :

« Mon Dieu, dans votre grande bonté, guidez mon cher et tendre vers le Paradis... Gardez une place à ses côtés... Je souhaite le rejoindre dès que je mourrais... Mais par pitié, pardonnez-lui la peine que je peux sentir... Mes sentiments sont inchangés... Envoyez lui de tendres pensées par l'au-delà... Qu'il soit heureux... Amen. »

Elle releva la tête vers lui, il était toujours aussi beau. Elle toucha sa lèvre inférieure de son pouce. Elle déposa un chaste baiser sur son front. Elle souffla : « Je t'aimerais toujours… Merci d'avoir existé... ».

Elle partit se coucher tôt. Lorsqu'elle entra dans ses appartements qui embaumaient encore de son odeur, ses larmes coulèrent encore... Elle s'endormit... sa main se crispa à sa droite, là où était toujours allongé Kurt.

Il n'était plus.

***

Les mois qui suivirent ce drame furent les plus durs qu'endura Alista. Chaque jour se lever et voir l'absence de Kurt Bremen… Un trou béant s'était formé dans les coeur de la belle dame aux cheveux de feu.

Pour rajouter à sa peine, son équipe de gladiateurs évolua énormément. Millekka, Thélama, Silvelin, Junpour décidèrent de repartir des arènes éternelles. Ils avaient envie de vivre dans la paix… de fonder une famille. Il ne lui restait plus que cinq compagnons d'infortunes.

Un jour, elle se rendit aux falaises du bord de mer. Elle voulait juste rester tranquille, libérer son esprit de toute sa peine accumulée.

Elle s'assit sur un rocher et resta silencieuse à regarder la houle. Elle entendait les mouettes crier dans le ciel. Soudain, elle entendit le bruit de pas de chevaux qui approchaient. Elle regarda au loin vers la route et vit un unique cheval portant un chevalier qu'elle pouvait reconnaître entre mille. Il était grand, il avait le profil d'un aigle… Nnay Elroc. Cela faisait des mois qu'elle ne l'avait pas vu ni entendu parler.

Il s'approcha d'elle de sa démarche assurée, et parla de sa voix grave : « Alista, je suis contente de vous voir ici. J'ai appris la terrible nouvelle vous concernant et malgré que Maître Arlekyn soit souffrant, je me suis dit qu'il fallait que je vienne vous voir. »

Elle était touchée par ses mots : « Oh merci beaucoup ! Oui, je suis encore dans la douleur… ça va, ça vient… Je ne réalise toujours pas vraiment. »

Nnay Elroc reprit : « Je venais également pour vous annoncer que j'allais bientôt partir des arènes éternelles ».

« Quoi ? Vous aussi ?! Mais qui va-t-il rester ? Si tout le monde part… »

« Il est vrai, que le monde change… Vous ne sentez pas ? Avant de partir, j'aimerais vous céder deux de mes fidèles gladiateurs… Ce sont des légendes qui combattent depuis bien longtemps, presque depuis le début de cette Cité Éternelle.

« Ohhh… », elle ne savait que dire tant elle était émue. Elle ne comprenait pas pourquoi Nnay Elroc allait partir mais surtout elle était triste de ne certainement jamais le revoir dans la Cité Éternelle.

Il reprit : « Je vous propose de vous donner rendez-vous demain matin à la première heure ici même et j'aménerais mes gladiateurs afin que vous les connaissiez un petit peu avant qu'ils vous servent. »

« C'est parfait, à demain ! », dit-elle.

Alista et Nnay Elroc repartirent dans leurs quartiers pour la nuit et se retrouvèrent au lever du jour.

Alista était seule et Nnay Elroc avait deux gladiateurs avec lui. Le premier était un elfe de belle allure, cheveux longs, yeux bleus. Il portait le doux nom de Isatis Flechedazur. Le second était un nain trappu comme tous ceux de son espèce, aux cheveux presques oranges et à la barbe hirsute. Il s'appelait Baldin Mythrilkask.

Nnay Elroc s'était habillé de tout évidence pour un long voyage. Il portait une longue cape argentée, son cheval portait des provisions et des couvertures.

Il s'approcha d'Alista et lui dit : « Ce fut un honneur de vous rencontrer Dame Alista. Je suis triste de devoir vous faire mes adieux. Maître Arlekyn m'a donné l'autorisation de rentrer parmi les miens dans les Nord-Ouest de la Cité Éternelle. Cela fait des années que je suis dans cette ville et mon pays me manque.

-   Oh, que je vous comprends… Moi aussi par moment ma ville me manque, ma famille, tous…

-   Oui, et vous n'êtes pas sans savoir que même si Maître Arlekyn s'est très bien occupé de moi, je désire plus que tout revenir dans ma patrie. Je vous souhaite de panser vos blessures dans ce nouveau monde sans Kurt. Que vous puissiez vivre encore longtemps et dans l'amour et la paix.

- Oh, vous aussi, Nnay Elroc. Merci de m'avoir sauvé si souvent et d'avoir été cette première épaule sur laquelle je pus m'appuyer... »

Nnay s'inclina respectueusement et lui fit un baise-main.

Il donna une accolade à ses deux amis, Isatis et Baldin et les confia à Alista en la faisant promettre de ne jamais les abandonner. Puis, le chevalier servant partit dans son pays, loin de ce monde enchanté.

Après avoir fait connaissance avec Baldin et Isatis, elle les mena dans ses quartiers pour rejoindre les cinq autres gladiateurs qui furent heureux d'avoir de nouveaux compagnons. Certes, cela ne remplaçait pas le vide qu'avait créé ceux qui étaient là avant, mais au moins, la nouveauté était là.

Ce monde-là était en plein bouleversement. Quelques jours plus tard, ce fut au tour de Schyzo Browkà d'annoncer son départ de la Cité Éternelle. On aurait dit que tous ceux qui le pouvaient partaient le plus vite. Alista ne comprenait pas du tout ce qui se tramait derrière tout cela...

Il voulait offrir son louveteau, un gladiateur en forme de loup à un membre de la Garde Noire du Warfo. Mais toutes les équipes étaient pleines... Toutes ? Non, Alista avait encore de la place... Alors naturellement, Schyzo lui confia Casshern, le louveteau.

Bien sûr, toutes ces nouveautés faisaient du bien au coeur d'Alista. Mais cela ne réglait pas les problèmes et la peine qu'elle avait...

***

Durant des mois et des mois, Alista fut dans la peine. Elle ne sortait guère de ses quartiers, elle ne voulait pas voir la réalité en face… L'absence de Kurt dans son monde… Puis le monde dans lequel elle était changea doucement. La Vézéro[3] disparut et fut remplacée par un nouveau monde, la Véhun, La Cité Éternelle, elle-même dut être reconstruite au fur et à mesure.

Dans ce nouveau monde, le Castel fut lui aussi reconstruit ainsi que la Tour de Garde qui permettait aux maîtres d'arme de postuler pour venir dans la Garde Noire du Warfo.

Dame Alista entra dans les nouveaux locaux de la Garde Noire du Warfo. Elle avait commandé un grand Château mais surtout une Grande Tour de Garde qui imposerait le respect rien que pas sa hauteur et sa majesté.

Elle ne savait pas vraiment où elle était mais peu importe. Il fallait tout reconstruire.

Les nouveaux gardes se postèrent à l'entrée pour observer que tous les membres qui entrent déposent leurs armes à l'entrée. Puis, elle gravit les marches hautes pour enfin arriver devant la porte de la partie taverne.

Elle ouvrit la porte grinçante.

« Ça me rappelle quelque chose », se dit-elle. « Plus vrai que nature ». Puis elle s'approcha du nouveau comptoir et sortit de nouvelles bouteilles d'Hydromel payée avec les maigres

---

[3] Au moment de l'écriture de cette histoire, le jeu sur lequel nous jouions a été comme remis à neuf. D'une version V0, nous étions passé à une version V1. Des joueurs sont restés et d'autres sont partis.

soldes des miliciens. Quelques instants plus tard, des clients étaient déjà entrés. Elle leur servit leur boisson.

Plus tard, sa collègue et amie, Theodora arriva et lui demanda un martini blanc qu'elle lui servit également rapidement. Elle regarda les personnes commencer à se restaurer et resta en retrait par rapport à eux.

Des anciens gardes entrèrent également à sa suite, puis un homme élancé qui commença à discuter avec Theodora. Il devait s'agir d'un futur milicien.

Theodora quitta la table pour parler à une naine. A ce moment-là le futur milicien se leva contourna les nombreuses tables et se trouva à un bon mètre d'Alista.

Le jeune adulte trouva Alista d'une beauté invraisemblable. Alista le vit s'approcher d'elle et l'écouta :

« Bien le bonsoir mademoiselle, mon nom est Kora, je suis médecin. Je parlais avec votre amie et alliée Théodora et elle m'a dit de m'adresser à vous.

Voilà je vous explique la situation. J'aimerais rejoindre votre troupe afin de vous transmettre mon savoir. Et en parlant avec elle, j'ai appris que vous étiez la gardienne de votre Grande Bibliothèque et c'est là la raison de ma demande.

Pourriez-vous m'y accompagner pour que je puisse faire des recherches sur une potion qui pourrait avantager votre armée. Et pourquoi pas ma future armée également. Si vous me recrutez. Ce que j'espère. »

La douce dame de cour laissa un long silence s'installer puis de sa voix très douce et légèrement chantante, elle dit : « En effet, je suis l'Archiviste de la Garde… »

Elle regarda la salle un instant comme absorbée par ses pensées et ses joues légèrement rouges, elle ajouta : « Bien sûr, vous pourrez m'accompagner comme l'a fait jadis Dame Theodora et comme d'autres personnes... Peut-être même que je vous prendrais comme second pour ranger les nombreux livres utilisés à chaque fois par des Gardes ou des Miliciens peu précautionneux... »

Un léger sourire aux lèvres, elle se leva : « Un instant s'il vous plaît, je reviens. » Elle se dirigea vers le comptoir. Elle sortit des fûts de bières qu'elle posa au bord de la table avec des verres à bières puis des bouteilles d'hydromel sur les tables avec des verres de vin.

Elle prit deux verres qu'elle remplit d'hydromel le plus fin puis se rassit auprès de Kora. Elle lui donna un verre et trinqua. Le liquide qu'elle savoura lentement réchauffa ses cordes vocales si peu utilisées en cette fin de soirée.

Elle laissa un instant de repos à l'homme puis elle lui demanda ce qu'il allait apporter à la Garde.

Kora prit le verre tendu par la jeune femme rousse et sentit son doux parfum. Il avait le nez sensible depuis sa plus tendre enfance. Avoir passé des journées complètes dans le laboratoire de ses parents lui avait fait travailler ce sens. Il en prit une gorgée puis posa son verre. Il trouvait cet hydromel d'un raffinement rare. Ce qui se lut dans son regard. Ses yeux fixèrent ceux de la jeune femme et il lui dire, d'une voix douce et mélodieuse : « Hé bien mes recherches ont un but bien précis. Il y a sûrement dans votre bibliothèque de nombreux ouvrages traitant des plantes, et d'autres sur les potions ; et je voudrai trouver une potion neutralisante pour aider l'armée des Warfos dans la perspective d'une guerre future. Car avec ce genre d'artifice on pourrait prendre un avantage non négligeable sur nos adversaires.

Mais je dois aussi rechercher le moyen de pouvoir conserver au mieux mes potions. Pour que les guerriers puissent se soigner lors des longues guerres. »

Le jeune médecin se stoppa. Il perdait sa concentration. Cette femme le troublait. Etais-ce sa beauté ? Il ne le savait guère. Mais il voulait lui plaire. Alors il reprit une bouffée d'air frais pour se redonner de la confiance. L'archiviste le perturbait. Il rebut une gorgée d'hydromel et une part de courage revint en lui.

« Quand aurons-nous la possibilité de nous y rendre tous les deux ? J'aimerai beaucoup vous aider dans votre tâche d'archiviste. Même si je n'ai jamais fait ce métier auparavant. Mais ne vous inquiétez guère j'apprends très vite et très bien. Mais je ne vous ai pas demandé, quel est votre nom ? Et d'où venez-vous? Je n'ai jamais vu d'aussi belle femme dans la région. Êtes-vous une envoyée de Dieu ? »

À peine, Kora eut-il fini sa phrase, il se rendit compte du ridicule de la situation. Il se traita intérieurement de noms d'oiseaux puis, il se tut, laissant la parole à son hôte. Ne voulant pas dire de sottises supplémentaires.

La jeune femme plongea son regard émeraude dans celui du médecin. Un léger sourire au coin des lèvres et elle dit lentement : « Je m'appelle Alista, mais on a plus l'habitude de m'appeler Dame Alista au vu de mon lointain passé... dans un château avec des courtisans... »

Son regard se fixa un instant sur sa boisson d'un goût exquis, puis elle continua lentement les joues légèrement rosées : « Merci du compliment... Je viens en réalité du Nord de notre bonne neuve ville... D'une ville au doux nom de Khenelrok... »

Elle resta un instant, silencieuse, décelant une certaine gêne dans les attitudes de Kora. Elle reprit après réflexion : « Ma foi, quand vous serez admis, nous pourrons aller à la Bibliothèque et vous pourrez commencer votre recherche. »

Elle pencha légèrement la tête en avant en fermant légèrement les yeux et murmura : « Ce sera un honneur. »

Kora était submergé par ses pensées. Les paroles de dame Alista l'avait touché. Elle avait dit qu'elle serait honorée de travailler avec lui. C'était réciproque et il serait heureux de pouvoir côtoyer l'une des plus belles créatures qui puisse exister en ce monde. Il lui demanda :

« Quand pensez-vous que je rejoindrai la Garde ? Car il me tarde de travailler à vos côtés. Je me permets une petite indiscrétion avez-vous un compagnon dans la vie ? Où êtes-vous de ces femmes qui sont anti-amour, qui veulent vivre sans être emprisonnées par leurs sentiments ? »

Le jeune homme rougit, il était confus. Sa déclaration d'intérêt envers Alista était des plus ridicules. Mais il était jeune et n'avais jamais eu de femme dans sa vie. Mais là c'était différent cette femme était resplendissante et allait sûrement travailler avec lui, ce qui pourrait les rapprocher...

Alista était sur le point de répondre lorsqu'une jeune elfe entra rapidement dans la Tour. Elle vint à elle et lui murmura quelque chose. Puis l'elfette repartit tout aussi rapidement.

Un sourire s'inscrivit lentement sur les lèvres de la jeune femme, puis son regard émeraude se dirigea vers celui de Kora et dit lentement : « J'ai une bonne nouvelle... Vous êtes admis maintenant, même ! »

240

Un large sourire se marqua sur les lèvres de Kora. Son rêve était exaucé malgré sa jeunesse et son inexpérience. Elle hocha légèrement la tête, puis elle s'excusa et alla murmurer à Theodora qu'elle allait avoir du travail avec les nouveaux miliciens... Puis, elle revint auprès de Kora.

Elle se tut un long moment, cherchant à expliquer ses histoires amoureuses. Elle lui dit doucement : « J'ai été amoureuse plus d'une fois mais j'ai été souvent déçue... On m'a souvent laissé seule... La dernière fois, c'était un brave homme en pleine force de l'âge qui s'est fait tuer dans une embuscade… Il était tout pour moi. »

Une onde de tristesse passa dans son regard. Elle observa un moment le jeune homme et demanda doucement : « Seriez-vous intéressé par moi ? » Un léger sourire au coin des lèvres montrait qu'elle essayait de détendre l'atmosphère.

Le regard d'émeraude d'Alista le rendait fou. Il tombait littéralement sous son charme. Il lui répondit d'une voix suave : « Je ne peux pas dire que vous me déplaisiez. Et il est vrai qu'être accompagné d'une aussi belle femme que vous serez un honneur pour moi. Mais cela ne dépend pas de moi, mais plutôt de vous....

Et puis maintenant que je suis un Gardien de Warfo, nous sommes amenés à nous fréquenter un peu plus.... Surtout que je serais avec vous aux archives....

Alors pensez-vous qu'entre nous pourrait débuter une belle idylle ? »

Dame Alista était toujours face à Kora et ne savait plus quoi dire. Oui, elle était seule à nouveau, oui ce jeune homme était charmant et semblait essayer de la séduire, mais d'un autre côté elle avait tant souffert avec les hommes qu'elle ne savait plus quoi faire.

Lorsque soudain la porte s'ouvrit et elle reconnut de suite le Viking qui les avait laissé un long moment. Elle se leva rapidement de son siège, fébrile... Harald...

Elle le regarda un large sourire s'inscrivant sur ses lèvres fines. Elle le regarda avec insistance et dit doucement : « Contente de te voir de retour... »

Elle hocha la tête en signe de bienvenue, puis alors qu'elle commençait à reprendre sa tête, elle remarqua qu'une autre personne était entrée... Antje... Elle, aussi, était partie... Mais comme on disait : "On revient toujours vers sa famille".

Alors elle s'approcha d'elle et lui dit : "Peut-être tiendrons-nous le coup, ensemble, comme promis..." Un fin sourire et un clin d'œil indiquèrent à la jeune femme que c'était entendu... Puis après avoir fait le tour des commandes et avoir servi tout le monde, elle revint vers Kora.

Qu'allait-elle lui dire ?! Elle repensa à sa phrase assez directe "Alors pensez vous qu'entre nous pourrait débuter une belle idylle ?" et elle la retourna un certain nombre de fois dans sa tête.

Puis doucement son regard perçant revint dans la prunelle du guérisseur et elle lui dit lentement : « Nous verrons bien... Rien n'est certain en ce bas monde... Contentons-nous de vivre notre vie paisiblement... Mieux vaut ne rien prévoir... »

Elle sourit et leva son verre d'hydromel avant d'en boire une longue gorgée.

Kora n'était pas surpris de la réponse de la belle jeune femme à la crinière de feu. Il lui avait annoncé trop rapidement. Elle n'était pas préparée à cela. Il fallait lui laisser du temps.

« Je comprends votre réaction, et je ne veux pas vous brusquer. Nous nous connaissons à peine. Mais sachez que je ne suis pas de ceux qui brisent le cœur des femmes. Je ne veux pas faire de mal à l'une de mes amies et alliées. J'ai hâte de commencer à travailler avec vous. Mais quand débutons-nous ? Quels sont nos horaires ? »

Un peu triste quand même du refus de la jeune femme, il but une grosse gorgée d'hydromel. Et se lamenta sur son sort. Cela ne dura que peu de temps il n'aimait pas cela. Et puis son refus n'était pas catégorique. Il avait encore une chance. Son sourire revint sur son visage d'ange.

L'archiviste garda son regard dans son verre d'hydromel jusqu'à ce qu'elle entende à nouveau la voix de Kora. Elle releva la tête et l'écouta attentivement. Ensuite, elle perçut une vague tristesse dans son regard.

Elle fronça légèrement les sourcils, puis elle lui dit doucement : « Ma foi, dès qu'il y aura du travail... Mais sachez que vous ne serez pas sous mes ordres, tout du moins tant que vous ne serez pas Garde à part entière... En effet, vous êtes Milicien pour le moment, ce qui veut dire que vous vous devez de suivre les instructions de Dame Theodora... »

Elle laissa un léger silence s'installer puis elle reprit d'une voix plus douce : « Sachez néanmoins que vous pourrez certainement rester avec moi depuis le matin jusqu'au soir... Je passe en effet mes journées dans les livres et la paperasserie... Et peut-être même que nous aurons des moments de libre pour nous promener avec un livre à la main sous le soleil resplendissant ou encore discuter de longues heures jusqu'à ce que nous nous endormions sur nos fauteuils confortables. »

Elle sourit délicieusement et d'une manière assez taquine également. Kora rougit en pensant qu'il pourrait passer autant de temps avec Alista.

Dès lors le silence s'installa. Kora s'excusa et partit de la tour de garde. Lorsque la nuit pointa, ce fut au tour d'Alista de s'éclipser.

***

La salle de cérémonie était située dans l'aile est du Castel.

Une plaque de mythril à l'entrée gravée par le Forgeron des âmes lui-même enseignait ces mots aux nouveaux arrivants:

> Le Conseil de la Garde est l'enclume,
> Le Corps de Garde le marteau

Ces mots résonnaient dans tout le castel et emplissaient chaque garde de la fierté d'appartenir à cette belle alliance.

Nombreux sont les regards qui frôlèrent ce leitmotiv sans en comprendre toute la portée, le marteau les sanctionna à chaque fois sévèrement.

D'autres, plus enclin à la réflexion, rejoignirent la célèbre Garde Noire du Warfo.

Mais tous prirent place dans l'antichambre de la salle de cérémonie. Deux devises supplémentaires accrochaient l'esprit de ceux qui venaient passer les épreuves et espéraient faire honneur à la Garde.

Les Gardes sont des boulets,
la Garde est le respect

Tu distingueras les
gladiateurs des maîtres d'armes

Un garde était devant la large porte de la salle. Il attendit que les différents membres de la Garde Noire du Warfo aient pu lire les inscriptions puis appela Alista l'invitant à pénétrer dans ce lieu de grandes cérémonies.

Un membre du Conseil, le forgeron des âmes du haut de son estrade lui indiqua un siège de velours. Alista le salua et resta respectueusement debout.

Le forgeron des âmes commença d'une voix solennelle le serment de Garde :

« Bonjour à toi Garde et Conseillère Dame Alista, si tu es venue jusqu'ici c'est que tu te sens prête à intégrer pleinement la Garde. Pour cela je te demande pour quelle raison es-tu devenue Garde ? »

La Dame aux cheveux de feu s'approcha du Forgeron. Elle baissa les yeux en signe de soumission puis releva la tête. Lorsqu'il eut fini de poser sa question, elle lui répondit de sa voix douce et sérieuse :

« Je le suis devenue parce que c'était ma seule raison de vivre dans les Arènes Éternelles... J'ai longtemps cherché à trouver la famille que j'avais perdu jadis et en l'intégrant, je m'y suis bien sentie et j'ai voulu y rester pour toujours »

Puis elle le regarda dans les yeux attendant la suite.

« La garde est une grande famille et sera donc tienne désormais, promets-tu de protéger ton nouveau foyer sans faille ? »

Elle répondit du tac au tac :

« Oui, jusqu'à ce que la mort m'emporte dans les tréfonds du royaume des morts et même en mourant mon esprit reviendra...

Je le jure »

Il lui répondit dans souffle qu'elle seule pouvait entendre : « J'espère que ton esprit trouvera la paix, ta vie de mortelle sera je l'espère bien assez riche. »

Un léger sourire et un hochement de tête montrèrent qu'elle avait entendu ce qu'il avait murmuré.

Puis il reprit d'une voix forte :

« La Garde est une grande famille mais elle est aussi une armée de mercenaires et pour cela tu dois toujours faire passer les intérêts de la Garde avant tes intérêts personnels. Jures-tu de ne jamais trahir la Garde à tes propres fins ? »

Elle toussota légèrement avant de reprendre :

« Oui, je le jure.

Rien ne passera avant ma famille, la Garde Noire du Warfo. »

C'est avec un grand sourire que le forgeron conclut le serment de Garde par : « Te voilà donc Garde Noire du Warfo, bienvenue chez toi, Alista. »

Elle hocha la tête, souriante, puis alors qu'elle allait dire quelque chose, il toussa légèrement et ajouta :

« Comme tu es conseillère je te pose une question supplémentaire afin que tous connaissent bien le fond de ton âme de Warfo : Pourquoi as-tu pris la responsabilité de Conseillère ? »

Elle prit d'une voix douce : « Je suis devenue Conseillère pour être la main qui guide mes amis et frères. Mais aussi pour servir les intérêts de la Garde. »

Le forgeron dit alors : « Je peux maintenant graver ton nom dans le marbre car tu as passé le serment de la Garde et que tu as juré de toute ton âme.

Rappelle-toi de ce serment lors des moments les plus difficiles, il te montrera le chemin à suivre. »

Le forgeron prit son marteau et écrivit un nom supplémentaire dans l'histoire de la Garde.

« Merci, humble Forgeron... », dit-elle en baissant la tête... Puis elle monta l'estrade jusqu'où se tenait le forgeron et elle dit : « Bon... Ce sera à toi de jurer également tout à l'heure... Mais d'abord... »

« Corenléo San ! », appela-t-elle. La porte de la salle de cérémonie s'ouvrit et Corenléo San, habillé d'une tenue de samouraï entra. Elle le regarda s'approcher d'elle et dit gravement :

« Bonjour à toi, Garde et Conseiller, Corenléo San. Tu es ici aujourd'hui pour jurer fidélité à la Garde. Pour cela, je te demanderais, mon frère, la raison de ton arrivée à la Garde. »

Corenléo San s'approcha de l'estrade comme Alista précédemment et dit à son tour : « J'ai connu bien des temps ici avant de franchir le seuil. J'ai appris, contemplé et admiré. Quand la Garde et ses enfants devinrent pour moi une vérité dans la recherche de mon idéal, je demandais en ces temps anciens à ce qu'ils m'acceptent en leur sein.

Ainsi fut fait, ainsi sera. La raison me garde que la Garde soit ma raison. »

Elle hocha la tête puis elle reprit :

« La garde est une grande famille et sera donc tienne désormais, promets-tu de protéger ton nouveau foyer sans relâche et sans faille ? »

Son regard vert posé sur le fauconnier trahissait déjà une confiance absolue.

« Je le jure.

Garde ma patrie, Garde ma famille.

Je m'offrirai à la Mort pour que flamboie à jamais ton nom au panthéon.

Nul ne te touchera qui ne subira ma colère. Nul ne t'offensera qui n'enfantera contre lui mon éternel courroux.
Je le jure. »

Elle murmura comme le forgeron lui avait fait précédemment : « Qu'il n'y ait alors jamais de courroux car celui qui subira ta colère risquerait de perdre beaucoup plus que des dents. »

Puis elle reprit : « La Garde est une grande famille mais elle est aussi une armée de mercenaires et pour cela tu dois toujours faire passer les intérêts de la Garde avant tes intérêts personnels. Jures-tu de ne jamais trahir la Garde à tes propres fins ? »

Corenléo San répondit : « J'effacerai ce mot de mon âme afin qu'il soit à jamais banni dans les limbes de l'oubli.

Mes fins ne seront que pour la Garde et ma fin sera ma dernière offrande. »

« Ainsi te voilà officiellement Garde. Bienvenue dans TA maison. »

Elle reprit parole : « Mais avant de te laisser partir et d'aller festoyer, il te faut encore répondre à une question réservée aux Conseillers... Ainsi les Gardes verront également le fond de ton âme de Warfo :

Pourquoi as-tu pris la responsabilité de Conseiller de la Garde Noire du Warfo ? »

« Je fus guidé et pris le flambeau lorsqu'on me le tendit.

Où que j'aille, je suis le porteur de la lumière de la Garde Noire du Warfo.

Si elle vacille, je serai son dernier rempart.

Si elle brille comme un phare pour rassembler ses enfants au combat, je la brandirai au firmament pour que tous perçoivent son appel.

Et si l'un de ses enfants tombe le corps meurtri, je serai son messager réconfortant qui murmurera à l'oreille du brave:

"Non mon Ami, non mon Frère, tu n'as point failli. Tu fus elle au bout de cet exploit, elle fut en toi pour soutenir ton bras".

Et viendra le jour où, trop vieux, je sourirai au passé tendant la lumière à qui me succèdera:

"Suis la voie tracée mon Frère et n'oublie aucun des noms qui construisirent les remparts de la Garde. Ils vivent en elle pour l'éternité". »

Alista baissa la tête en signe d'assentiment et dit : « Ainsi, Conseiller Corenléo San, tu as juré de toute ton âme et j'inscris ton nom sur le marbre du serment.

Forgeron des âmes, vous pouvez graver son nom dans la pierre.

Lorsque tu douteras de ce que tu dois faire, penses au serment que tu as fait et aux conséquences de son non-respect. »

Elle le regarda et lui sourit. Ils étaient deux... bientôt au tour des autres conseillers...

Puis Dame Alista se tourna vers le Forgeron des âmes. Elle lui dit de s'avancer et commença :

« Bonsoir, Garde et Conseiller Forgeron des âmes. Merci d'être venu aussi vite pour ce serment sur l'honneur.

Pour commencer, pourquoi veux-tu t'intégrer entièrement à la Garde ? »

Le forgeron prit une posture très militaire inspira à fond puis répondit calmement :

« Je sais par mon expérience passée que le monde n'est ni tout blanc ni tout noir. Les plus vils ne se battent pas avec des mots purs mais avec des armes qui vous souillent votre âme.

La Garde me semble le seul rempart face au désespoir et ne se voile pas la face quand on lui montre crûment ses actes.

Ce sont aussi des frères d'armes qui comprennent ce que je ressens en ces moments difficiles. »

Le forgeron avait du mal à garder son calme mais une fois les mots sortis de sa bouche et le retour au présent avec la présence de Dame Alista, l'harmonie se déploya en lui.

L'Archiviste hocha la tête avec un léger sourire. Elle semblait apprécier les paroles du forgeron.

Elle continua : « Comme toute grande famille qui se respecte, elle a besoin de protection. Promets-tu de protéger ton nouveau foyer sans relâche et sans faille ? »

Son regard resta posé sur le forgeron en attendant.

« OUI JE LE JURE », s'étant emporté sans le vouloir c'est avec les joues teintées de pourpre qu'il ajouta

« Je protègerai la Garde et mes frères sans relâche et sans faille. »

Connaissant bien le forgeron des âmes et de sa passion, elle essaya de se contenir pour éviter de rire et continua plus sérieusement : « La Garde est une grande famille mais elle est aussi une armée de mercenaires et pour cela tu dois toujours faire passer les intérêts de la Garde avant tes intérêts personnels. Jures-tu de ne jamais trahir la Garde à tes propres fins ? »

Son regard vert brisant la barrière qu'ils avaient entre eux. Posément, serein, il jurait de faire comme toujours avec la Garde : « Je jure de ne jamais trahir la Garde et de toujours faire passer mes intérêts après ceux de la Garde ».

Un large sourire aux lèvres la jeune femme dit joyeusement au Forgeron : « Comme tu t'en doutais, je te déclare également Garde à part entière. Bienvenue chez toi !

Mais avant de te laisser partir, Une dernière question qui t'es réservé. En effet, en tant que Conseiller, il faut montrer ton honneur plus que d'autres et veillés sur les autres Gardes.

Pourquoi veux-tu être responsable de ce poste de Conseiller de la Garde ? »

Le forgeron répondit : « Pendant que je n'étais plus à ce poste, je me sentais toujours responsable des évènements de la Garde. Je me disais toujours, j'aurai du être là pour montrer le chemin et éviter les pièges que je connaissais.

Etre conseiller c'est aussi protéger ses frères. Je fais des armes et armures pour les protéger et je les guide pour qu'ils n'aient pas trop souvent à les utiliser.

Je veux simplement être aux premières lignes et vivre pleinement l'aventure de la Garde. »

Alista reprit : « Bien...

Mon Cher Forgeron. Je te déclare Conseiller à part entière et responsable tout comme moi du bon fonctionnement de la garde.

Merci d'être venu aussi vite »

Elle le regarda et un franc sourire s'empara d'elle. Elle lui demanda discrètement : « Pourrais-tu t'occuper des deux autres conseillers. »

Il lui répondit simplement : « Oui », et rajouta avec un malin plaisir : « Cependant tu devras graver mon nom car je ne peux le faire pour moi... »

Le forgeron devait faire passer le serment à l'Orc Gudruk, c'est avec une certaine nervosité qu'il attendit l'entrée de celui-ci. Il avait discuté longuement avec lui pour être sûr qu'il avait bien comprit la devise de la Garde et ces deux adjonctions.

Gudruk entra dans la salle, premièrement étonné de ne pas exploser le montant de la porte par inadvertance ...

Les bras ballants, l'armure couleur d'ébène lustrée, une longue cape sur le dos... Le forgeron suait légèrement mais bon au moins jusque-là tout allait bien. On entrait dans le vif du sujet :

« Pour quelle raison es-tu devenu Garde ? »

« Euuh..., » Gudruk tentait de rassembler ses vagues souvenirs,

« ..., » Intense effort intellectuel

« Euh ça sentait bon …

Sinon bah y'avait un koupain qui connaissait les chefs, j'y suis entré pis j'y suis resté … vala … »

Les conseillers se regardèrent avec un regard en coin et tous comprirent que ce n'était pas la peine d'en rajouter… Gudruk étant un orc, ils savaient que sa réponse était venue après un colossal effort.

Ils ajoutèrent son nom sur la pierre puis congédièrent tous les gardes pour fêter leurs nouveaux grades.

***

Quelques jours plus tard, Kora, le jeune médecin rejoignit Alista qui travaillait ardemment dans les archives. Il avait passé du temps à cueillir de nouvelles plantes. Il lui fallait refaire les stocks de potions et autres pommades pour les troupes. Dans sa recherche, il lui avait trouvé une plante d'une beauté inimaginable et aux propriétés hors du commun.

Alista leva la tête des livres lorsque Kora passa le pas de la porte. Son visage s'éclaircit d'un coup : « Oh, Kora ! Je suis contente de te voir ! »

Il lui répondit :

- Salut belle Alista tu vas bien ?
- Bien, merci ! Et toi ?
- Bien aussi… Je t'ai apporté un petit présent… Tiens voilà pour toi. », dit-il en lui tendant une fleur mauve. « Prends cette fleur, elle n'a d'égale que ta beauté. Et tu verras, elle a des propriétés spéciales. Toute personne qui l'utilise dans une infusion pourront voir les desseins de celui qui est en face de lui. »

254

Alista rougit immédiatement au compliment.

Depuis que Kora avait rencontré Alista dans la Tour, il avait succombé au charme d'Alista. Tel un éclair dans un orage, sa vie était devenue une évidence. Il devait conquérir l'archiviste. Cela avait l'air d'être chose difficile mais elle valait tous les sacrifices du monde.

Alista lui répondit : « Merci beaucoup, c'est très agréable de voir des personnes m'apprécier à ce point. Expliquez-moi toutes les propriétés de cette magnifique fleur qui a, je tiens à le dire, une merveilleuse odeur, également… »

Kora commença à lui expliquer les qualités, mais cela ne dura guère plus de deux minutes. En effet cette fleur était très peu connue et peu utilisé en médecine occidentale. Et la maîtrise des langues orientales n'était pas la qualité première du médecin. Il coupa court à cette explication et regarda de ses yeux de braises l'archiviste. Il cherchait à lui prouver son attirance pour elle, et voulait que ce soit réciproque. Et pour cela il essayait de la faire rougir. Et il décida de l'inviter. « Dame Alista souhaiteriez-vous faire une promenade à mes côtés dans mon coin de paradis ? J'aimerais vous y montrer quelques petites choses particulières. Mais je ne souhaite pas les exposer à tous. Vous êtes la première personne que j'invite à y aller. »

Kora pensait fortement au lac des fées situé à quelques lieux de la Tour. Ce petit lac était situé au fin fond d'une grotte où la lumière était peu présente, mais où les éclats de luminescence des fées faisaient de ce coin un lieu idéale pour une soirée romantique.

Il attendait la réponse de son adorée espérant qu'elle soit positive.

Elle lui sourit puis elle regarda Kora et dit doucement une légère rougeur sur les pommettes : « Pourquoi pas... Allons dans un autre endroit... où vous le souhaitez... »

Kora était heureux, cela se voyait sur son visage. Il y avait dans son regard les flammes de la passion. Tout ce qu'il touchait sentait l'amour. Il susurra :

« On y va ? vous êtes prête ? Si vous le désirez, vous pouvez aller en vos appartements prendre une autre tenue. L'endroit où l'on va à un passage où les températures sont un peu fraîches. Une fois au lac la température sera plus agréable. Si vous aimez la baignade n'hésitez pas à prendre votre serviette car l'eau est située à proximité d'une source chaude. »

Alista regarda Kora et avec un doux sourire elle lui dit qu'elle était prête... Elle lui donna rendez-vous quelques heures plus tard en bas de la Tour de Garde... Elle devait en effet se changer et vérifier si tout allait bien pour ses gladiateurs.

Arrivée dans les arènes, elle put observer qu'ils combattaient avec vaillance et qu'ils étaient sur le point de gagner une belle fortune si tout se passait bien. Cette constatation finie, elle se dirigea vers ses quartiers pour se changer. Toute de noir vêtue, seule une broche verte qui tenait sa cape, elle rejoignit Kora en bas de la tour.

C'est bon, je suis prête, dit-elle au jeune homme. Après avoir préparé des chevaux, ils se dirigèrent vers ce lieu magique dont Kora avait fait tant d'éloges.

Kora arriva dans cet endroit de rêve avec Alista. Il était heureux cet endroit sentait le bonheur et l'amour. Il la dirigea dans de nombreux passages peu éclairés et enfin ils arrivèrent près du lac.

Il ôta sa cape ainsi que sa veste et son pantalon. Il plongea dans le lac avec une élégance hors norme. Une fois dans l'eau il interpella Alista : « Rejoins-moi, elle est bonne. Tu verras, on est bien ici ; C'est idéal pour se ressourcer et oublier tous ses problèmes.

Moi cet endroit c'est le lieu où j'aimerais vivre si j'étais un ermite car il y a tout ce qu'il faut pour se nourrir. Et puis les températures sont bonnes ici.

Saches qu'ici tu es comme chez toi. Tu es la seule femme que j'ai osé ramener ici. Car il faut être franc tu m'as redonné le goût de vivre. Cette notion que j'avais perdue dans mes livres. Ta beauté et ton charme font que je désire vivre avec toi. Saches qu'à mes côtés tu auras l'amour et la tendresse que tu désireras. Je ne ferais rien qui pourrait te blesser. »

« Ils ont tous dit ça », dit-elle dans un souffle passé inaperçu. Elle le regarda nager, puis elle enleva ses chaussures et s'approcha du lac. Elle trempa ses pieds et remarqua que l'eau n'était pas trop froide.

Mais elle s'assit sur la rive et demanda : « Qu'est-ce que j'ai de si spécial ? N'est-ce pas trop rapide ? »

Kora s'attendait à cette réponse de la part d'Alista. Mais cela n'avait pas l'air de le déranger. Il savait qu'il allait vite. Mais c'était ce qu'on appelait le coup de foudre. Il regarda Alista et lui sourit. Puis lui expliqua :

« Je ne suis pas de ceux qui ne tiennent pas leur parole. J'ai dès le premier instant où je t'ai vu, sentit monter en moi quelque chose de spécial. J'en suis sûr que cela se nomme amour. Je ne pense qu'à toi. Ton visage angélique, ta gentillesse et ta douceur font de toi une femme magnifique. Et je sais que je ne suis pas le premier à te le dire mais je sens qu'on pourrait vivre quelque chose de beau tout les deux.

Nous avons une passion commune pour la lecture et les livres. Et si j'ai postulé chez vous c'est en parti pour être à tes côtés.

Tu trouves peut-être que je vais vite et je te comprends. Mais saches qu'il faut vivre chaque jour comme si il avait été fait pour toi. Et c'est avec cette philosophie que j'avance. J'ai envie d'être avec toi. Et je ferais tout ou presque pour conquérir ton cœur. »

On sentait dans les paroles de Kora toute la sensibilité et la douceur qu'il y avait en lui. Sa sincérité se voyait dans son regard. Il aimait Alista et voulait être avec elle. Quitte à faire de nombreux sacrifices.

« Comme tu veux… »

Elle regarda le lac silencieusement puis au bout d'un long moment qui parut durer une éternité, elle dit : « J'ai aimé bien des personnes, bien des amants doux et charmants, mais maintenant j'essaie de ne plus trop m'attacher… J'ai bien trop souffert à chaque fois que j'ai dû les quitter… Pas à cause de moi mais des circonstances… »

Son regard parut lointain. Elle semblait penser à son passé et à ses différents amours qui l'avait laissée. Mort, disparition, embuscade… Ils l'avaient tous laissé seule, désemparée… Il ne lui restait plus qu'elle et sa folle espérance de mourir heureuse…

Le fine brise caressa furtivement les cheveux de feu de la jeune femme laissant apparaître une fine cicatrice en dessous de la mâchoire… Tant de combat… tant d'incertitude…

Kora s'approcha d'Alista. Il voulait la consoler, lui montrer qu'il n'était pas comme ses anciens amants. Il la regarda avec tendresse et lui dit :

« Saches que je ne suis pas de ceux qui te feront du mal. Je ne veux que ton bien. Que je sois pendu si je mens. Je n'ai qu'une parole et c'est celle-là. Je t'offre mon cœur en gage de ton amour. Je te chérirais comme il se doit tu seras la femme la plus heureuse du monde.

Mais ne doute pas de moi. Je panserai les cicatrices de ton passé. Et tu vivras heureuse à mes côtés jusqu'à la fin de tes jours. Je ne t'abandonnerai pas, je te le promets. »

Il voulut la prendre dans ses bras mais il eut une crainte. Acceptera-t-elle l'étreinte ? Ou le repoussera-t-elle ? Le médecin hésitait. Il s'approcha à quelques centimètres d'Alista et commença à vouloir la prendre dans ses bras. Il voulait lui montrer que ses dires étaient vrais.

« Euh...

Juste au cas où, tu viens de te baigner alors bas les pattes, tu vas tout me tremper... »

Son regard plein de défi elle dit : » Pourquoi te croirais-je ? Ils m'ont tous dit ça ! Tous sans exceptions... Et patati et patata, je ne tc quitterais jamais... gnia gnia gnia gnia...

Pourquoi serais-tu l'exception ? Vas-y explique-moi comment tu pourrais faire ce que tu dis ! »

Elle détourna le regard. Elle se sentait bien en ce moment mais les blessures du passé ne se refermaient jamais complètement...

Alista devenait farouche. Mais cela se ressentait dans son attitude qu'elle voulait croire le médecin. Lui faire des promesses même qu'il tiendrait n'était pas ce qu'il fallait. Alors il se décida de lui dire.

« Écoute-moi Alista, je te laisserai me tuer si je te blesse dans ton âme. Si tu me crois comme les autres pourquoi m'as-tu suivi. Je t'ouvre mon cœur, t'emmène dans mon lieu de recueil. Ici je retrouve ma joie de vivre. Fais-en autant. Acceptes-moi et tu verras bien. Si tu n'es pas bien avec moi tu partiras. Ce que je ne désire pas le moins du monde. Je ne veux être qu'avec toi. En gage de mon amour prend cette bague. Elle me vient de ma mère c'est mon bien le plus précieux. C'est mon seul souvenir d'elle qu'il me reste.

Regarde-moi Alista, au fond de ton cœur, crois-tu que je vais te faire souffrir ? Crois-tu que je vais t'abandonner comme ça ? Toi la femme que je considère comme la seule et unique qui donne un sens à ma vie. Sans toi, je n'ai plus de raison de vivre. »

Kora sortit de l'eau et pris un de ses poignards. Il le déposa au niveau de son cœur. Puis commença à appuyer légèrement. Une goutte de sang commença à apparaître....

Elle prit doucement la bague puis enleva son collier et changeant le pendentif pour la bague... Elle attendit un moment alors que le jeune homme appuyait encore la lame sur son torse puis elle s'élança vers lui et posa sa main sur celle qui tenait le poignard dirigé vers son cœur.

Elle rougit légèrement puis elle murmura au creux de son oreille :

« Alors, tu ne respecterais pas la promesse de me rendre heureuse... Je ne veux pas te voir mourir pour autant... »

Elle tira doucement sur la main qui tenait la dague puis elle murmura : « Si toutes ces promesses ne sont pas pour de faux... Alors tu ne me quitteras jamais et tu ne te tueras pas... Tu resteras là et tu me prendras doucement dans tes bras… »

Kora sentit son cœur battre à cent à l'heure. Alista l'avait empêché de se transpercer le cœur, elle avait aussi mis sa bague en pendentif. Cela montrait qu'elle tenait à lui. Et quand elle lui dit de la serrer dans ses bras il s'empressa de le faire. Il sentait la douceur de sa peau contre la sienne. Il espérait que ce moment n'était que le début d'une longue histoire d'amour. Kora lui dit dans le creux de l'oreille.

« Tu verras mon ange que tu fais bien de me faire confiance, je t'offrirais tout l'amour que je pourrais. Mais saches que je te serrerais dans mes bras aussi longtemps qu'il le faudra si cela peut te rassurer. »

Kora n'essaya pas de l'embrasser, même s'il en mourrait d'envie. Il fallait attendre car ce moment était magnifique. Il ne fallait pas le gâcher. Il fit glisser ses mains sur les hanches d'Alista et lui dit :

« Saches que mon amour ne tarira pas, et que chaque jour pour toi il grandira… »

Elle hocha doucement la tête : « Cela est plaisant… »

Elle se demanda ce que le Grand Esprit avait encore en tête pour elle. Pourquoi lui faisait-il cette farce.

Tout avait commencé initialement avec Elmure... Son premier amour... Puis, il avait mystérieusement disparu... À ce moment elle était désemparée et elle avait suivi son chemin sans lui et sans sa famille. Seule, elle avait erré longtemps dans les villes à se prostituer pour gagner de l'argent. Seule, elle vendait son corps... Seule elle mangeait le soir un morceau de pain trouvé aux détours des rues. Il y eut une femme qui lui redonna courage... Là, elle continua sa route mais cette fois-ci pour la Grande Cité Éternelle. Le temps passa. Elle resta seule bien longtemps. SON Elmure revint en chair et en os. Il avait si bien disparu qu'elle en tombait de joie de le revoir. Malheureusement pour elle, il repartit tout aussi vite pour leur ville d'origine Khenelrok.

Enfin la dernière personne en date était arrivée dans la vie d'Alista... Kurt Bremen...

Il l'avait rendu heureuse... et depuis qu'il était mort son cœur était devenu pierre pour rester à Kurt...

Et maintenant, voilà qu'un jeune médecin arrivait et lui faisait la cour... Elle ne savait que faire. Il était sympathique en tous points... Il semblait encourageant également. Mais que pouvait-elle bien faire ?! En avait-elle la force ?

Elle se laissa choyer par Kora puis elle murmura : « Ne brise pas mon cœur, je ne m'en relèverais pas cette fois-ci... »

Elle l'étreignit plus fort, l'émotion montant en elle.

« Ne t'inquiète pas Alista, je ne te trahirais pas. Tu es trop importante pour moi... »

Il se tut pour savourer ce moment de tendresse. C'était l'un des premières fois où il était seul avec une femme. Seule sa mère lui avait donné de la tendresse. Il n'avait connu aucune femme auparavant. Et il appréhendait cette relation. Mais il voulait que cet amour soit grand.

« Nous pouvons passer la nuit ici. Il y a une petite hutte que j'ai construit avec un de mes amis charpentier. Il y a le rudiment nécessaire.

Comment cela va-t-il se passer à notre retour à la Tour ? J'ai peur du regard des autres gardes et toi ? Je n'ai pas honte de toi, mais de moi. J'ai peur qu'ils me trouvent ridicule.

Que veux-tu faire ? Passer la nuit ici ou rentrer à la Tour ? Je te suivrais où que tu veuilles aller. Mon cœur est tien à présent. »

« Hmmmm… » Elle hésitait encore au fond d'elle. Elle regarda le jeune homme et se pencha pour lui dire à l'oreille : « Restons tranquillement ici... Mais ne faisons pas de bruit… »

Elle déposa un baiser sur sa joue puis elle dit doucement :

« De toute façon, ma réputation à la Garde n'est déjà pas terrible... Tout le monde croit que je tombe amoureuse trop facilement... Ce qui n'est pas complètement faux d'ailleurs… Mais bon, on s'y habitue… »

Elle resta assise silencieuse à regarder le lac et à respirer calmement. Elle ne savait pas trop quoi faire et avait des pensées des plus hétéroclites.

« Tu as raison, il vaut mieux ne rien dire. On verra avec le temps. Mais saches qu'ils ont tort de penser ça de toi. Tu es quelqu'un de bien. Tu n'as pas eu la chance d'avoir le bonheur que tu mérites. Et je ferais tout pour réparer cette erreur. Maintenant que je suis à tes côtés tu ne manqueras de rien. »

Kora se colla à Alista. Il aimait sentir la douceur de sa peau sucrée. Ses yeux étaient ravissants. Elle était parfaite. Les pensées du médecin divaguèrent. Il se voyait mettant la bague au doigt de la belle. A leurs côtés deux enfants. Cela devait être qu'un rêve. Qui sait le futur est peut-être comme ça. Il n'aurait jamais cru qu'une histoire d'amour débuterait avec Alista. Il voulait maintenant la faire grandir.

« Ma douce veux-tu te baigner ? Tu vas voir l'eau est bonne. Cela te détendra et après je te ferais un massage pour te relaxer. Et après je te préparerais un bon repas pour nous. Ce sera un menu végétarien car je n'ai que quelques plantes dans ma sacoche et quelques gâteaux… »

Ils restèrent ensemble toute la soirée. Puis comme le beau temps fit place à la pluie, ils se séparèrent en se promettant de se revoir.

***

Le temps passa. Jour après jour Kora et Alista se rencontraient au lac aux fées ou aux archives. Et chaque fois, ils apprenaient à se connaître et à s'aimer. Une complicité naquit ainsi entre ces deux gardes. La peur d'être abandonnée d'Alista s'estompait à mesure qu'elle lui faisait confiance. Et de son côté, l'amour de Kora ne faisait que de s'amplifier. La joie et le bonheur se communiquaient aux gardes noirs du Warfo. Le regroupement de mercenaires devint une alliance communicative et heureuse.

Les jours de bonheur devinrent des semaines, les semaines des mois. Au bout de six mois de passion commune, le moment fatidique arriva.

Le couple se donna rendez-vous au lac aux fées en une pleine lune. Kora était arrivé en premier et avait préparé un petit nid douillet près d'un grand arbre près du lac. Il avait fait un chemin de bougies pour mener au lieu prévu. Il était assis au milieu d'une couverture étendue à même le sol.

Le bruit d'un cheval au pas se fit entendre au lointain. Après quelques minutes d'attente, Alista arriva parée d'une robe noire et d'une cape de la même couleur. Ses cheveux détachés voletaient derrière elle. Elle descendit du destrier et attacha le licol sur un arbre non loin de Kora.

Elle avança à pas légers, le regard brillant en voyant ce que Kora lui avait préparé. Il la regarda avec avidité et attendit qu'elle s'assoie près de lui. Il lui murmura : « Te voilà enfin, Alista ».

Elle lui sourit et opina de la tête. Il ajouta doucement : « Je t'ai fait venir pour une raison bien précise… »

Le cœur de la dame bondit à cette phrase. Elle eut soudain la peur de l'abandon mais prit son courage à deux mains en disant : « Je t'écoute ».

Il se mit sur ses genoux devant elle, une main dans le dos. Il dit alors : « Voilà de cela plus de six mois que je te connais. J'ai appris à te connaître et à t'aimer. Je souhaite continuer cela et pour toujours. »

Il déplaça sa main cachée devant et ouvrit sa paume. Il y avait une bague incrustée d'un diamant.

« Alista, veux-tu m'épouser ? »

Elle ne pouvait détourner son regard de la bague. Elle dit d'une voix alterée : « Oh oui ! »

Il prit sa main gauche et lui mit la bague au doigt. Il la prit ensuite dans ses bras, la serrant fort contre lui. Elle lui dit en regardant la bague : « Je t'aime plus que tout ». Il lui répondit dans un souffle : « Moi aussi ». Elle le regarda et l'embrassa. Il lui proposa de passer la nuit sur les rives du lac et elle accepta avec plaisir.

Seule la lune suivit ce qui se déroula ensuite.

Dans les jours qui suivirent, ils annoncèrent aux gardes qu'ils allaient se marier. Ils commencèrent alors les préparatifs sans tarder…

***

Le jour tant attendu arriva.

Kora et Alista avaient tout préparé dans une des salles du Castel de la Garde Noire du Warfo. Ils avaient trouvé de belles roses pour embaumer la salle d'odeurs suaves et avaient demandé aux meilleures décorateurs de la Cité Éternelle de décorer la salle.

Ils avaient également préparé un banquet avec l'aide du cuisinier de la Garde Noire et des péruviens, qui avaient, entre autres, décorés des tables assez grandes pour que tous les gardes s'assoient.

Bien sûr, ils avaient demandé à leur prêtre attitré de présider la cérémonie et celui-ci avait tout préparé afin que les époux soient prêts.

Kora attendait donc auprès du prêtre avec tous les convives debout devant les bancs. La célèbre marche nuptiale commença alors qu'Alista se préparait à entrer en scène. Elle avança à pas lents vers l'autel avec un bouquet de fleurs dans les mains, habillée d'une belle robe blanche avec une longue traîne. Elle voyait ses amis de part et d'autre de la salle.

On pouvait notamment voir : Le Forgeron des Âmes, Zagora, P'tit Dino, Schyzo Bròwka, Gudruk, Nnay Elroc, Sire Légions et Théodora, Corenléo San, Menkiar le messager toujours en retard, puis Caïn, Heatseeker, Lady Sophie de Julliac, et bien sûr Kora qui attendait au côté du prêtre.

Elle ne pouvait s'empêcher de sourire en approchant de son futur mari.

Elle arriva enfin auprès de lui et le prêtre commença à saluer les amants ainsi que les convives.

Il fit un long discours sur la sincérité et sur l'honnêteté puis finit par demander à Alista si elle acceptait de prendre Kora pour époux jusqu'à ce que la mort les sépare. Elle sourit et acquiesça. Puis ce fut à Kora d'accepter.

Ils purent alors s'embrasser et furent déclarés mari et femme.

La suite de la soirée fut un somptueux festin malgré le peu de solde qu'ils avaient pu économiser. Et bien sûr, ce cher P'tit Dino leur prit les pièces d'or qu'ils purent recevoir de leur convive. En effet, il leur expliqua que c'était en prévision des futurs dégâts de Gudruk et des gardes en général...

Ce qui fut confirmé quelques heures plus tard...

Les deux mariés prirent alors leur envol et laissèrent les convives finirent leur soirée. Ils purent alors profiter de leur lune de miel dans une grotte près du lac des fées.

***

Joackim l'Ancien, un ami de l'alliance de la Garde Noire du Warfo, après s'être traîné un long moment jusqu'à la Tour de

Garde à cause de sa jambe paralysée, arriva enfin devant l'établissement.

Il aurait pu aller à l'Auberge du Renard, tenue par son ami Raz', mais il avait quelque chose à faire là-bas.

Il ouvrit la porte sur une taverne bruyante, et décida de s'asseoir à une table, tout en s'aidant de sa béquille. Et de sa voix éraillée par les années, il dit : « S'il vous plaît ! Je pourrais avoir à boire ! Pas un abominable Tord-Boyaux, mais un vin raffiné... Et un quelque chose pour manger... Si vous aviez une panse de Brebis farcie, cela serait parfait... »

Comme tous les jours, Alista prenait le temps de monter à la Tour de Garde pour y passer du temps avec les maîtres d'armes qui décidaient de venir passer un temps dans la taverne. Elle monta tranquillement les hautes marches qui amenaient à la salle. Elle semblait légèrement souffrante, après tout voilà quelques mois qu'elle s'était mariée à Kora pour le meilleur et pour le pire et elle commençait à être émotive et à avoir un mal de ventre insupportable.

Arrivée devant la porte de la salle, elle poussa un gros soupir et entra dans la salle. Toujours aussi fine, la jeune femme à la chevelure de feu vit quelques gardes mais remarqua surtout un vieillard. Elle s'approcha du comptoir d'où il devait avoir pris une commande à un des péruviens qui avait, logiquement, omis de le servir.

Elle hocha la tête à son encontre et à sa vue, elle comprit ce qu'il pouvait aimer. Elle fit un bref signe de tête à un péruvien qui apporta un vin elfique des plus ambrée puis elle demanda à un second d'aller chercher un mets dans la cuisine du vieux Dino.

Lorsqu'il revint avec des os à moitié moisi, elle comprit. Elle murmura quelques instructions et deux péruviens mirent un sac à dos sur leurs épaules et ils partirent.

Elle se tourna vers le vieillard et elle dit doucement : « Nos chers serveurs sont allés chercher de la nourriture pour vous. En effet, notre ancien cuistot, un certain P'tit Dino n'a pas jugé bon de préparer des provisions...

Si ce n'est de l'alcool ! Mais vous pouvez aisément vous rendre compte que ce n'est pas avec quelques os et des chaussettes dans des casseroles que l'on fait festin... »

Un sourire malicieux sur les lèvres, elle ajouta : « Quoiqu'il en soit, sachez qu'un repas bien chaud et succulent viendra après ce vin des plus succulents. »

Elle prit un verre propre qu'elle posa devant le vieillard puis elle versa la boisson. Elle posa ensuite la bouteille à côté de l'homme.

Elle attendit qu'il goûte le vin et ajouta : « Autrement, que nous vaut votre visite dans notre tour si peu remplie ces temps-ci ? »

Le vieillard regarda la jeune femme, la remercia pour le verre de vin et posa ses yeux sur elle.

« Je me nomme Joackim l'Ancien, et même si vous ne devez surement pas vous souvenir de moi, nous nous sommes croisés lors de votre bref séjour à Durlac, chère Dame Alista.

J'étais dans la grande Bibliothèque de la Cité tout à l'heure, et quand j'en suis sorti, j'ai vu au bout d'un moment votre établissement. Je me suis dit que je viendrais bien discuter avec les membres de la Garde Noire... Afin de renforcer les liens entre nos deux Alliances... »

Joackim reprit une gorgée du vin, qu'il trouvait fort savoureux... Et il observait la jeune femme... un sourire se dessina sur ses vieilles lèvres.

Les yeux émeraude regardèrent un moment le fin sourire du vieillard. Puis tranquillement, elle lui répondit : « Mais non, je me souviens très bien !

Il est vrai que cela fait fort longtemps que je n'étais pas venu à Durlac. Moultes événements ont eu lieu depuis. Je me suis mariée, entre autres avec un jeune homme du nom de Kora depuis quatre mois. »

Elle se servit un verre d'hydromel, y trempa les lèvres puis lorsqu'elle eut fini, elle dit : « Il est vrai qu'un rapprochement de nos deux alliances serait profitable, sans aucun doute !

Mais, dites-moi, quelles sont les nouvelles de Durlac ? »

Elle finit sa phrase et à ce moment, elle toussa, prise d'une petite quinte de toux. Calmée, elle but une nouvelle gorgée d'hydromel et posa délicatement sa main sur son ventre douloureux.

Elle tourna son regard vers le vieillard, prête à l'entendre parler.

Joackim prit un ton calme, posé, et répondit.

« La vie à Durlac à été mouvementée ces derniers temps. Nos anciens dirigeants ont disparu les uns après les autres... La forteresse, tel un château de carte, a vacillé... mais le courage et l'abnégation des membres qui la composent ont su aller au-delà de cette crise, avec l'organe dirigeant et composé de sang frais, avec à sa tête : Le Forgeron, l'Aubergiste et la Liche. »

Alista hocha la tête sur le côté et répondit : « Hum, je vois... En effet, il aurait été dommage de perdre une alliance comme la vôtre... »

Joackim la regarda et inclina sa tête. Il remarquait une attitude particulière chez la jeune femme, elle se tenait le ventre, avait les yeux brillants, elle semblait émotive. Il planta son regard dans celui de Dame Alista.

« Si je peux me permettre chère Dame. Vous ne seriez pas enceinte par hasard ? »

 Alista resta bouche bée un instant, elle articula lentement : « Moi ?! Enceinte ?! »

À priori choquée, après tout elle avait eu un enfant jadis mais il était mort à la naissance et cette partie sombre de sa vie s'était peu à peu effacée de sa mémoire. Mais lorsque le sage dit ces mots, elle se rappela les symptômes.

Elle fixa son verre d'hydromel, confuse. Son regard revint sur l'homme et essayant de ne pas trop bégayer, elle dit : « C'est bien... Possible... Je... ne... m'en étais pas rendue compte... Mais... c'est... possible... »

Au moment où elle allait ajouter quelque chose, les deux péruviens entrèrent en trombe dans la salle commune avec leurs sacs pleins à ras-bord. Elle leur fit quelques signes et ils se précipitèrent en cuisine...

La jeune femme prit son verre d'hydromel distraitement, toujours sous le choc pour en boire une gorgée qui n'eut pas l'effet escompté. Elle commençait à voir à peu près tout trouble.

Joackim ne comprit pas tout et se méprit en partie du comportement de Dame Alista, mais pas du fait que la jeune femme était troublée.

« Vous avez de bons médecins à la Garde ? J'ai jadis été un vétérinaire avant que la vieillesse ne me prenne dans ses bras, j'assistais souvent aux vêlements dans les campagnes,... Si vous avez besoin d'assistance, je me ferais un honneur d'apporter mes modestes contributions à la venue de cet enfant... »

et d'un ton plus bas : « à moins que cela soit une gêne pour vous... »

Le vieillard était parfaitement conscient de ce qu'il été entrain de lui proposer... Mais il partait du principe que ne connaissant pas Alista, sa proposition ne pouvait rendre ombrage. Il ne proposait que ses talents, pour un choix comme pour l'autre...

Alista essaya de calmer l'excitation d'avoir un enfant. Après tout, l'union de deux personnes était une chose sacrée et l'envie d'avoir une descendance commençait à la titiller.

Elle reprit d'un coup son calme et elle dit doucement : « Mon mari est médecin, je pense qu'il voudra être le principal acteur. Mais un peu d'aide pour le seconder ne serait pas de trop. Nous vous contacterons quand le travail se mettra en route. »

Elle lui sourit. Quelques instants plus tard, les deux péruviens vinrent avec une grande assiette avec un morceau de viande. L'un des deux péruviens tira sur la manche du vieillard lui demandant l'attention. Têtu, il attendrait que Joackim daigne lui prêter attention pour lui dire que "ça être bon, ça être estomac brebis bien tendre".

Alista regarda distraitement le vieillard. Elle lui dit doucement : » Est-ce que ça vous dirait de venir chez nous en tant que garde ? »

L'autre péruvien s'élança vers Joackim avec une bouteille de vin elfique. Dans la précipitation, il chuta lourdement, cassant la bouteille et se faisant une large entaille à la main.

Joackim eut juste le temps de rattraper au vol sa panse de brebis farci, d'un geste rapide, voir étonnant pour son grand âge. Il posa l'assiette devant lui. Il se baissa sur le péruvien qui venait se blesser. Devant la blessure, il prit sa sacoche et l'ouvrit pour y trouver de quoi désinfecter la plaie. Il fit couler l'alcool sur la main du péruvien. Ensuite, il lui fit boire de l'alcool pour que la douleur s'apaise le temps de le recoudre.

Lorsqu'il eut finit de le soigner, il lui banda la main. Le péruvien remercia le médecin.

Pendant ce temps, en bas de la Tour, Kora arrivait avec des béquilles. Il s'était cassé la jambe lors d'un combat en arène, tout ça pour faire avancer la médecine.

Lorsqu'il fut en bas des escaliers, les deux colosses lui firent un salut des plus remarquables et prirent de ses nouvelles, ils furent heureux de le voir en meilleur santé. Ils lui proposèrent de le monter à bout de bras. Il accepta volontier. Les deux gardes portèrent Kora jusqu'en haut de la tour.

Il ouvrit la porte de la Tour. Il aperçut sa femme avec un vieil homme et deux péruviens à leur côté dont un qui avait la main bandée.

Il s'approcha d'eux. Il arriva dans le dos de sa douce et l'embrassa tendrement dans le cou. Puis il salua l'homme et se présenta à lui.

« Bien le bonjour messire, je me nomme Kora, médecin de la Garde Noire, et époux de cette charmante créature qui vous fait face.

Nous n'avons jamais eu l'occasion de nous rencontrer, mais pourtant votre visage m'est familier. »

Il regarda le péruvien blessé et reconnut une expertise dans le bandage. Il sourit en direction de Joackim. Puis il regarda celui qui était en pleine santé et lui dit :

« Je vous demande de me faire apporter un verre de jus de fruit. Ainsi qu'un plat de viande accompagné de légumes verts, ainsi qu'un pichet de laitage. Je dois reprendre des forces. »

Joackim eut un pincement au cœur en voyant le jeune médecin les yeux perdus sur Alista... Cette image lui rappela un vieux souvenir... enfoui...

« Dame Alista ! Vous savez qu'actuellement, je suis avec les Initiés... Mais votre proposition me tente. Il serait bon en effet, pour nos deux alliances qui ont toujours gardé d'excellents rapports, que l'un d'entre nous vienne chez vous.

Si vos compagnons m'acceptent, je sais déjà que le Triumvirat et le Conseil du Cercle n'y verra aucun problème. »

Il voulut fêter cela en portant un toast... Et réalisa qu'il avait fini son verre, il appela un péruvien, pour passer commande...

Alista hocha la tête, mais elle était déjà comme dans un autre monde, elle avait perdu le fil des conversations. La fatigue l'avait mis dans un état proche du sommeil. Elle s'excusa et retourna dans ses appartements.

***

Des mois plus tard, Alista était dans son chambre lorsqu'une douleur la réveilla durant la nuit. Elle se leva péniblement encombrée par son ventre qui avait triplé depuis qu'elle avait découvert sa grossesse. Elle se dirigea vers la cuisine où elle se servit de l'eau. Son ventre durcissait toutes les dix minutes environ. Lorsque la contraction était là, elle ne pouvait plus bouger, elle était obligée d'attendre que cette contraction passe.

Elle retourna doucement vers son lit et réveilla Kora en lui disant : « C'est pour bientôt… »

Kora, à moitié réveillé balbutia :

- De quoi ?
- Le bébé va bientôt naître…

Kora se releva à moitié du lit, baîlla bruyamment et lui dit tout excité : « Comme je suis heureux ! Je vais t'aider à tout préparer ! »

Il se leva du lit et se dirigea à la cuisine. Il fit un feu puis alla à l'extérieur récupérer de l'eau dans une bassine. Il lui fallut plusieurs allers-retours pour remplir un chaudron d'eau.

Alista, pendant ce temps essayait de bouger doucement, de se concentrer sur sa respiration. La douleur était là de plus en plus souvent. Elle avait chaud et froid à tour de rôle. Elle ne savait pas comment se mettre pour être à l'aise.

Kora était toujours entrain de préparer de l'eau chaude. Il se mit en quête de remplir grand tonneau d'eau froide. Lorsque l'eau du chaudron fut brûlante, il la versa dans le tonneau. L'eau était alors suffisamment chaude pour que cela soit agréable.

Alista se mit dans le tonneau et apprécia la douce chaleur. Pendant ce temps, Kora prépara un nouveau chaudron d'eau.

La douleur que ressentait Alista était dès lors supportable. Elle commença même à somnoler. Elle se tenait assise ou accroupie dans le tonneau et ses bras étaient reposés sur le bord de la baignoire improvisée.

Il se passa des heures et des heures alors que le travail continuait à avancer. À un moment donné, la lumière du jour commença inonder la pièce. La douleur se renforça d'un coup. Alista avait mal toutes les deux minutes environ. Elle gémissait à chaque fois que la contraction arrivait. Kora était toujours à ses côtés, entrain de masser ses reins, de l'encourager.

Elle sentit soudain une nouvelle sensation en elle. Comme si son bassin s'élargissait. Entre deux puissantes contractions, elle dit essoufflée : « Le bébé va sortir! ».

Kora tint les mains de Alista qu'elle broya sous la douleur. Alista se retourna alors dans le tonneau, elle était presque assise. Elle sentit tout son corps s'écarter et sentit le bébé arriver. D'un coup, il sortit en entier d'elle. Elle l'attrapa rapidement et le posa tout contre elle. La douleur avait disparu brutalement.

Une onde d'amour se propagea d'un coup. Elle regarda le bébé qui venait de naître. Il avait les doigts tout fripés.

Kora pleurait de joie. Il regarda si c'était une fille ou un garçon et murmura : « Je suis papa d'une petite fille ! ».

Alista gardait les yeux fixés sur le petit être qu'ils avaient faits ensemble. Elle regarda Kora et l'embrassa. « Comment l'appellerons-nous ? Tu as une idée ?

-   Je ne sais pas… Je te laisse choisir.
-   Je te propose Bella.
-   C'est parfait pour moi ! Bienvenue au monde Bella, ajouta-t-il les larmes aux yeux.

Alista sortit du bain, une contraction s'en suivit et le placenta sortit. Kora alluma une bougie et ils coupèrent le cordon ombilical avec la flamme.

Alista s'allongea sur son lit et donna le sein à Bella. Elle but avidement le liquide sacré.

Une nouvelle vie commença alors pour le couple qui désormais avait le rôle de parents

FIN

Remerciements

Voilà, vous êtes arrivés au terme de ce livre. Je voulais tout d'abord vous remercier, vous, qui avez lu ce livre jusqu'au bout.

Ensuite, mes remerciements iront à Blandine qui a relu ce livre plusieurs fois pour m'aider à corriger les fautes d'orthographe, de style également ou de formulation. Sans elle, j'aurais certainement laissé tomber.

Ensuite je souhaite remercier ceux qui apparaissent dans ce livre car ce sont réellement de vrais compagnons de jeux qui ont écrit une partie des textes. Merci à pêle-mêle : Maître Deluxus, Kamahl, Kyo, Devil, Gunthar, Nnay Elroc, le Forgeron des âmes, Zagora, Kora, Kurt Bremen, Schyzo, Bastos, Razender, Theodora, ainsi que tout ce que j'aurais omis de citer. Merci à vous tous d'avoir passé des soirées, des journées à écrire avec moi sur le forum.

Et enfin… Merci bien sûr aux créateurs et administrateurs de Battle-arenas d'avoir eu l'idée de faire ce jeu dont : l'Oracle, Haram Turval, P'tit Dino

MERCI

Valérie Bessat

www.ingramcontent.com/pod-product-compliance
Lightning Source LLC
Chambersburg PA
CBHW021343150726
47989CB00005B/2082